古典詩歌研究彙刊

第二十輯

龔鵬程 主編

第 9 冊

馮晏歐詠秋詞研究

范 詩 屏 著

國家圖書館出版品預行編目資料

馮晏歐詠秋詞研究／范詩屏 著 — 初版 — 新北市：花木蘭文
化出版社，2016〔民 105〕
目 2+214 面；17×24 公分
（古典詩歌研究彙刊 第二十輯；第 9 冊）
ISBN 978-986-404-830-4（精裝）
1.（南唐）馮延巳 2.（宋）歐陽修 3.（宋）晏殊 4. 唐五代詞
5. 宋詞 6. 詞論
820.91   105015103

ISBN-978-986-404-830-4

9 789864 048304

古典詩歌研究彙刊
第二十輯　第九冊   ISBN：978-986-404-830-4

馮晏歐詠秋詞研究

作　　者　范詩屏
主　　編　龔鵬程
總 編 輯　杜潔祥
副總編輯　楊嘉樂
編　　輯　許郁翎、王筑　美術編輯　陳逸婷
出　　版　花木蘭文化出版社
社　　長　高小娟
聯絡地址　235 新北市中和區中安街七二號十三樓
　　　　　電話：02-2923-1455／傳眞：02-2923-1452
網　　址　http://www.huamulan.tw 信箱 hml810518@gmail.com
印　　刷　普羅文化出版廣告事業
初　　版　2016 年 9 月
全書字數　148065 字
定　　價　第二十輯共 18 冊（精裝）新台幣 28,800 元

馮晏歐詠秋詞研究

范詩屏　著

作者簡介

范詩屏

國立高雄師範大學國文系及國文研究所畢業

目前任職於國立苗栗高級中學國文科教師

著作《馮晏歐詠秋詞研究》爲其碩士論文

提　　要

　　本論文在研究章節內容的安排上共分爲四個重點：第一，探討「詠秋主題形成之文化淵源」，首先檢示「詠秋主題」中最大宗的「悲秋情感」在文學上之發展。《詩經》爲悲秋文學之醞釀階段，直至宋玉〈九辯〉則爲悲秋原型之樹立。再來，則對唐末五代以前詠秋主題，作一歷時性的重點概覽，依序爲：先秦兩漢文學中的秋天、魏晉之際文學中的秋天、唐人文學中的秋天。藉由上述唐末五代以前詠秋主題之歷時性巡覽，以便進入本文探討重點：馮晏歐詠秋詞研究。第二，則探討「感秋心理美學之緣起」。乃從人與天地萬物的雙向建構中，探討感秋心理美學中，秋與愁的關係，並利用「審美移情」與「異質同構」兩大理論以細釐之。第三，爲「馮晏歐詠秋詞內容探析」。將馮、晏、歐三人共一百一十三首詠秋詞作內容，依其最明顯可見的心緒劃歸類別，歸納出三人詠秋詞作大致不脫以下數種內容。蓋分爲：人生感慨；情愛相思；詠物寄情；節序抒懷；祝壽吟詠。由此分類，探析三位詞人詠秋詞作之情感內蘊。第四，則爲「馮晏歐詠秋詞藝術風格比較」。擬從時空、社會與文學角度等外緣因素試析三人之創作背景，再由個人特殊之情感基調，內在意蘊以及藝術表現手法，探求詞家藝術風格類型特徵之不同。最後，總結出晏歐對馮延巳藝術風格之承繼與開新。

目

次

第一章 緒 論

第一節 研究動機與目的

　　秋季帶來美麗的景致、涼爽的氣溫和豐收的喜悅，但往往敏感的心緒，更強烈感受到的是，自然由盛而衰的落寞，此徵候喚起的是，人內心的恐慌和悲傷。自從宋玉在〈九辯〉發出「悲哉，秋之爲氣也，蕭瑟兮草木搖落而變衰」〔註1〕的感嘆後，歷代文人看待秋天這個季節，似乎多偏於感傷。宋玉所塑造的是一個希望實踐個體生命價值的形象，所抒發的是，這種生命價值無法實現的感傷情緒，從此，悲秋心理的指向，多定位在「感士不遇」。

　　中國傳統詩學有一淵遠流長之說：「夫和平之音淡薄，而愁思之音要眇；歡愉之詞難工，而窮苦之言易好。」〔註2〕、「不平則鳴」〔註3〕、「詩窮而後工」〔註4〕，它似乎揭示了一種文學創作的現象，

〔註1〕 〔宋〕洪興祖《楚辭補注》（北京：中華書局，1985年）。
〔註2〕 〔唐〕韓愈《五百家注昌黎文集・荊潭唱和詩序》（上海：上海古籍，1987年）。
〔註3〕 〔唐〕韓愈《五百家注昌黎文集・送孟東野序》（上海：上海古籍，1987年）。
〔註4〕 〔宋〕歐陽脩《歐陽脩全集・梅聖俞詩集序》（臺北：河洛出版社，1975年）。

又「代表著失意文人的普遍心態和價值取向，故而得到後代人的共鳴，並且不斷融進自己的遭遇感受而加以補充闡發」〔註5〕。然而，隨著詞的發展，大批達官貴人乃至帝王詞人的出現，其中更不乏優秀詞家，如南唐中主李璟、後主李煜、宰相馮延巳，以及北宋初年之晏殊與歐陽脩等。他們的際遇不再是懷才不遇而窮困潦倒，而列入臣之極、士人稱羨之位。錦衣玉食、高第駿馬、笙歌筵席、美妓嬌妾，他們能夠享受到的是時代所提供他們最豪奢的物質待遇。的確，他們在物質上得到了滿足；在仕進上擺脫坎坷不遇的對待，是令人稱羨的時代幸運兒。那麼，他們在面對唐宋詞中的最重要的主題之一：傷春悲秋。他們所抒之情為何？倘若如同王國維所說「以我觀物，故物皆著我之色彩。」〔註6〕那麼這些得意的人們，在一年四季中豐美、宜人、令人愉悅的秋季裡，復以志得意滿的人生際遇，其昂揚之情豈不滿溢？

然事實上卻非如此。那麼如果他們承繼著悲秋的傳統，似乎又不合乎大多數「感士不遇」的心理定勢。對於此點，張仲謀曾檢視過去兩點說法：〔註7〕一種觀點認為，這些詞人原是腦滿腸肥的貴族官僚，他們是吃膩了山珍海味而胖得發愁或閒得無聊，無愁言愁，不病曰病，不過是想借愁苦的清澀之味來沖淡一下酒宴之後的油膩。另一種觀點，即認為這些詞作並沒有什麼深刻切實的思想內涵，只是因為藝術上比較精緻工巧，所以贏得了讀者的「錯愛」。這樣粗略的說法，張亦覺無法使人認同，因為缺乏真情實感，只憑藝術技巧的文學作品，是難以傳誦久遠的。

那麼，這些仕宦之路曾經位極人臣者，詞中瀰漫的秋日情懷究竟為何？這是本論文立足於悲秋傳統，以馮、晏、歐三家詠秋詞為

〔註5〕參閱張仲謀〈論唐宋詞的『閒愁』主題〉（文學遺產第六期，1996年）。

〔註6〕王國維著，徐調孚校注《校注人間詞話》（臺北：鼎淵出版社，2001年）頁1。

〔註7〕參閱張仲謀〈論唐宋詞的『閒愁』主題〉（文學遺產第六期，1996年）。

選題研究的原因。期能發掘詞人富貴優遊的情感內核，以及詠秋詞作所包孕的意蘊。

第二節　研究現況概述

　　就目前的研究現況來說，似乎沒有專門探討「詠秋」主題的碩博士論文，而「詠春」主題者，近來則有許采甄《兩宋詠春詞研究》碩士論文，該論文對兩宋詠春詞做一探討，分析春天在兩宋詞中的意涵，以及呈現兩宋詠春詞的藝術表現方式，並且對北宋與南宋的詠春詞特點加以比較。同為季節主題研究，因此給予本論文的研究面向，不少正面的提點。另外則有一本綜合探討了四季在詩歌中的表現，凌欣欣《初唐詩歌中之季節研究》碩士論文，以春、夏、秋、冬四季的意象為經，題材為緯，探討初唐詩歌季節意象的經營。再者，專門探討四季的專書則有龔鵬程《春夏秋冬》，其中有論及秋天對詩人心理狀況的影響。其餘則是散佈於一些書籍中，關於季節、時間意識的作品舉隅。如日本學者松浦友久《中國詩歌原理》中第一篇〈詩與時間〉的文章：〈中國古典詩中的「春秋」與「夏冬」——關於詩歌中時間意識的基本描述（上）〉、〈中國古典詩中的「春」與「秋」——關於詩歌中時間意識的基本描述（下）〉〔註8〕。然而，較接近本論文所探討主題的零星篇章則有：王立《中國古代文學十大主題——原型與流變》中〈中國古代文學中的悲秋主題〉〔註9〕；有楊海明《唐宋詞主題探索》中〈傷春與悲秋：唐宋詞中流行的「季節病」——談詞中的「佳人傷春」和「男士悲秋」〉〔註10〕。

〔註 8〕松浦友久著，孫昌武、鄭天剛譯《中國詩歌原理》（臺北：洪葉文化事業，1993 年）頁 4。
〔註 9〕王立著《中國古代文學十大主題——原型與流變》（臺北：文史哲出版社，1994 年）頁 147～171。
〔註10〕楊海明著《唐宋詞主題探索》（高雄：麗文文化事業，1995 年）頁79～90。

　　本論文將詠秋主題的探討，設定在五代至北宋初期馮、晏、歐等三位詞人之詠秋詞作上，此探討面向並未有人嘗試。既然將探討範圍設定爲個別詞人，因此必須注意所研究詞人之相關資料。而目前國內可見多爲單一詞家的研究論文，如簡淑娟：《歐陽文忠公詞研究》；江姿慧：《晏殊《珠玉詞》研究》；張秋芬：《珠玉詞的感傷與消解》等。這些研究對於詞家所處的時代背景及其生平、學術成就等，多有詳細論述，因此對於本論文在一些基本詞人個別資料的整理上助益頗大。值得注意的是，姚友惠的《馮延巳與晏殊詞比較研究》一書，分別就馮、晏二人之創作背景，及其詞作之內容、形式、藝術技巧、風格等五大方向進行比較探究。這樣的比較研究可探知詞家在詞體創作上的異同風貌，明瞭晏殊對馮延巳詞風的承繼與創新，也能從中窺見詞體自唐五代邁入北宋一代，此一路流演變化的軌跡，並進而彰顯馮、晏二人於詞史上所具有的特殊意義。

　　在期刊論文部份，台灣地區的單篇論文，多將傷春與悲秋的情感合論或者做比較，如：陳清俊〈盛唐「傷春」與「悲秋」詩的主題探討〉〔註11〕；王立〈春恨文學表現的本質原因及其與悲秋的比較〉〔註12〕，而關注於悲秋方面的文章則有〈哀怨起騷人──騷體悲秋文學探析〉〔註13〕；吳蕙君〈從宋玉〈九辯〉看「悲秋意識」在辭賦作品中的承繼和拓展〉〔註14〕，此類文章探討自屈原以降悲秋情感在漢、魏晉、南北朝、辭賦作品中的面貌，而唐宋以後，騷體與賦的結合，不論形式或精神，均已呈現出創新和突破了。再來，

〔註11〕陳清俊〈盛唐「傷春」與「悲秋」詩的主題探討〉（國文學報第 23期，1994 年 6 月）。
〔註12〕王立〈春恨文學表現的本質原因及其與悲秋的比較〉（《古今藝文》第 26 卷第 3 期，2000 年 5 月）。
〔註13〕蘇慧霜〈哀怨起騷人──騷體悲秋文學探析〉（興大人文學報第 36期，2006 年 3 月）。
〔註14〕吳蕙君〈從宋玉〈九辯〉看「悲秋意識」在辭賦作品中的承繼和拓展〉（《世新中文研究集刊》第 1 期，2005 年 6 月）。

則有徐麗霞〈李白詩中的秋——「悲秋」傳統的繼承與拓展〉〔註15〕，此篇期刊論文，分析出李白詩中秋季的運用，除能繼承宋玉「悲秋」原型基調，更能拓展傳統「悲秋」之內涵，對中唐以後，尤其宋代文學中，秋季之描述，影響極大，具承先啓後的地位。

　　至於大陸地區的單篇論文：則多爲悲秋主題的探討，如鄧福舜〈中國文學悲秋主題成因論〉〔註16〕；劉培玉、劉俊超〈論中國文學的「悲秋」主題〉〔註17〕；寇鵬程〈中國文學「悲秋」主題探源〉〔註18〕，這類的單篇文章內容著重在悲秋主題之探源，其他尚有對於一些悲秋心理層面探討的篇章，如：陳雪萍〈中國古代悲秋文學中的生命意識〉〔註19〕；周吉本〈「悲秋」的解讀——古典詩詞悲秋現象的一種透視〉〔註20〕；熊開發〈論中國古典文學的「悲秋」意識〉〔註21〕；張玉璞〈我正悲秋，汝又傷春矣！——宋詞主題研究之一〉〔註22〕；花志紅〈古典詩詞悲秋三境界〉〔註23〕等。

　　關於馮延巳、晏殊以及歐陽脩三人的單篇論文數量極多，唯本論文特別著重研究詞人對於「詠秋」主題之情感內蘊，以及藝術風

〔註15〕徐麗霞〈李白詩中的秋——「悲秋」傳統的繼承與拓展〉（華岡文科學報第 25 期，2002 年 3 月）。

〔註16〕鄧福舜〈中國文學悲秋主題成因論〉（大慶高等專科學校學報，第 18 卷第 2 期，1998 年 6 月）。

〔註17〕劉培玉、劉俊超〈論中國文學的「悲秋」主題〉（鄭州輕工業學院學報社會科學版，第 7 卷第 2 期，2006 年 4 月）。

〔註18〕寇鵬程〈中國文學「悲秋」主題探源〉（商丘師專學報，第 15 卷第 11 期，1999 年 2 月）。

〔註19〕陳雪萍〈中國古代悲秋文學中的生命意識〉（湘潭大學社會科學學報第 25 卷第 3 期，2001 年 6 月）。

〔註20〕周吉本〈「悲秋」的解讀——古典詩詞悲秋現象的一種透視〉（貴州民族學院學報哲學社會科學版，2000 年）。

〔註21〕熊開發〈論中國古典文學的「悲秋」意識〉（新東方期刊第 2 期，1995 年）。

〔註22〕張玉璞〈我正悲秋，汝又傷春矣！——宋詞主題研究之一〉（齊魯學刊第 5 期，總第 170 期，2002 年）。

〔註23〕花志紅〈古典詩詞悲秋三境界〉（西昌師範高等專科學校學報第 3 期，2000 年 9 月）。

格上的特點。因此，特別留意的資料範圍，鎖定如李建國〈馮延巳詞「深美閎約」藝術風格的構成〉〔註24〕；曹章慶〈論馮延巳詞的感情境界及其建構方式〉〔註25〕；成松柳〈縱有笙歌亦斷腸——讀馮延巳詞的斷想〉〔註26〕；鄒華〈源於「花間」超越「花間」——論馮延巳詞的悲劇美感〉〔註27〕；趙雪沛〈縱有笙歌亦斷腸——論正中詞的寄託〉〔註28〕；吳功正〈晏殊：富貴氣象和清婉心態〉〔註29〕；王麗潔〈試論晏殊詞的空幻情結〉〔註30〕；曹豔春〈略論歐陽脩詞的樂觀精神〉〔註31〕等。其他論述，則是有關於唐宋詞一些總體情調討論的文章，如：周健自〈論唐宋婉約詞真摯深細的抒情形態〉〔註32〕；呂君麗〈審悲中的甘美——淺談唐宋詞中的悲感產生的理論基礎〉〔註33〕；張仲謀〈論唐宋詞的「閒愁」主題〉〔註34〕；楊海明〈珍惜生命：唐宋詞人生意蘊之本源〉〔註35〕等。總體來說，

〔註24〕李建國〈馮延巳詞「深美閎約」藝術風格的構成〉（三峽大學學報人文社會科學版第 2 期第 27 卷，2005 年 3 月）。

〔註25〕曹章慶〈論馮延巳詞的感情境界及其建構方式〉（廣西大學學報哲學社會科學版第 24 卷第 2 期 2002 年 4 月）。

〔註26〕成松柳〈縱有笙歌亦斷腸——讀馮延巳詞的斷想〉（長沙電力學院學報社會科學版第 2 期，1999 年）。

〔註27〕鄒華〈源於「花間」超越「花間」——論馮延巳詞的悲劇美感〉（雲南民族學院學報哲學社會科學版，第 19 卷第 4 期 2002 年 7 月）。

〔註28〕趙雪沛〈縱有笙歌亦斷腸——論正中詞的寄託〉（遼寧師範大學學報社會科學版，第 27 卷第 3 期 2004 年 5 月）。

〔註29〕吳功正〈晏殊：富貴氣象和清婉心態〉（南京社會科學文學研究，第六期，2003 年 6 月）。

〔註30〕王麗潔〈試論晏殊詞的空幻情結〉（江西社會科學學報，2004 年 3 月）。

〔註31〕曹豔春〈略論歐陽修詞的樂觀精神〉（瀋陽農業大學學報社會科學版，2004 年 6 月）。

〔註32〕周健自〈論唐宋婉約詞真摯深細的抒情形態〉（黔南民族師範學院學報第 1 期，2005 年）。

〔註33〕呂君麗〈審悲中的甘美——淺談唐宋詞中的悲感產生的理論基礎〉（連雲港師範高等專科學校學報第 2 期，2005 年 6 月）。

〔註34〕張仲謀〈論唐宋詞的「閒愁」主題〉（《文學遺產》第 6 期，1999 年）。

〔註35〕楊海明〈珍惜生命：唐宋詞人生意蘊之本源〉（南陽師範學院學報社會科學版第 2 卷第 1 期，2003 年 1 月）。

能收羅到有助於本論文研究主題者不勝枚舉，在此僅爲舉要羅列。

第三節　研究範圍與限制

一、版本依據

　　本論文的研究方法，首先必須確認馮、晏、歐三位詞人詠秋作品的內容與數量，又馮、晏、歐詞互見重出者，各家傳本對此則多有考訂。因非本文研究重點，倘若一一辨證取捨，非篇幅所允、能力所及。故對於詞人詞集之諸多版本則不再多作評議，遂採用楊家駱所編《全唐五代詞彙編》〔註36〕與唐圭璋所編《全宋詞》〔註37〕、〔明〕毛晉輯《宋六十名家詞》〔註38〕爲文本，並兼採唐圭璋所編《宋詞互見考》〔註39〕，進行各項論述。另再輔以葉嘉瑩主編《名家詞新釋輯評叢書》之劉揚忠編《晏殊詞新釋輯評》〔註40〕、邱少華編《歐陽脩詞新釋輯評》〔註41〕、黃進德編《馮延巳詞新釋輯評》〔註42〕。利用每闋詞下所附注釋、講解，逐闋閱讀與檢索、爬梳，增加對詞作相關資料的了解，並以做一對照，以求詞作字句上的精確，以及確定研究的文本〔註43〕。此套新釋輯評，每一專輯之「新釋」、「輯評」在嚴謹的考證、整理之基礎上，吸收大量新材料、新觀點，融入前人研究成果，對所選定之詞人的作品進行分類、編年，

〔註36〕楊家駱編《全唐五代詞彙編》（台北：世界書局，1967年）。

〔註37〕唐圭璋編《全宋詞》（北京：中華書局，1965年）。

〔註38〕〔明〕毛晉輯《宋六十名家詞》（上海：上海古籍出版社，1989年）。

〔註39〕唐圭璋等著《宋詞互見考》（臺北：臺灣學生書局，1971年）。

〔註40〕劉揚忠編著《晏殊詞新釋輯評》（北京：中國書店，2003年）。

〔註41〕邱少華編著《歐陽脩詞新釋輯評》（北京：中國書店，2001年）。

〔註42〕黃進德編著《馮延巳詞新釋輯評》（北京：中國書店，2006年）。

〔註43〕凡是本論文所引之馮延巳、晏殊、歐陽脩詠秋詞，皆出自唐圭璋編《全宋詞》。另在引用賞析、論述時，多採用葉嘉瑩主編，劉揚忠、邱少華、黃進德等編著《名家詞新釋輯評叢書》之《馮延巳詞新釋輯評》、《晏殊詞新釋輯評》、《歐陽修詞新釋輯評》，皆不再另以註腳方式附註。

並逐詞注釋、講解、輯評，自建體系。也就是說此一叢書中的每一專集，都各自代表了此一詞人之作品、自其編訂成集以來的全部研究成果，可說是非常實用的工具書。

其次，則是匯整蒐集及閱讀與本論文相關之詩文與文獻，再次則對詠秋主題做一歷時性巡覽，分別探討詠秋主題中關鍵的一些轉折代表作品，以勾勒出詠秋之文學主題系統。本文在進入探討詠秋詞作之前，特別利用心理美學的角度，探討感秋與士大夫三不朽心理，以及感秋心理與仕宦窮達之聯繫，藉此切入本論文的主題。

進入本論文研究重心後，先將三位詞人的詠秋詞作加以統整歸納，並將其主題與特色做一分類，針對研究範圍內之詠秋詞，作一內容上的探析，再次則為藝術風格比較。本章特別注重結合時代環境與詞人性格，及生平際遇。由於創作背景之不同，三人情感基調與內在意蘊存在著差異性，因此，藝術表現手法也各有不同，所產生之風格類型以及風格特徵，自是同中有異、異中有同，而各呈千秋。最後，藉由詠秋詞作之探討，可延伸至晏殊、歐陽脩之於馮延巳詞作藝術上的承繼與開新。

經過上述研究方式的確立，以下則分為詠秋詞的界定，以及本論文研究章節兩方面，明確規範詠秋詞的選詞標準，以及概述各章節的研究內容。

二、題目義界

（一）選定馮、晏、歐三位詞人之因

1. 風格上有承繼關係——詞作互見情形普遍

北宋初期詞以晏殊、歐陽脩為代表，承繼五代詞風，形式多為小令。而在五代作家中，晏、歐詞風最接近馮延巳，這一認識在宋代已然產生。故〔宋〕劉攽《中山詩話》云：「晏元獻尤喜江南馮延巳歌詞。其所自作亦不減延巳。」〔註44〕。王國維《人間詞話》：「馮

〔註44〕〔宋〕劉攽《中山詩話》收入《文淵閣四庫全書》（臺北：臺灣商務，

正中詞不失五代風格，而堂廡特大，開北宋一代風氣」〔註45〕、「馮正中玉樓春詞：『芳菲次第長相續，自是情多無處足。尊前百計得春歸，莫爲傷春眉黛促。』永叔一生似專學此種。」〔註46〕。〔清〕劉熙載《藝概》也道：「馮正中詞，晏同叔得其俊，歐陽永叔得其深」〔註47〕。

　　由於風格上的相似，馮延巳、晏殊、歐陽脩三人的詞作，常有互見，成爲歷代詞集校勘上的難題。在判斷該詞爲何人所作的憑依，最主要仍是根據詞人作品的風格。因此，雖馮、晏、歐三人作風上有承繼關係且十分相近，不過，雖然相近，但畢竟是不同的，本質上的差異，仍可作爲判斷的依據。在擇取互見作品時，多參考頗具公信的唐圭璋《宋詞互見考》一書。

2. 人生經歷相似

　　晚唐五代至北宋間，其詠秋詞作數量足以作爲比較研究者，有三人：馮延巳〔註48〕、晏殊〔註49〕、歐陽脩〔註50〕。除此之外，晏、歐二人時期相近，且有相近的士大夫意識和審美趨尚，歐又是晏的門生，自有可能以業師的歌詞創作爲典則。再者，晏殊和歐陽脩在北宋初年都曾官居宰輔，其地位、環境、生活情趣也與曾任南唐宰相的馮延巳相似，於詞作上順理趨向於與他們地位相若、藝術情趣相近的馮延巳，甚是自然。

　　官居宰輔，是爲馮、晏、歐三人共同的政治經歷。這樣的政治經歷給予了詞人們何種特殊的生命體驗？然而，時代背景的因素是

　　　　1983 年）。
〔註45〕王國維著，徐調孚校注《校注人間詞話》（臺北：鼎淵文化，2001 年）頁 10。
〔註46〕王國維著，徐調孚校注《校注人間詞話》（臺北：鼎淵出版社，2001 年）頁 12。
〔註47〕〔清〕劉熙載《藝概》（臺北：華正書局，1988 年）。
〔註48〕馮延巳詠秋詞 22 首。
〔註49〕晏殊詠秋詞 49 首。
〔註50〕歐陽脩詠秋詞 41 首。

否影響了詞人的感情色彩？又如何影響晏殊、歐陽脩等北宋文人士大夫詞，在承繼南唐藝術傳統上，呈現出基本上的差異性質。這本質上的差異即是本文欲特別著力探討的重點。再者，同為面對生命中時而昂揚；時而低沉的際遇，由於個人生命情調之不同，在大自然的啓示下所獲得的感悟也就大異其趣。題目選定為馮、晏、歐三位詞人之詠秋詞研究，即期能探析出三位詞人在相似的生命體驗之中，於詠秋詞作中所展現出各具特色的生命情調。

3. 地緣關係深厚

〔清〕馮煦《蒿庵論詞》：「文忠家廬陵，而元獻家臨川，詞家遂有西江一派。其詞與元獻同出南唐，而深致則過之。」〔註51〕晏、歐二人皆為江西人。而江西為南唐舊地，馮延巳罷相後又出鎮撫州三年之久，因而，此地遺留的南唐詞風頗為深厚，在南唐滅亡之後不久就出生成長於此地的晏、歐二人，或多或少受到熏染。

總而言之，本論文探討的三家詠秋詞作，重點在於深掘此三位身份特殊的宰輔詞人，其面對大自然之秋的心緒。目的不僅在對比出與傳統詠秋心緒有何異同，也期能發現三位宰輔詞人在藝術風格上的承繼關係。

（二）詠秋詞的界定

選擇以詞做為研究的對象，是看重詞之佳者，往往能具有一種詩所不能及的深情和遠韻。王國維說：

> 詞之為體，要眇宜修，能言詩之所不能言，而不能盡言詩
> 之所能言。詩之境闊，詞之言長。〔註52〕

所謂「詞之言長」，就是指詞尤其能以深入、細緻的描繪和刻劃的特色，流露人物內心深處曲折微妙的心理活動，多層次地展現複雜微細

〔註51〕見〔清〕馮煦《蒿庵論詞》，收於唐圭璋《詞話叢編》冊四（北京：中華書局，1986 年）。

〔註52〕王國維著，徐調孚校注《校注人間詞話》（臺北：鼎淵出版社，2001年）頁 43。

的心底波瀾。葉嘉瑩曾歸納詞善於言情的特質，形成之原因：

> 其一，由於詞在形式方面本來就有一種伴隨著音樂節奏而
> 變化的長短錯綜的特美，因此，遂特別宜於表達一種深隱
> 幽微的情思：其二，則是由於詞在內容方面既以敘寫美女
> 及愛情為主，因此，遂自然形成了一種婉約纖柔的女性化
> 品質；其三，則是由於在中國文學中本來就有一種以美女
> 及愛情為託喻的悠久傳統；其四，則是由於詞之寫作既已
> 落入士大夫的手中，因此他們在以遊戲筆墨填寫歌詞時，
> 當其遣詞用字之際，遂於無意中也流露了自己的性情學養
> 所融聚的一種心靈之本質。〔註53〕

詞擁有這般特性，遂成為文人們發抒深細婉曲之心緒和情感的最佳
形式。「長」者，就是說它可以給讀者長遠的悠遠的一種聯想和回
味。中國的各體文學中，最能夠引起讀者自由想像和聯想的是詞這
種體式。詞因為是寫給歌筵酒席間的歌女去歌唱的歌詞，作者並非
要表達自己特別明顯的意識，不一定會將自我意志寫入。可是，就
在他寫那種傷春悲秋、傷離怨別的小詞裡，無心之中，流露了心靈
情感深處，那種最幽微、最隱約、最細緻的一種感受，那種情意的
活動，予人更豐富的聯想。〔註54〕故陳子龍《王介人詩餘序》曰：

> 「宋人不知詩而強作詩，其為詩也，言理而不言情，故終
> 宋之世無詩。然其其歡愉愁怨之致，動於中而不能抑者，
> 類發於『詩餘』，故其所造獨工。」〔註55〕

由於，詞是可以在酒邊花前，無所掩飾地即興抒發作者性情思緒的
樣式，因而從詞中確可感受到，本論文設定之上層文人的個性與獨
特風度。而詞中小令之風情、神韻尤備受稱賞，如顧璟芳云：

〔註53〕葉嘉瑩著《中國詞學的現代觀》（台北：大安出版社，1999年7月）
頁7。

〔註54〕參閱葉嘉瑩著《唐宋詞十七講》（臺北：桂冠出版社，1992年）頁
175。

〔註55〕見〔清〕王奕清《歷代詞話》卷8，收於唐圭璋《詞話叢編》冊2（北
京：中華書局，1986年）

> 詞之小令，猶詩之絕句，字句雖少，音節雖短，而風神情
> 韻，正自悠長。作者須有一唱三嘆之致，淡而豔，淺而深，
> 近而遠，方是勝場。〔註56〕

篇幅短小的形式，奠定了小令精練含蓄的特徵。本論文詠秋詞之形
式，多為詞人作品中的小令，間或數首中調。以此形式優點，復以唐
五代至北宋初，是小令繁榮期，選擇此一形式作為本論文討論範圍，
最是恰當。

　　而本論文題目用「詠秋」一語，乃因「詠」，可以是「詠懷」，
抒發表達情懷；也可以是「歌詠」，歌頌讚揚；更可以是「詠物」，
描寫客觀景物。雖然秋之氣寒露濃、蕭條肅殺，但秋同時也具備著
淨、澄、明、清的質性，淨是明淨、潔淨、清淨、素淨等意思；澄
又有透明的含意，即澄澈、澄清、澄明、澄淨等；明則有明朗、清
明、透明、分明等意。這是一種在萬物落盡之後，所呈現出的「清
景」。因此本文使用「詠秋」一語為主題，除了可以囊括傳統「悲
秋」的情感之外，更包含了感秋、喜秋、賞秋、秋遊等無限可能的
秋日情懷。除「詠秋」一詞的使用之外，本文尚有「感秋」心理美
學一詞。因物色而有所感，此感可以為喜可以為悲。因此以「感秋」
一語概括之。

　　至於對詞人作品中「詠秋詞」的界定，乃以下列幾項原則為主：
其一，詞中具有秋季中的客觀景象，如秋夜、秋山、秋水、秋月、
秋雲、秋雨、秋風、秋樹、秋雁、秋蟲、秋蟬等。其二，內容中風
光物色為秋日特有，雖未清楚標明以「秋」為吟詠對象，然內容實
屬之者。其三，內容為描述秋天進行的相關活動，如重九登高、七
夕乞巧、中秋賞月、秋日遊賞等。其四，在聯章詞中，若組詞整體
乃以秋天為歌詠的對象，則僅將明顯藉秋的徵候以抒情者，列入詠
秋詞選取範圍。由上述「詠秋詞的界定標準」進行統計，馮延巳《陽

〔註56〕見〔清〕田同之《西圃詞說》引顧璟芳語，收於唐圭璋《詞話叢編》
　　　　冊2（北京：中華書局，1986年）。

春集》中，符合選析標準的有二十二首。晏殊《珠玉集》中，符合選析標準的共有四十九首。歐陽脩《六一詞》中，符合選析標準的有四十一首。因此本論文採馮、晏、歐三人共一百一十二首詠秋詞作，以爲探討。

三、研究章節概述

本論文共分爲六章，章節內容的安排依序爲：

第一章緒論，首先說明本文研究背景及目的，再次概述目前相關論題的研究現況，最後則爲研究方法。

第二章爲探討「詠秋主題形成之文化淵源」。首先爲檢視「詠秋主題」中最大宗的「悲秋情感」在文學中的發展。《詩經》可以算是悲秋文學之醞釀階段，直至宋玉〈九辯〉則爲悲秋原型之樹立。再來，則對唐末五代以前詠秋主題，作一歷時性的重點概覽，依序爲：先秦兩漢文學中的秋天、魏晉之際文學中的秋天、唐人文學中的秋天。藉由上述唐末五代之前詠秋主題之文化歷時性的巡覽，以便進入本文探討重點：馮、晏、歐三人之詠秋文學。

第三章則探討「感秋心理美學之緣起」。擬從人與天地萬物的雙向建構中，探討感秋心理美學中，秋與愁的關係，並利用「審美移情」與「異質同構」兩大理論以細釐之。再次，則聯繫到感秋與士大夫三不朽之心理。傳統文人士大夫「學而優則仕」的理念，主導著「建功立業的人生價值觀」，然而在有限生命終未能實踐完成自我價值的當下，「強烈的時間和生命意識」就會油然而生。這種由時間意識和生命追求意識相織而成的「時遇感」，文人常藉由詠秋主題來呈現。而唐五代北宋詞人的人文精神，受到時代風氣的影響，在季節更迭中的惜時與嘆逝，突顯了對時間的的感傷，以及心理內在的深掘與探索。最後，則試著探討感秋心理與仕宦窮達之關聯。這裡，重點在於檢視擺脫顛躓於仕宦之路之人的心理狀態，擁有了一般士子所夢寐追求的人生價值，是否就代表現實與理想間從此完美結合？然而，事實上又並不能如此簡單推論。往往在看似人人稱羨的

際遇之中，他們所噴薄出的情感面向，雖有別於一般不遇的士人，然其情感深度，卻有過之而無不及。

第四章為「馮、晏、歐詠秋詞內容探析」。本章將馮、晏、歐三人共一百一十二首詠秋詞的內容，依心緒類別分類，歸納出三人詠秋詞作大致不脫以下數種內容。其一為「人生感慨」，再析分其中細微情感差異為：傷別閒愁、宴遊感懷、曠達情思、惜時緬懷等四項，其二為「情愛相思」，析為：相思戀情、離別閨怨、蓮女情懷。其三為「詠物寄情」，析為詠人物、詠植物。其四為「節序抒懷」，析為：十二月鼓子詞、民俗節序詞。其五為「祝壽吟詠」。由此分類，試析三位詞人詠秋詞作之情感內蘊。

第五章為「馮、晏、歐詠秋詞之藝術風格比較」。楊海明曾指出，唐宋詞風格多樣的原因：從時空角度看，有時代的原因、地域的原因；從社會角度看，有政治的原因，有經濟的、有文化思想方面的原因；從文學角度看，有繼承前代文學理論方面的原因，有作家的創作個性、創造經驗方面的原因，有文學理論方面的原因。〔註57〕他說的是構成「詞」總體風格的複雜性，作家的藝術風格之形成，亦復如此。因為作家藝術風格的形成，往往受到外緣社會環境、政治狀況和文壇風氣等時代風會的影響；同時又取決於作家自身個性、氣質、才華、經歷和藝術修養等內緣因素。因此，本章擬從時空、社會與文學角度等外緣因素，試析馮、晏、歐三人之創作背景，再由個人特殊之情感基調，內在意蘊以及藝術表現手法，探求詞家藝術風格類型特徵之不同。最後，再總結晏、歐之於馮延巳藝術風格之承繼與開新。

第六章為結論。就以上章節，為詠秋主題形成之文化淵源；感秋心理美學之特質；馮、晏、歐詠秋詞內容探析以及藝術風格比較做一整體性的歸納，以見本論文對馮、晏、歐詠秋詞研究的總體心得，同時呈現本論文之研究價值。

〔註57〕楊海明著《唐宋詞的風格學》（臺北：木鐸出版社，1987年）頁1。

第二章　詠秋主題形成之文化淵源

　　在共同的文化背景之下成長的中國傳統文人，不自覺地承繼著一些共同的哲學理想與審美趣味。在幾千年的文學史中，儘管有過戰國時期的百家爭鳴、魏晉時期的任性適意、唐宋時期的繁榮蓬勃、明清時期的侷促衰落，但時代風氣的轉換，似乎沒有改變一些代代相沿的精神追求，沒有改變伴隨著這種精神追求而來的種種矛盾心態。這些精神追求在繼承中又得到不斷的豐富和發展，而古典文學中詠秋傳統題材特別能突顯這種精神上的繼承性，同時也較具有特色。由於詠秋此一主題文學淵遠流長，內蘊豐富，極具吸附力和影響力。不僅造就了一批又一批熱衷於詠秋、善於詠秋作家，而且也涵育了一代復一代善於欣賞詠秋作品的讀者。〔註1〕

第一節　《詩經》——悲秋文學之醞釀階段

　　在中國文學中，《詩經》和《楚辭》可謂是悲秋文學的兩大淵源。日本學者松浦友久在〈中國古典詩中的「春」與「秋」〉〔註2〕中提到關於「悲秋」的這種心情，在《詩經》階段尚不可得見。何寄澎

〔註1〕參閱王世福、王曉玲：〈生命的感悟　執著的追求——淺談中國古典詩詞中的悲秋現象〉（青海師專學報社會科學第一期，1998年）。
〔註2〕松浦友久著《中國詩歌原理》（臺北：洪葉文化，1993年）頁26。

於〈悲秋——中國文學傳統中時空意識的一種典型〉一篇中，也提到《詩》三百篇中無悲秋之作品。〔註 3〕個人則以為《詩經》中那種間接、通過在秋天體驗到的感受而誘導人聯想自我情感的筆法已可視為一種詠秋情感的萌發醞釀。例如：

〈小雅‧四月〉：「秋日淒淒，百卉具腓，亂離瘼矣，爰其適歸」〔註4〕

〈國風‧召南‧草蟲〉：「喓喓草蟲，趯趯阜螽。未見君子，憂心忡忡」〔註5〕

一則由秋之肅殺聯想到戰事紛亂，無力擺脫的無奈，是一種感物傷世的情懷。一則寫思婦在秋蟲的鳴叫聲中憂思彌烈。再如：

〈秦風‧蒹葭〉：「蒹葭蒼蒼，白露為霜」〔註6〕

全篇通過蒹、葭、露、霜等秋景的反覆渲染，形成一種蘆葉荻花秋瑟瑟，白露為霜人斷腸的氣氛，詩歌主人公置身於其中，為候人不遇的惆悵渲染淒清的氣氛。〈秦風‧蒹葭〉一篇，展示了在深秋背景下主人公的傷感與迷離，可見深沉委婉的悲秋文學已處於醞釀階段。而〈衛風‧氓〉一篇也是佳例：

〈衛風‧氓〉：桑之未落，其葉沃若。于嗟鳩兮！無食桑葚。于嗟女兮！無與士耽。士之耽兮，猶可說也。女之耽兮，不可說也。桑之落矣，其黃而隕。自我徂爾，三歲食貧。淇水湯湯，漸車帷裳。〔註7〕

〔註 3〕何寄澎〈悲秋——中國文學傳統中時空意識的一種典型〉（臺大中文學報第 7 期，1995 年 4 月）：三百篇中確無「悲秋」之例，檢之自見，〈小雅‧採薇〉：「曰歸曰歸，歲亦陽止。」「曰歸曰歸，歲亦莫止。」似略有「悲秋」之意，實則悲行役之勞。〈小雅〉連續數篇皆悲行役之勞，與「悲秋」所特有的「時空意識」無涉。小川環樹〈風與雲——中國感傷文學的起源〉有云：「以季節的感情而言，為秋天而悲哀的用例始見於《楚辭》。」其見甚的。
〔註 4〕〔清〕阮元校勘《十三經注疏‧詩經》（臺北：藝文印書館，1955 年）。
〔註 5〕〔清〕阮元校勘《十三經注疏‧詩經》（臺北：藝文印書館，1955 年）。
〔註 6〕〔清〕阮元校勘《十三經注疏‧詩經》（臺北：藝文印書館，1955 年）。
〔註 7〕〔清〕阮元校勘《十三經注疏‧詩經》（臺北：藝文印書館，1955 年）。

詩中女主人用「桑之落矣，其黃而隕」與前章「桑之未落，其葉沃若」
互作對比，表現其色貌已衰，如桑葉落地，枯黃飄零。怨恨沉重的嗟
嘆青春美貌如同秋衰葉落，人老珠黃，韶華已逝，夫妻之間的感情更
難再挽回。

　　由以上數例可見，詩經中藉著這個最易觸動人感官、最能表達
自然界運動變化的季節物候描寫，將秋天典型的美感效應凝結在飽
含社會人生內容的藝術載體中，以秋景及其音響來興起抒情，成為
中國文學中悲秋主題的濫觴。〔註8〕

第二節　宋玉〈九辯〉──悲秋文學原型之樹立

　　若謂《詩經》中的悲秋情懷是悲秋主題的醞釀階段，至《楚辭》
悲秋主題的傳統可謂大備，而宋玉的〈九辯〉則被認為是中國文學
「悲秋」傳統的直接源頭。

　　〔明〕胡應麟《詩藪·內篇古體上》：

> 「悲哉秋之為氣也……」，模寫秋意入神，皆千古言秋之
> 祖。六代、唐人詩賦靡不自此出者。〔註9〕

其「千古言秋之祖」一語，即指出宋玉〈九辯〉在悲秋文學主題傳統
中的重要位置。而近人錢鍾書《管錐篇·九辯》也道及：

> 《詩》之〈君子于役〉等篇，微逗其端，至《楚辭》始粲
> 然明備，《九辯》首章，尤便舉隅。〔註10〕

其言甚為清楚，說明悲秋文學於《詩經》微逗其端，而至《楚辭》始
粲然明備，《九辯》首章，尤便舉隅。以下即深入探討《楚辭》中各
篇以悲秋為基調漸為大觀的悲秋文學。

〔註 8〕參閱王立〈《詩經》試探三題〉（陰山學刊社會科學版第三期，1997
　　　年）。
〔註 9〕〔明〕胡應麟《詩藪》（北京：中華書局，1958 年）。
〔註10〕錢鍾書《管錐篇》（台北：書林，1988 年）頁 628。

一、《楚辭》——蔚為大觀的悲秋文學

　　戰國末年，由於君主的昏瞶，群小的讒言，楚國在強秦的不斷侵凌下，國勢更如江河日下。而正直的屈原在楚國政壇上受到的是激烈的打擊和陷害。風雨飄搖的時代背景與憂憤纏身的個人遭遇，屈原將這樣的哀情，傾注在作品之中，構成了他文學的基調，試看〈離騷〉：

> 〈離騷〉：日月忽其不淹兮，春與秋其代序。唯草木之零落兮，恐美人之遲暮。〔註11〕

其中春去秋來、日升月落，花開花謝，歲月匆逝等自然法則連繫著人世間美人遲暮的無奈。屈原此種「感秋」情緒，其中潛藏著嘆時傷逝的情感，是傷春悲秋情結的萌芽。而〈涉江〉是屈原晚年的作品：

> 〈九章・涉江〉：乘鄂渚而反顧兮，歎秋冬之緒風。步余馬兮山皋，邸余車兮方林。〔註12〕

楚國自頃襄王繼位以來，在強秦的不斷侵凌下，國勢日益衰落，屈原所遭受的打擊和陷害也愈趨沉重。屈原將其徬徨惆悵的心情傾注在作品之中。此處緒風乃餘風。據洪興祖引五臣注云：「秋冬之風，搖落萬物，比之讒佞，是以嘆焉。」〔註13〕「秋冬之緒風」，實指早春的寒風。「欵秋冬之緒風」點明時令是春初，但詩篇未寫萬象更新的春意，卻以秋冬餘緒的寒風形容料峭春風，藉以烘托出遷客騷人內心淒寒的心境。遙想屈原登鄂渚回望楚國之際，思君之悲痛情思，猶然可見。再看〈抽思〉：

> 〈九章・抽思〉：思蹇產之不釋兮，曼遭夜之方長。悲秋風之動容兮，何回極之浮浮。〔註14〕

在這整個抒發憂傷情感的詩章中，屈原的感情是逐步委婉、細膩地予以吐露的。先從比喻入手，描寫自己的憂思如處於漫漫長夜之中，

〔註11〕〔宋〕洪興祖《楚辭補注》（北京：中華書局，1985年）。
〔註12〕〔宋〕洪興祖《楚辭補注》（北京：中華書局，1985年）。
〔註13〕〔宋〕洪興祖《楚辭補注》（北京：中華書局，1985年）。
〔註14〕〔宋〕洪興祖《楚辭補注》（北京：中華書局，1985年）。

曲折糾纏而不得解，同時聯繫到了自然界的秋風動盪。秋景染上情感的色彩，染上哀愁的秋景又反覆刺激著人的感官，令人倍感神傷。〈悲回風〉一篇也頗具特色：

> 〈悲回風〉：悲回風之搖蕙兮，心冤結而內傷。物有微而隕性兮，聲有隱而先倡。〔註15〕

王夫之《楚辭通釋》評曰：「風之初起，生於萍末，已而狂颰震盪，芳草爲之摧折，讒人之在君側，一倡百和，交盪君心，則國是顛倒，誅逐無忌，貞篤之士，更無可自全之理，故追原禍始，而知己之不可復生也。」〔註16〕情景相感，以秋風催折搖蕙、凋傷草木來寫「心冤結而內傷」的愁苦。通篇氣氛寂清蕭條，具有極強烈的藝術魅力。再如〈九歌・湘夫人〉：

> 〈九歌・湘夫人〉：帝子降兮北渚，目眇眇兮愁予。嫋嫋兮秋風，洞庭波兮木葉下

秋風疾，則草木搖，湘水波，而木葉落矣。藉著秋景映照著湘夫人愁恨的心境。〔註17〕主人公不見伊人，極度期盼至黯然失落，心理落差甚大，形成一種沉重的失落感，因此主人公的情緒染上了落寞的色彩，構成一種特殊的審美心境，極目所見盡是令人黯然神傷的景色：蕭瑟秋意似乎滲透心坎；片片落葉猶如愈趨沉重的心情；微波蕩漾的湖面，猶如起伏不定的心緒〔註18〕。情景交融中，表達出深切婉轉的情致。〔註19〕

　　總而言之，屈原一生追求理想落空，不願與世俗妥協，不願遷

〔註15〕〔宋〕洪興祖《楚辭補注》（北京：中華書局，1985年）。

〔註16〕〔清〕王夫之《楚辭通釋》（臺北：廣文書局，1966年）。

〔註17〕〔清〕戴震：寫水波、寫木葉，所以寫秋風，皆所以寫神不來，冷韵淒然。

〔註18〕〔明〕陸時雍評曰：「風流瀟灑，嫋嫋秋風，水波木下，愁緒當與湖水相量耳」轉引自楊興華：〈楚辭與悲秋文學〉（衡陽師專學報社會科學第1期，1994年）。

〔註19〕〔明〕胡應麟《詩藪・內篇古體上》（上海：上海古籍出版社，1979年）：「『嫋嫋兮秋風，洞庭波兮木葉下……』形容秋景入畫……皆千古言秋之祖。六代、唐人詩賦靡不自此出者。」

就現實政治的污濁，滿懷的悲憤、傷情的哀愁，這樣深刻的心境託秋述志，志之深，情之怨可以想見。以上引《楚辭》中諸句，或因草木零落而恐懼年老，或因心緒不佳而覺秋風動容，或風搖蕙草而悲物漸損，多是單一現象的秋景與單一情感的觸動相對應。整體的秋意喚醒內心複雜的悲傷情緒，直至〈九辯〉才鮮明了起來〔註20〕，唯〈湘夫人〉中的嫋嫋秋風、蕭蕭木葉，已與複雜的悲傷情緒融爲統一的整體。日本學者藤野岩友在談到《楚辭》對日本近江奈良朝文學的影響時認爲：中國的悲秋文學作品數量宏大，直接或間接地屬於〈九辯〉體系，因此來自這些作品的影響，歸根到底淵源於《楚辭》〔註21〕

二、〈九辯〉──千古言秋之祖〔註22〕

　　從悲秋文學的醞釀階段，以秋景及其音響來興起抒情的《詩經》篇章，至《楚辭》作品已開悲秋之先聲，而宋玉〈九辯〉則承繼並大大發展了悲秋文學。〈九辯〉：「悲哉秋之爲氣也，蕭瑟兮草木搖落而變衰」兩句氣勢磅礴，寒威無邊，更富於震撼人心的藝術力量：

> 〈九辯〉：悲哉秋之爲氣也，蕭瑟兮草木搖落而變衰。憭栗兮若在遠行，登山臨水兮送將歸，沉寥兮天高而氣清，寂寥兮收潦而水清。憯悽增欷兮薄寒之中人。愴怳懭悢兮去故而就新；坎廩兮貧士失職而志不平。廓落兮羈旅而無友生；惆悵兮而私自憐。燕翩翩其辭歸兮，蟬寂漠而無聲；雁雍雍而南遊兮，鶤雞啁哳而悲鳴。獨申旦而不寐兮，哀蟋蟀之宵征。時亹亹而過中兮，蹇淹留而無成。

宋玉從秋風蕭瑟、草木搖落、天高氣清、潦收水清、遠行之人，寫到

〔註20〕參閱趙明主編《先秦大文學史》（長春：吉林大學出版社，1993 年）頁 525。

〔註21〕參閱楊興華〈楚辭與悲秋文學〉（衡陽師專學報社會科學第 1 期，1994年）。

〔註22〕〔明〕胡應麟《詩藪》內篇卷一（北京：中華書局，1958 年）：「屈原《九歌‧湘夫人》寫秋景入畫，宋玉《九辯》寫秋意入神，皆千古言秋之祖」。

各種動物：候鳥南歸、秋蟲哀鳴、鵾雞啁哳等。其所選取的皆暮秋時節最富於感傷特質的事物加以概括和描寫，構成一幅天地驟變，萬象悲聲，氣氛淒涼的宏大畫面，抒發其人生已半，所求無成，去故就新、雨中淹留、羈旅無友的惆悵。成功地把歲時之秋與人生之秋相聯繫，將秋氣對萬物、對人心的刺激化為「悲秋」的藝術境界。張軍在〈先秦大文學史〉中提到：

> 詩人在那裡表達了自己的孤獨感以及動人肺腑的悲哀，並把它們「轉嫁」給自然。起句「悲哉！秋之為氣也」突出了自然與個人感受的對立。……這種「轉嫁」以作為季節的秋的感受為前提。〈九辯〉所以對後世文學產生過重大影響，正因為它是第一篇明確而直接表現了「秋乃悲之化身」的辭賦。〔註23〕

因此可以說，是宋玉完成了由「秋」向「愁」的形象轉化和心理對應。文人筆下的秋，不再只是一種自然景色，一種時間節奏，而是一種複雜的甚至莫名的恐懼、憂傷與悲哀；同時也喚起人類對大自然由興盛變為蕭颯的某種悲憫。這種情結，毋庸諱言，非常感傷，甚至消極，但它卻大大推進了人類情緒與大自然景象的交流，大自然也正因為注入了更豐富更濃厚的人類情感色彩，才會更富於審美意蘊和欣賞價值。只要人類的情感不變成單一結構和單一色調，悲秋情節就不會因為它是消極的而毫無意義。〔註24〕再看〈九辯〉第二章：

> 皇天平分四時兮，竊獨悲此廩秋。白露既下降百草兮，奄離披此梧楸。去白日之昭昭兮，襲長夜之悠悠。離芳藹方壯兮，余萎約而悲愁。秋既先戒以白露兮，冬又申之以嚴霜。收恢台之孟夏兮，然坎傺而沈臧。葉菸邑而無色兮，枝煩挐而交橫；顏淫溢而將罷兮，柯彷彿而萎黃；萷櫹椮之可哀兮，形銷鑠而瘀傷。惟其紛糅而將落兮，恨其失時

〔註23〕見趙明主編《先秦大文學史》（長春：吉林大學出版社，1993 年）頁525。

〔註24〕參閱趙明主編《先秦大文學史》（長春：吉林大學出版社，1993 年）頁 525。

而無當。攬騑轡而下節兮,聊逍遙以相佯。歲忽忽而遒盡兮,
恐余壽之弗將。悼余生之不時兮,逢此世之俇攘。澹容與
而獨倚兮,蟋蟀鳴此西堂。心怵惕而震盪兮,何所憂之多
方!仰明月而太息兮,步列星而極明。〔註25〕

此章對秋景的出色描繪,是對首章的深化。以白露、嚴霜、明月、蟲
鳴、列星等物象營造凜秋氛圍;露下百草,梧楸離披,枯葉憔悴而無
色,亂枝交橫而萎黃,是以皇天平分四時,宋玉獨悲凜秋。

由〈九辯〉原型,我們可以歸結出中國文化中悲秋意識的特點:
第一,時間意識和空間意識融合:時序的變化,蕭瑟、淒冷、寂寥的
自然意象顯示出天道運行由盛而衰的必然的循環性,宋玉因外在自然
意象意識到自我生命的漸趨結束,然而時間之不可逆卻又能永恆,人
生之不可逆卻短暫,兩相對照之下,興發出個人生命的有限與無常
感。事實上,自然與人文之間的聯繫興感,並不必然形成一種感傷的
特質,唯加以不可逆之時空意識,就為感秋文學帶來極濃重的悲傷情
調。第二,社會歷史原因和作者自身遭遇的融入。〔宋〕朱熹在《楚
辭集注》也提過:

秋者,一歲之運,盛極而衰,肅殺寒涼,陰氣用事,有似
叔世危邦,主昏政亂,賢智屏絀,姦兇得志,民貧財匱,
不復振起之象,是以忠臣志士,遭讒放逐者,感事興懷,
尤切悲嘆也。〔註26〕

朱熹於此概括了悲秋文學產生的兩個原因:社會歷史原因和作者自身
遭遇方面的原因。秋風蕭瑟,秋景肅殺,秋寒慘澹,朱熹以為可與社
會歷史做一對照聯想,因此,言「似叔世危邦,主昏政亂,賢智屏絀,
姦兇得志,民貧財匱,不復振起之象」。前蘇聯漢學家 E・A・謝列勃
理雅可夫也曾指出:「宋玉以圓熟的技巧表現了給人以悲戚蒼涼之感
的秋日景色。在〈九辯〉裡,對外部世界,對秋天肅殺景象的印象,
同詩人那種意識到社會對賢才極不公道的精神狀態是有機地融為一

〔註25〕〔宋〕洪興祖《楚辭補注》(北京:中華書局,1985年)。
〔註26〕〔宋〕朱熹《楚辭集注》(臺北:文津,1987年)。

體的。」〔註27〕

　　總而言之，宋玉的〈九辯〉樹立了睹秋景之衰、感日月之逝而覺形體衰敗、年邁將盡的悲秋模式。比較特殊的是，由於接續屈子「不遇」的悲慨，故其悲秋的「時空意識」不是第一層面的恐懼死亡，乃是更深一層的恐懼不遇、恐懼無所用，這反映了他生命的「積極」意識，同時也抉發了傳統士人幾乎一致的命運——不遇與無所用竟成了傳統士人心中永不能解的哀傷。〔註28〕雖未達屈子為追求理想，乃至慷慨赴死的境界，而其去國懷鄉，旅途顛沛，客中思家，嘆窮憂老，饑寒交迫，失職不平，亂世憂生，壯志未酬等等的情感卻道出無數士大夫們不盡的愁緒〔註29〕。在自然的各種色調中，後代文士對於這樣的主題感到貼切與真實。因此，由〈九辯〉「悲哉秋之為氣，蕭瑟兮草木搖落而變衰」，自然季候的「秋」與人生緊緊聯繫，文學生命的意象自此更為豐富，更增添一種陰柔至美的藝術美學〔註30〕。中國文人開始自覺地吟起深沉而淒越的悲秋詠嘆調，並在其後不同時代文人筆下匯引出巨大的和聲與回響。

第三節　詠秋主題之歷時性巡覽

　　試探中國古代文學中的詠秋主題，實乃淵遠流長，可說是借著自然景物來反映作者主體本質一個重要且難以取代的文學主題。文

〔註27〕轉引自趙明主編《先秦大文學史》（長春：吉林大學出版社，1993年）頁524。

〔註28〕何寄澎〈悲秋——中國文學傳統時空意識中的一種典型〉（臺大中文學報第7期，1995年4月）。

〔註29〕〔清〕劉熙載《藝概》（臺北：華正書局，1988年）：屈子以後之作，志之清峻，莫如賈生〈惜誓〉；情之綿邈，莫如宋玉「悲秋」；骨之奇勁，莫如淮南〈招隱士〉。

〔註30〕魯瑞菁《楚辭文心論》〈諷諫抒情與神話儀式〉（台北：里仁書局，2002年）頁504。：「〈九辯〉在現實的秋令時節中，以秋夜、秋月、秋雲的意象，既烘托出陰鬱慘澹的氛圍，也鋪陳出一個人情化、心理式內在場域，其內心哀怨、陰柔的情懷，較接近月亮原型。」

學史中不論哪個朝代、何種體裁，詠秋主題或隱或顯都貫串其中，隨著時代變異，詠秋主題的作品情感主軸都展露出不同的風華與特色，詠秋主題的創作體裁也不斷擴大。本論文探討重點鎖定在唐五代北宋宰相群體詠秋之詞作，為求整體上更能掌握詠秋主題系統，因此特於此節對歷來秋之詠嘆佳篇，做一歷時性的概略性巡覽，試舉詠秋主題中尤具關鍵性的代表作品以勾勒出詠秋文學的面貌。

一、先秦兩漢文學中的秋天

《詩經》為詠秋文學的醞釀階段，至《楚辭》，悲秋主題成熟而蔚為大觀。尤其宋玉〈九辯〉一篇則為悲秋原型之樹立，被推為千古言秋之祖。這些重要源頭，已於上節分點詳細探究，於此不再贅述。以下則著眼在秋的詩情譜系下詠秋主題的發展規模：先秦兩漢的文學作品中，在近似的情感表現之下，逐漸形成一種共通的心緒，「悲哉秋之為氣」已經形成多數文人共通的敏感，典型且突出的如漢武帝〈秋風辭〉：

> 秋風起兮白雲飛，草木黃落兮雁南歸。蘭有秀兮菊有芳，
> 懷佳人兮不能忘。泛樓船兮濟汾河，橫中流兮揚素波。簫
> 鼓鳴兮發棹歌，歡樂極兮哀情多。少壯幾時兮奈老何！

〔註31〕

〈秋風辭〉全文以騷體寫成，延續了宋玉〈九辯〉的怨情，通篇極意藉秋題悲悼少壯消逝而漸邁年老的悲哀。物質享受無限豐美，權勢高貴集於一身的帝王也還是不能挽留住時間、挽留住盛年，挽留住歡樂。衰老的不安感不斷迫近，無法逃避，終在目睹秋風吹散白雲，草木黃落、大雁南歸的秋景中，宣洩出對年華老去，生命消逝的恐慌。

其實，《楚辭》的影響在漢代始終可見，從文學大賦到抒情短賦，許多抒懷言志的作品多以騷體寫作，士人藉騷體一抒胸中噎氣，更藉秋題抒發牢騷，或感物、或傷懷、或哀己，或傷時，如劉向〈九嘆·

〔註31〕〔宋〕郭茂倩編《樂府詩集》（北京：中華書局，1978年）。

逢紛〉：「白露紛以涂涂兮，秋風瀏以蕭蕭。身永流而不還兮，魂長逝而長愁。」此作雖不以「秋」爲題，然而以白露、秋風、以寄愁的抒情手法，亦是屈子悲秋之餘音。〔註32〕

二、魏晉之際文學中的秋天

魏晉時期是文人普遍自覺的時代，強烈的個人色彩形諸於文字詩歌之中，普遍呈現出作家個人特質。在魏晉以後，詠秋主題中，以「悲秋」作爲抒發憂思的例子更爲普及，詩歌中，如曹丕〈燕歌行〉：

> 秋風蕭瑟天氣涼，草木搖落露爲霜。
> 群燕辭歸鵠南翔，念君客遊多思腸。
> 慊慊思歸戀故鄉，君何淹留寄他方。
> 賤妾煢煢守空房，憂來思君不敢忘。
> 不覺淚下沾衣裳，援琴鳴弦發清商。
> 短歌微吟不能長，明月皎皎照我床。
> 星漢西流夜未央，牽牛織女遙相望。
> 爾獨何辜限河梁？〔註33〕

阮籍〈詠懷〉：

> 開秋兆涼氣，蟋蟀鳴床帷，感物懷殷憂，悄悄令人悲。
> 多言焉所告，繁辭將訴誰。微風吹羅袂，明月耀清暉。
> 晨雞鳴高樹。命駕起旋歸。

左思〈雜詩〉：

> 秋風何冽冽，白露爲朝霜。柔條旦夕勁，綠葉日夜黃。
> 明月出雲崖，皦皦流素光。披軒臨前庭，嗷嗷晨鴈翔。
> 高志局四海，塊然守空堂。壯齒不恆居，歲暮常慨慷。

〔註32〕參閱蘇霜慧〈哀怨起騷人——騷體悲秋文學探析〉（興大人文學報第36期，2006年3月）。

〔註33〕以下所舉詩例皆出自續修四庫全書編纂委員會編《六朝詩集》（上海：上海古籍，1995年）。賦例則出自瞿蛻園選注《漢魏六朝辭賦》（臺北：西南出版社，1978年）爲免瑣碎，則不再一一加注。

古樂府歌詩：

> 秋風蕭蕭愁殺人，出亦愁，入亦愁。胡地多飆風，樹木何
> 蕭蕭。離家日趣遠，衣帶日趣緩。心思不能言，腸中車輪
> 轉。

應璩〈雜詩〉：

> 秋日苦促短，遙夜邈綿綿，貧士感此時，慷慨不能眠。

上述所舉諸例，左思〈雜詩〉尤具特色，詩人將季節變遷、詩人失
眠以及死之將至仍壯志未酬的落寞，藉凜凜秋情發揮的淋漓盡致，
詩中意象，大多曾在《詩經》或《楚辭》中出現。再如曹丕〈燕歌
行〉，這是一首純七言詩，形式整齊的七言句，已經脫盡騷體「兮」
字句式。「秋風蕭瑟天氣涼，草木搖落露爲霜」，首句顯然繼承了宋
玉「悲哉秋之爲氣也，蕭瑟兮草木搖落而變衰」描繪草木凋零的殘
秋景象。「秋風何冽冽，白露爲朝霜。柔條旦夕勁，綠葉日夜黃。明
月出雲崖，皦皦流素光」等，皆從清秋景物之蕭條，物華陳蕪的鋪
敘進而轉至情感的傾訴。深受宋玉〈九辯〉的影響可見一斑。這正
是秋詩的一種基型，凡秋思、秋感與秋懷、秋興之作，其表現手法
與情感線索，多不出此。

　　六朝小賦，對於這個主題，也多所發揮，在文人筆下繼續延伸並
得到深化。然而值得注意的是六朝小賦已脫離漢以後擬騷作品的模
擬，在創作形式上已呈現模仿與創新並進，如曹植〈秋思賦〉：

> 四節更王兮秋氣悲，遙思恍惚兮若有遺。原野蕭條兮煙無
> 依，雲高氣靜兮露凝衣。野草變色兮莖葉稀，鳴蜩抱木兮
> 雁南飛。歸室解裳兮步庭前，月光照懷兮星依天。居一世
> 兮芳景遷，松喬難慕兮誰能仙。長短命也兮獨何悲。

夏侯湛〈秋可哀賦〉：

> 秋可哀兮，哀秋日之蕭條，火廻景以西流，天既清而氣
> 高。……哀新物之陳蕪，綢篠朔以歛稀，密葉堿以隕疎，
> 雁摧翼於太清。……感時邁以興思，情愴愴以含傷。

湛方生〈秋夜賦〉：

> 悲九秋之爲節，物凋悴而無榮。嶺頹鮮而殞綠，木傾柯而
> 落英。履代謝以惆悵，睹搖落而興情。……凡有生而必凋，
> 情何感而不傷。

何瑾〈悲秋夜〉：

> 悲莫悲兮秋夜，伊秋夜之可悲，增沈懷於遠情，歎授衣於
> 幽詩，感蕭瑟於宋玉，天寥廓兮高褰，氣淒肅兮屬清。

由以上作品，大致可歸納出一個方向：即魏晉作家的作品，悲秋題材擴大，作品形式則趨於短小。以曹植的〈秋思賦〉爲例，全篇強化「惜時」主題與嘆逝的哀愁，幽怨之情更形強烈。他在建安後期所遭遇的政治糾葛，反映在文學作品中便充滿了秋季肅殺之悲情，是屈騷忠怨風格的繼承。面對兩重悲哀：無可溫慰的孤寒與無從挽回的消逝，詩人所表現的基調仍屬傷感。與曹丕〈燕歌行〉不同的是，曹植非常純熟地運用「九歌體」句中用「兮」的特質，騷體形式加上頓挫的語氣更添悽愴悲涼。〔註34〕較爲特別的是潘岳〈秋興賦〉：

> 嗟秋日之可哀兮，諒無愁而不盡。野有歸燕，隰有翔隼，
> 遊氛朝興，槁葉夕殞。於時乃屏輕篷，釋纖絺，藉莞蒻，
> 禦夾衣，庭樹槭以灑落，勁風戾而吹帷。蟬嘒嘒以寒吟，
> 雁雝雝而南飛。天晃朗而彌高，日遊暘而浸微，何微陽之
> 短晷，覺涼夜之方永。月朣朧以含光兮，露淒清以凝冷。
> 熠燿粲於階闈，蟋蟀鳴於軒屏。聽離鴻之晨吟，望流火之
> 余景。……悟歲時之遒盡兮，慨低首而自省……。

在宋玉所樹立的悲秋典型之下，基本模式之「傷老」以至更深一層的「感士不遇」，代代文人作品中多有所繼承，而潘岳〈秋興賦〉中，「嗟秋日之可哀兮，諒無愁而不盡」自是藉秋之自然生命與自然節律形態中的寂寥，引起歎逝、懷人等人生之感傷與生命之悲感。這樣的情感仍屬承繼。而「悟歲時之遒盡兮，慨低首而自省。」此句乃於秋意中

〔註34〕參見蘇霜慧〈哀怨起騷人——騷體悲秋文學探析〉（興大人文學報第36期，2006年3月）。

的生發出「悟」與「自省」的情感，於此可說是開拓了宋玉悲秋的意境。除了感受秋天榮悴蕭瑟與淒涼寥落之感，在清高況朗的的秋氣生發出秋之第二重含義，大自然中寧靜、明淨、內斂、沉潛的特有狀態，引發人心的清明理性，喚起生命的內省與昇華。加深擴展了「秋興」的意味。

　　然而，秋思題材發展到南北朝後期，在題旨喻義上有了很大的轉變，詩人因秋起意，作品中卻無屈原般深沉的忠怨與悲痛，只是借秋題發揮，有些甚而極盡炫麗的色彩，從言情轉向寫景，內容由模擬怨情轉而注重艷詞麗句，〔註35〕以蕭繹〈秋風搖落〉爲例：

> 秋風起兮寒雁歸，寒蟬鳴兮秋草腓。萍青兮水澈，葉落兮林稀。翠爲蓋兮玳爲席，蘭爲室兮金爲扉。水周兮曲堂，花交兮洞房。樹參差兮稍密，紫荷紛披兮疏且黃。雙飛兮翡翠，並泳兮鴛鴦。神女雲兮初度雨，班姬扇兮始藏光。且淹留兮日云暮，對華燭兮嘆未央。

秋風、寒蟬、翠蓋、蘭室、花房、神女、雲雨等種種意象顯然均直承屈原〈九歌〉的抒寫風格，女神、秋思的意象刻畫雖然極盡細膩傳神，但華麗的文字中，獨獨缺少屈、宋那種深刻的忠君愁怨情感，反而著力於金碧輝煌的文字刻畫技巧之中，內容則一徑表現宮廷貴族亮彩奢華的生活情趣。從總體發展看來，南朝悲秋文學的普遍傾向是，貴族化的審美情趣，和追求華靡的時代風尚，導引著人們在意象的選擇上格外注重其外形的美贍、色彩的亮麗和品質的高貴。所以大部分作品是在傳統屈騷的基礎上，著意營構深宮風華的宮廷遊戲之作，感興卻不悲沉。再舉南北朝梁元帝〈臨秋賦〉爲例：

> 火歇兮秋氣生，風起兮秋潦清。覽時興而自得，聊飛轡而娛情。遵二條之廣路，背九仞之高城。爾乃登長畈，息余驥。攬筆舒情，沉吟屬思。草色雜而相同，樹影齊而花異。遙峰迢遞，縈殺斷絕。雲出山而相似，水含天而難別。

〔註35〕參見蘇霜慧〈哀怨起騷人——騷體悲秋文學探析〉（興大人文學報第36期，2006年3月）。

〈臨秋賦〉作者身爲帝王，少了一般悲秋主題裡的逐臣之痛，這種自得娛情所產生的文字之作，頗有「爲賦新詞強說愁」的意味，從屈宋以來的悲愁情懷漸消，取而代之的是詩人強賦愁與娛情自賞的文字才氣，悲秋文學至此已然失去了抒情詠物言志的傳統寄託，不得不待有唐一代詩人的崛起與發揚。

三、唐人文學中的秋天

至唐初，離宋玉已有百年之遠，而悲秋主題在唐代文學中的發展更側重詠嘆宇宙人生，其視野開闊，風格亦趨向多樣化。首先最能代表大唐氣象的邊塞詩中，詠秋情懷是相當出色的，時局造就有志者欲建功立業，而外有遊子思鄉愁緒內必有思婦望歸之切。試看王昌齡的〈邊愁〉：

> 烽火城西百尺樓，黃昏獨坐海風秋。
> 更吹羌笛關山月，無那金閨萬里愁。〔註36〕

詩中營造著黃昏時孤身獨坐，臨秋風吹起羌笛，寄情關山月，感時傷懷的形象，表達了邊塞征人思妻愁苦之甚。再看劉禹錫的〈秋風引〉：

> 何處秋風至，蕭蕭送雁群；朝來入庭樹，孤客最先聞。

秋天思念故鄉所寫的詩。雁群、颯颯的秋聲所帶來的秋的訊息，引發了詩人客居的鄉愁；於是把遊子因思念家園而特別孤獨敏感的心情，含蓄地表達出來。劉禹錫另有〈秋詞〉一首卻十分特別：

> 自古逢秋悲寂寥，我言秋日勝春朝。
> 晴空一鶴排雲上，便引詩情到碧霄。

詩人對秋天和秋色的感受與眾不同，一反過去文人悲秋的傳統，唱出了昂揚的勵志高歌。秋天並非絕然的毫無生氣，試看振翅高舉的鶴，在秋日晴空中，排雲直上，矯健凌厲，奮發有爲，大展鴻圖。顯然，「晴空一鶴」是獨特的、孤單的。但正是這只鶴的頑強奮鬥，衝破了秋天的肅殺氛圍，爲大自然別開生面，這只鶴可以是不屈志士的化

〔註36〕以下所舉唐詩皆出自《全唐詩》（上海：上海古籍出版社，1986年）爲免瑣碎，則不再一一加注。

身，奮鬥精神的體現。

宋玉〈九辯〉中「悲哉秋之爲氣、蕭瑟兮草木搖落而變衰。」一語中「搖落」的用法，魏曹丕也曾以此詞用於其作〈燕歌行〉中：「秋風蕭瑟天氣涼，草木搖落露爲霜。」而其用法並未對宋玉有任何捕充。而初唐蘇頲〈汾上驚秋〉相對於宋玉、曹丕「搖落」的使用，即可見長足進步：

> 北風吹白雲，萬星渡河汾；心緒逢搖落，秋聲不可聞

蘇頲直接以搖落形容心緒，搖落已從指涉實物的草木轉移到人的心情思緒。全詩欲強調的不是外在凋零的世界，而是它內在世界驚秋的心情。到了杜甫，對於「搖落」一詞的用法更是別出心裁，〈詠懷古蹟五首之二〉：

> 搖落深知宋玉悲，風流儒雅亦吾師。
> 悵望千秋一灑淚，蕭條異代不同時。
> 江山故宅空文藻，雲雨荒臺豈夢思？
> 最是楚宮俱泯滅，舟人指點到今疑。

此處杜甫以「搖落」作爲宋玉的標記，他所悲的主人翁是宋玉，以宋玉這個歷史人物所引起的悲感，也悲己身，這種歷史的悲情，使得「搖落」一語用法更爲拓展。再看杜甫〈悲秋〉一首：

> 涼風動萬里，群盜尚縱橫。家遠傳書日，秋來爲客情。
> 秋窺高鳥過，老逐眾人行。始欲投三峽，何由見兩京。

詠秋主題除了常見的離別之懷、家鄉之思、貧士失職，羈旅寂寞、年老之嘆外，值得特別關注的是杜甫對時局的關懷與憂懼。是時，嚴武還朝，杜甫送至綿州，會西川徐知道作亂，遂入梓州，而有出峽之興。入夔州以後杜甫〈登高〉一首更是詠秋經典名作：

> 風急天高猿嘯哀，渚清沙白鳥飛迴。
> 無邊落木蕭蕭下，不盡長江滾滾來。
> 萬里悲秋常作客，百年多病獨登台。
> 艱難苦恨繁霜鬢，潦倒新停濁酒杯！

詩風表現流露出楚歌悲調，「無邊落木蕭蕭下」讀來彷彿《楚辭》「洞

庭波兮木葉下」〔註37〕的蕭條，更似「風颯颯兮木蕭蕭」〔註38〕的愁境，可見杜詩引用屈騷詩語入詩，而又能自出新意，沉鬱與怨慕兼而有之，自是無限悲涼，溢於言外。

唐詩中李白的詩篇自不可錯過，其詩篇中利用秋之形象來營造的氣氛更富變化，如〈宣州謝朓樓餞別校書叔雲〉：

> 棄我去者昨日之日不可留，亂我心者今日之日多煩憂。長風萬裡送秋雁，對此可以酣高樓。蓬萊文章建安骨，中間小謝又清發。俱懷逸興壯思飛，欲上青天攬明月。抽刀斷水水更流，舉杯銷愁愁更愁。人生在世不稱意，明朝散髮弄扁舟。

〈子夜吳歌·秋歌〉：

> 長安一片月，萬戶擣衣聲。秋風吹不盡，總是玉關情。
> 何日平胡虜，良人罷遠征？

〈玉階怨〉：

> 玉階生白露，夜久侵羅襪。卻下水精簾，玲瓏望秋月。

李白對於秋季運用，主要展現在兩方面：第一，繼承統傳統宋玉「悲秋」原型基調，包含：觸景生情；歲月推移；感士不遇。睹秋景之衰，感日月之逝，而悵然興發年壽將盡之生命悲慟；並且遠紹屈宋「不遇」情懷，隱喻失志與無成，恐懼戒慎於自我生命價值之落空。第二，拓展傳統「悲秋」之內涵，包含：題材多元、淡化悲秋、省思悲秋。於是脫出「悲秋」原型的描寫範疇，開拓更寬廣之寫作途徑；體認人類之究竟，而超越個人式感傷，進入宇宙哲學意境；以其天性之雄邁氣質，淡遠為尚，表達一種對秋清朗之頌讚與不可把捉之韻味。上述幾點對中唐以後，尤其宋代文學中秋季節之描述，影響極大，具承先啟後之地位。〔註39〕

〔註37〕〔宋〕洪興祖《楚辭補注·湘夫人》（北京：中華書局，1985 年）：「嫋嫋兮秋風，洞庭波兮木葉下。」

〔註38〕〔宋〕洪興祖《楚辭補注·山鬼》（北京：中華書局，1985 年）：「猿啾啾兮又夜鳴，風颯颯兮木蕭蕭。」

〔註39〕徐麗霞：〈李白詩中的秋——「悲秋」傳統的繼承與拓展〉（華岡文

再看看王維的作品也可證明同是秋，由于人的處境、心緒、視角的不同，色調便有所別，〈山居秋暝〉：

　　空山新雨后，天氣晚來秋。明月松間照，清泉石上流。

　　竹喧歸浣女，蓮動下漁舟。隨意春芳歇，王孫自可留。

山居秋暮的幽靜美妙景色，詩中有畫，畫中有詩。全詩結構別具一格，語言清新明朗，意境雅潔優美，讀來令人心怡神爽，表達了作者陶醉山林自得其樂、自取其喜的志趣和情懷。再如其〈秋夜曲〉一首，也可以印證因視角不同，詩篇風格也各異其趣：

　　桂魄初生秋露微，輕羅已薄未更衣。

　　銀箏夜久殷勤弄，心怯空房不忍歸。

初秋月夜，少婦的輕羅絲衣不願更換，獨抱精美的銀箏，輕輕撥彈。由于夫君遠征，自己心怯空房不忍歸去。秋夜中，少婦怨思描畫得淋漓盡致，入木三分。

秋夜格外容易引發思人之情。中唐詩人韋應物的〈秋夜寄邱員外〉就是寫秋夜對他的朋友邱員外的懷念：

　　懷君屬秋夜，散步詠涼天。空山松子落，幽人應未眠。

這是一首懷人詩。詩的首兩句，寫自己因秋夜懷人而徘徊沈吟的情景；後兩句想像所懷的人這時也在懷念自己而難以成眠。一樣秋色，兩地相思。在詩人筆下，時間與空間是不受限制的，這有如電影藝術運用疊影手法來處理回憶與遙想的鏡頭，使讀者在一首詩中同時看到兩個空間，既看到懷人之人，也看到被懷之人；既看到作者身邊之景，也看到作者遙想之景，從而把異地相隔的人和景並列、相連在一起，著墨雖淡，卻韻味無窮。其實，逢秋必悲，是相當主觀的，然而主觀意識正是文學創作的源泉。正如中唐詩人劉禹錫〈竹枝詞〉：「箇裡愁人腸自斷，由來不是此聲悲。」。以下杜牧〈山行〉這首詩也是出自詩人的主觀情感，但對秋則更多賞愛之情，充滿了明亮、俊爽的風格：

遠上寒山石徑斜，白雲深處有人家。

停車坐愛楓林晚，霜葉紅於二月花。

杜牧的〈山行〉從內容看，這是一首描寫和讚美深秋山林景色的小詩。這句中的「晚」字用得無比精妙，它蘊含多層意思：首先，點明前兩句是白天所見，後兩句則是傍晚之景。因為晚才有夕照，絢麗的晚霞和紅豔的楓葉互相輝映，楓林才格外美麗。再則，詩人流連忘返，到了傍晚，還捨不得登車離去，足見他對紅葉喜愛之極。最末，因為停車甚久，觀察入微，才能悟出第四句「霜葉紅於二月花」這樣富有理趣的警句。「霜葉紅於二月花」，這是全詩的中心句。前三句的描寫都是在為這句鋪墊和烘托。詩人為什麼用「紅於」而不用「紅如」？「紅如」不過和春花一樣，無非是裝點自然美景而已；而「紅於」則是春花所不能比擬的，不僅僅是色彩更鮮豔，而且更能耐寒，經得起風霜考驗。可見這首小詩不只是即興詠景，而且進而詠物言志，是詩人內在精神世界的表露，志趣的寄託，令人有所啟迪和鼓舞。

詠秋主題濫觴於詩，形成於賦，其一形成便兼具表現與再現的因素，兩者融合滲透。屈、宋愁的是政治失意，漢以後主題內涵迅速拓展，成為人們對社會、人生種種不可人意處抒發慨歎的一種固定表現方式。唐詩中豐富的自然意象與多樣化的內在情感的融合是一大特色。唐末五代至北宋的主題則多承晚唐餘緒，更多地向人生、自我內心探索方向復歸。本論文詠秋詞探討的主題背景時代，即以唐末五代至北宋前期的馮延巳、晏殊、歐陽脩三位詞人之詠秋作品，以為研究重點。

第三章　感秋心理美學之特質

　　感秋意識是構成中國古代文人心理結構的一個重要層面，它的出發點和落腳點都與人的生命本身緊相關聯。感秋意識的核心是生命現象與自然運行的雙向同構感應在人心中引起的深刻穎悟，具體表現爲人對自身生命的憂恐、悲嘆、把握和思考。而感秋心理美學，是一種特別的文學現象，常以一種以秋爲悲的心理情結呈現，它的形成，既源於秋這個自然物候對人的直接感發，又源於人將一懷愁緒向秋景的自覺融入。從大自然的物色變換，到人內心的情感波動，再到這情感波動藉助自然物色的表露抒發，構成了穩定的雙向循環的感應關係。隨著歷史的演進，這種關係日益深厚地積澱在人們的心理底層，從而使得文人墨客對秋有著一種特殊的敏感，每遇秋景，便不由自主地生發出感懷無端的悲涼意緒；每逢悲愁，便自然而然聯想到蕭颯荒冷的秋景。〔註1〕

第一節　悲秋——秋與愁的關係

　　四季風物的變化，冷暖寒暑的交替，激發了文人的創作靈感，他們或感物生情，或寄情於物，寫下許多動人的佳作。在四季之中，春、

〔註 1〕參閱尚永亮〈悲秋意識初探〉（陝西師大學報哲學社會科學版第 4 期，1988 年）。

秋兩個季節萬物的變化尤爲明顯，人們對之感受最深。因此，古代作品涉及春、秋者遠遠超過涉及夏、冬者。由於這些作品「多出於古窮人之辭」〔註2〕，加上古人「生於憂患、死於安樂」的濃重憂患意識，以及「和平之音淡薄，而愁思之聲要眇；歡愉之辭難工，而愁苦之言易好。」〔註3〕的美學思想影響，便形成了淵遠流長的傷春、悲秋兩大主題。傷春者主要著眼於人生最美好的一個階段，流露出對青春年華的珍視、依戀和惋惜；悲秋者則著眼於整個人生，流露出對衰老的震驚。〔註4〕自然的物候特質是不以人的意志爲轉移的，而最初的悲秋者正是以自己的審美觀念，在秋的特質中穎悟了自身的某種本質，將悲愁向秋景融入，又從秋景中昇華憂思，這是一種雙向建構的過程。秋成爲確證悲秋者個性的對象，主客對應，景情相契，「一種特殊的、現定的肯定方式」——悲秋意識便油然頓生。〔註5〕本節擬從人與天地萬物這種心靈與自然的雙向建構中探討感秋心理美學中秋與愁的關係，利用「審美移情」與「異質同構」兩大美學理論以細釐之。

一、審美移情說

西方美學移情說崛起於十九世紀法國學者費肖爾、立普斯、谷魯斯，英國美學家浮龍‧李，法國哲學家巴希等人，成爲美學理論中一個重要的流派，對西方近百年來影響頗大，而在中國，自朱光潛的《文藝心理學》評介此說後，這個美學觀點更加普遍爲人所接受，事實上，我國古代美學中的移情觀點其來有自，在《莊子‧秋

〔註2〕〔宋〕歐陽脩《歐陽脩全集‧梅聖俞詩集序》（臺北：河洛出版社，1975年）。

〔註3〕〔唐〕韓愈《五百家注昌黎文集‧荊潭唱和詩序》（上海：上海古籍，1987年）。

〔註4〕引自梁德林〈傷春悲秋差異論〉（廣西師院學報哲學社會科學版第2期，1994年）。

〔註5〕引自王立著《中國古代文學十大主題——中國古代文學中的悲秋主題》（台北：文史哲，1994年）頁154。

水》篇中有：「莊子與惠子遊於濠梁之上。莊子曰：『儵魚出游從容，是魚之樂也。』惠子曰：『子非魚，安知魚之樂？』莊子曰：『子非我，安知我不知魚之樂？』」〔註6〕莊子將自我出遊的快樂心情移置到魚身上，從自己的「出遊從容」至魚兒「出游從容」這即是典型的審美移情現象。《文心雕龍‧物色篇》：「山沓水匝，樹雜雲合。目既往還，心亦吐納。春日遲遲，秋風颯颯。情往似贈，興來如答。」〔註7〕表明了「情」與「物」二者之間的關係，彷彿是一種相互贈達的關係：情感隨著外物變化而變化，而外物由於情感的浸透而生命化了。因此，錢鍾書《管錐編》指出：「『心亦吐納』、『情往似贈』，劉勰此八字已包賅西方美學所稱『移情作用』（Law of imputation）。」〔註8〕

童慶炳在《中國古代心理詩學與美學》中為審美移情說歸納出四個要點，以下藉著其觀念，分項說明「審美移情」在秋與愁之間的關連性作用：

（一）物逐情移的自我享受

審美體驗作為一種審美享受，所欣賞的不是客觀的對象，而是自我的情感，自我的情感已移入到一個與自我不同的對象中去，並且在對象中玩味自我本身。

錢鍾書《管錐編‧九辯》〔註9〕中也提到：

> 物逐情移，境由心造，苟衷腸無悶，高秋爽氣豈遽敗興喪氣哉？戎昱〈江城秋夜〉不云乎：「思苦自看明月苦，人愁不是月華愁」晁說之《嵩山集》卷七〈偶題〉亦云：「夕陽能使山遠近，秋色巧隨人慘舒。」故「自古逢秋悲寂寥，我言秋日勝春朝」發為劉夢得之〈秋詞〉；「何人解識秋堪美，莫為悲秋浪賦詩。」見於葉夢得之〈鷓鴣天〉。更端以

〔註6〕晉‧郭象註《莊子》（臺北：藝文書局，1968年）。
〔註7〕〔南北朝〕劉勰《文心雕龍‧物色篇》（北京：中華書局，1985年）。
〔註8〕錢鍾書著《管錐編》（臺北：書林，1988年）頁626。
〔註9〕錢鍾書著《管錐編》（臺北：書林，1988年）頁627。

說，陸機〈春詠〉：「節運同可悲，莫若春氣甚」韓愈〈感
春〉：「皇天平分成四時，春氣漫誕最可悲」，與宋玉之「悲
哉秋氣」，仁智異見，左右各袒矣。……蓋言節物本「好」
而人自「惆悵」，風景因心境而改觀耳。

外境與心境是有密切關係的，透過作者主觀的心靈視察外物，
外境之每一物都附著作者內心自我的形影與感情。外境節候特質固
然引發內心的愁苦，而內心真正的哀怨愁苦，才是更添外境的淒清
冷落的主要原因。主觀的情感作用，使自然界的運轉流行在人的心
境中產生了各種變化。詩人的情感與意識，固然都是感物而興，但
其所以感者，已非自然界中所直接面對的物色，換言之，是人逕自
以含情之眼，觀此世界，將人的情感投射於物象之上，再由物象回
歸到人的感情上。王國維：「有我之境，以我觀物，故物皆著我之
色彩。」〔註10〕即是此意。以作者內在心靈作用統攝涵蓋物象，這
即足以解釋錢鍾書所言節物本自好而人卻自惆悵的原因。

（二）主客消融、物我兩忘、物我同一以及物我互贈

在移情活動中，主體移入客體，客體也似乎移入主體，主客體
融合為一，它們之間已不存在界限。對主體而言，他完全沉浸到對
象中去，在對象中流連忘返，進入忘我境界；對客體而言，它與生
命顫動的主體融合為一，實現了無情事物的有情化，無生命事物的
生命化。錢鍾書《管錐編・九辯》〔註11〕則言：

悲愁無形，伴色揣稱，每出兩途。或取譬於有形之事，如
《詩・小弁》之「我心憂傷，愁煙如擣」，或《悲回風》之
「心踴躍其若湯」「心鞿羈而不形兮」是為擬物。或摹寫心
動念生時耳目之所接，不舉以為比喻，而假以為烘托，使
讀者玩其景而可以會其情，是為寓物；如馬致遠《天淨沙》
云：「枯籐、老樹、昏鴉，小橋、流水、人家，古道、西風、

〔註10〕王國維著，徐調孚校注《校注人間詞話》（臺北：鼎淵出版社，2001
年）頁1。

〔註11〕錢鍾書著《管錐編》（臺北：書林，1988年）頁628。

瘦馬，夕陽西下，斷腸人在天涯。」不待侈陳孤客窮途、
未知稅駕之悲，當前風物已足銷凝，如推心置腹矣。二法
均有當于黑格爾談藝所謂「以形而下象示形而上」之旨。
然後者較難……至《楚辭》始粲然明備，《九辯》首章，尤
便舉隅……

這段話提出了兩個概念：擬物與寓物。擬物：取譬於有形之事物，
主體在聚精會神地觀照一個對象時由物我兩忘達到物我同一，把人
的生命和情感「外射」或「移注」到對象裡去，使無生命和無情趣
的外物彷彿具有人的真實生命，使客觀對象具備了人的情趣。寓物：
摹寫心動念生時耳目之所接，不舉以為比喻，而假以為烘托，使讀
者玩其景而可以會其情。以心擬物或者由物感心，此二者表達的方
法雖有不同，但都表現了一種心物交感的作用，皆有具體的形象，
觸發和感動著人。從而產生動人心旌、感人至深的藝術效果。

　　承上而論，審美移情中，「心物交感」強調心與物的應和交融，
瞬間的融情於景，即所謂「登山則情滿於山，觀海則意溢於海」。王
夫之指出：「不能作景語，又何能作情語耶？如『高臺多悲風』、『蝴
蝶飛南國』、『池塘生春草』、『亭臯木葉下』、『芙蓉露下落』，皆是也，
而情寓其中矣。」〔註12〕情景的相互作用和相互結合實際上是主客
體的相互溝通和契合，是心靈對環境的滲透、重組和提升。藝術中
自然環境的意義是由藝術形象所表現的心靈需要來決定的。所謂情
境是為人物的心情創設的環境，即人的情感的外顯和表現，或者說，
自然環境是作為激發情感的刺激物或人的情感的外現物。在情境中
對象與主體間的對立消失了，主體向物件移情，物件成為主體的情感
替代物。情境不僅是主體的客體化，也是客體的主體化，是情與景
的審美結合。王國維所言呈於吾心而見於外物就是這種主客相融、
天人合一的境界。〔註13〕

〔註12〕〔清〕王夫之《薑齋詩話》（上海：上海古籍出版社，1995 年）。
〔註13〕譚容培〈論情感體驗與情感表現〉（湖南師範大學社會科學學報，第
　　　23 卷第 5 期，2004 年 9 月）。

（三）同情感與類似聯想

以自己在生活中體驗到的某類情感，去類化、理解周圍看起來是同類的事物。這種同情，不但及於同類的人物，而且也及於生物、無生物。如：詩人爲枯黃凋落的秋葉悲傷憐憫，主要是由於一種感同身受的「移情」在作祟。在詩人眼中，草木的枯黃，好比自己一般，是不幸受到波及的無辜者。而類似聯想，是從事物類似處，如音色、形象、性質酷似或略似的特點等引發聯想。如：秋天的季候特質，是在繁華茂盛的春夏之後，冷峻嚴寒的冬天之前，這與人處在繁華消逝的過去與殘酷茫然的未來時間點上有相類似的層面。

龔鵬程《春夏秋冬——中國古典詩歌中的季節》一書中提到「感秋」與「感事」的區別，以爲兩者參差交互，相融相盪，以成「悲秋」大觀。〔註14〕此處可以藉「感秋」與「感事」說明審美移情中的同情感與類似聯想。

1、感　秋

龔鵬程以爲，凡秋興之類的詩作，大抵有確稱所感懷爲何物者少；通常是在登高臨遠，凍雲黯淡天氣之下、滿目敗紅殘葉之間，驟然滋生無限悲緒，蒼茫冥邈，雜沓紛來，所有家國之感、身世之悲、以至佳人難忘、故園寥落，無不在秋風前迸射傾吐，這種悲感來自對「秋」肅殺形象直接的領受。

2、感　事

龔鵬程以爲，感事是一種在秋風蕭瑟中，體念到自我生命的缺憾與不完足，才興生的悲感。歐陽脩〈秋懷〉詩可以說明這般情感：

> 節物豈不好，林懷何黯然？西風酒旗市，細雨菊花天。
> 感事悲雙鬢，包羞食萬錢。

節物未嘗不好，只因感事而悲，有年華老去之嗟，才致於秋懷黯然，有歸隱園林之意。再看錢鍾書《管錐篇·九辯》〔註15〕中也提到：

〔註14〕參見龔鵬程《春夏秋冬》（臺北：故鄉出版社，1979年）頁142。
〔註15〕錢鍾書著《管錐編》（臺北：書林，1988年）頁628。

> 凡與秋可相係著之物態人事，莫非『蹙』而成『悲』，紛至
> 沓來，彙合「一塗」，寫秋而悲即同氣一體。舉遠行、送歸、
> 失職、羈旅者，以人當秋則感其事更深，亦人當其事而悲
> 秋逾甚，如李善所謂春秋之『悲恨逾切』也。

悲秋者，以自身本質對外界做觀照，在自然物候中達到對自身本質的
肯定。蕭瑟的秋景確證了人的失意命運和精神狀態。

（四）情感的自由釋放

人們在對周圍世界進行審美觀照時，通過自我意識、自我情感
以至整個人格的主動移入，使物象人情化，非我的物象成為自我的
象徵，自我從物象中看到自己，獲得對自我的欣賞，從而產生美感。
在移情中，人的自我得到自由伸張的機會，進入非自我的外在物象
中去活動。這樣，人的自我就由有限到無限，由禁錮到自我解脫，
獲得充分自由。美感於是產生。〔註 16〕自身是有限的，在審美移情
的瞬間，自身的牢籠被打破了，自我可以與天地萬物相往來，獲得
了自由伸張的機會。自我與天地萬物的界限消失了。在審美移情的
瞬間，人的情感從有限擴大到無限，把全部的情感無論是快樂、悲
愁、痛苦都交給了外物。這即是審美移情中的功能。

總而言之，移情作用是通過想像思維，在一定的感情背景下形
成物象和主體情感之間相應的暫時關係。物象所具有的情感表現性
在主體選擇、感受和體驗之下，才能獲得具體的和充實的情感內
容。主體的移情作用將客觀事物人格化，無論客觀事物為有生命或
無生命者，正是憑著這一暫時的聯繫，主體把某一情感屬性賦予客
觀外物，這一情感屬性可以突破事物的實體屬性在主體的主觀意識
中獲得創造性的表現。而關鍵的想像思維是關乎人之思想、感情、
意志、性格等心理因素的東西，由於審美主體本身的生理狀況、心
理素質、社會生活閱歷各不相同，因此即構成了審美移情特殊且個

〔註16〕王玉蓮〈中國古代的『物感』說與西方近代『移情』說比較〉（曲靖
師範學院學報第 24 卷第 1 期，2005 年 1 月）。

別化的特質。

二、異質同構說

　　西方格式塔心理學派用異質同構性原理來解釋自然與心靈相溝通的現象。他們認為，世界上萬事萬物的表現，都具有力的結構，「像上升和下降、統治和服從、軟弱與堅強、合諧與混亂、前進與退讓等等基調，實際上乃是一切存在物的基本存在形式。」他們認為，物理世界和心理世界的質料是不同的，但其力的結構可以是相同的。當物理世界與心理世界的力的結構相對應而溝通時，那麼就進入到了身心和諧、物我同一的境界，人的審美體驗也就由此境界而產生。〔註17〕

　　自然景物和人的情緒之間有一些相通之處。〔晉〕陸機《文賦》：

　　　遵四時以嘆逝，瞻萬物而思紛。

　　　悲落葉於勁秋，喜柔條於芳春。

　　　心懍懍以懷霜，志眇眇而臨雲。〔註18〕

這段文字分別將物理世界與心理世界一一對應，不相同的範疇卻具有同樣表現性：落葉與悲涼、柔條與欣喜、寒霜與戒慎、雲霞與激昂。以秋天凋零的落葉而言，這屬物理世界；人悲哀的情感，這屬心理世界，此二者雖非同質，但其力的結構則是同型同構的，都是低垂的。如此一來，當紛紛下墜枯黃的落葉呈現在人的面前，它力的結構就通過視覺神經系統傳到大腦皮層，與人的神經系統中所固有悲哀力的結構接通了，而達到同型契合，於是內外兩個世界即產生了審美的共鳴。因此落葉與悲涼同具有下降、軟弱的表現性；柔條與欣喜同具有張揚、歡愉的表現性；寒霜與戒慎同具有緊縮、凝重的表現性；雲霞與激昂同具有上升、亢奮的表現性。這皆可利用異質同構的現象來解釋說明。

　　總而言之，人的生命與自然生命同構且同步運行這一事實，曾

〔註17〕參見童慶炳《中國心理詩學與美學》（臺北：萬卷樓圖書，1994年）頁168。

〔註18〕晉・陸機撰，張少康集釋《文賦集釋》（臺北：漢京，1987年）。

引起過古往今來無數人的震驚和思考，而當人們發現這同構和同步運行只是一個虛假的外貌，在其背後實際表現竟為二者異質且非同步運行時，便愈加深了人們對生命現象的震驚、思考和人生一次性的體驗〔註19〕。試看：春夏秋冬似同人之生老病死，然而，秋日雖衰，但度過冬日，仍有春日的生機。因此，四季是周而復返的循環。而單一個體的人，其生命過程卻是單程的，人生之秋幾已近同衰亡，生命意味著即將結束而化為烏有。〔註20〕再如：游子、征夫或思婦眼中，「落葉」枯、疏、向下、墜落與隨風飄零的特質和人的衰亡敗落、飄搖流浪的處境，有著異質同構的聯繫，然而，更令游子思婦心頭為之一震的是落葉即使殘敗總能歸根，而己身或所思之人歸鄉之願卻遙遙無期。在一片紛飛的秋色之中，這樣看似同構同步運行的假象之下其異質且非同步運行的對比，更令人無奈感慨。而另外值得一提的是，物理世界的表現性及其力的結構，和心理世界的力的結構，都不完全是先天的，而是人類長期的生活、實踐在人類頭腦中埋下的線路，是長期的社會實踐積澱和滲透的結果。〔註21〕因此這個理論也可對應悲秋情感之成形。

第二節 感秋與士大夫三不朽心理

儒家文化中，對於超越個體生命永恆不朽價值的追求，總是集中、明確，更具體地表現為對「名」、尤其是「身後之名」或「不朽

〔註19〕引自尚永亮〈悲秋意識初探〉(陝西師大學報哲學社會科學版第4期，1988年)。

〔註20〕見何寄澎〈悲秋──中國文學傳統時空意識中的一種典型〉(臺大中文學報第7期，1995年4月) 中國古代興的思維方式，就人與自然的關係而言本有相應與相逆之別。如沈約〈悼亡詩〉：「去秋三五日，今秋還照梁。今春蘭蕙草，來春復吐芳。悲哉人道異，一謝永銷亡。」

〔註21〕引自童慶炳《中國心理詩學與美學》(台北：萬卷樓圖書，1994年) 頁175。

之名」的追求上。《左傳‧襄公十四年》：「太上有立德，其次有立功，其次有立言。雖久不廢，此之謂不朽。」〔註22〕指立德、立言、立功三件可以永遠受人懷念和敬仰的事。儒家認為透過這三項以達到不朽。而對身後不朽之名的追求，正是傳統儒家知識份子超越個體生命、追求永生不朽的一種獨特形式。這種特殊的追求意識和秋天這個季節又有怎麼樣的連結關係？秋之來臨，草木變衰，預示一年將盡，引發士人聯想自身在無法抗衡的宇宙規則下的必然歸宿，從而形成一種物我之間的對應性感悟。由盛及衰、變遷流動的意象，極易喚起人的聯想感悟，而悲憂的特定情感與秋的自然物候連結是中國文化中特別的模式，自然界的生命脈動為人所感，人自可欣然快慰，也能酸楚傷神。最初的悲秋者，正是以自己的審美觀念，在秋的特質中穎悟了自身的某種本質，將悲緒向秋景中融入，又從秋景中昇華憂思。主客對應，情景相契，悲秋意識變油然而生。〔註23〕最早在漢代經學家解經中就已經提到秋與士的關係：

> 《詩‧豳風‧七月》毛傳：春，女悲；秋，士悲，感其物化也。〔註24〕
>
> 《詩》鄭玄箋云：春，女感陽氣而思男。秋，士感陰氣而思女。是其物化，所以悲也。〔註25〕
>
> 《淮南子‧繆稱篇》曰：春，女思；秋，士悲，而知物化矣。〔註26〕
>
> 《淮南子》高誘注曰：春，女感陽則思。秋，士見陰而悲。〔註27〕

上均以春配女，秋配男，這並非「互文見義」，而是說明「男女

〔註22〕〔清〕阮元校勘《十三經注疏‧左傳》（臺北：藝文印書館，1955年）。

〔註23〕參閱黃雅淳《魏晉士人之悲情意識研究》（國立高雄師範大學國文學系博士畢業論文，2001年）頁33。

〔註24〕〔清〕阮元校勘《十三經注疏‧詩經》（臺北：藝文印書館，1955年）。

〔註25〕〔漢〕毛亨撰，鄭玄箋《毛詩鄭箋》（臺北：中華書局，1966年）。

〔註26〕〔漢〕劉安撰，高誘注《淮南子》（臺北：中華書局，1966年）。

〔註27〕〔漢〕劉安撰，高誘注《淮南子》（臺北：中華書局，1966年）。

之志同而傷悲之節異。」〔註28〕後來，「春女」「秋士」甚至成了複合詞，「春女」指懷春的女子，「秋士」指士之暮年不遇者。但值得注意的是，如果均用陰陽學說加以解釋，這是不能令人心服的。梁德林在〈傷春悲秋差異論〉中提出了造成這種差異的原因，乃與古代男女兩性不同的人生追求密切相關。〔註29〕這樣的看法本文試於此節續探之。由於本節探討範圍為感秋心理美學之緣起，著重探討「秋士悲」的各種論點，「春女思」的部份除相關於本節重點者，其餘略而不論。

一、建功立業的人生價值觀

　　中國傳統知識份子的正面形象是十分莊嚴的，即所謂的「士」與「士大夫」從孔子開始，就以「道」自任。入世而重精神修養是士大夫文人一個顯著的人格特色。〔註30〕一般來說，古代男子莫不以苦讀、求仕、科舉、建功立業為畢生目標，由於封建政治本身的局限和儒家修身、齊家、治國、平天下思想的制約影響，無數文人不得不在這條狹窄的仕進路途上奔走，但能夠達到理想目標的人卻只是極少數，大多數的人只能將人生委之於無止盡的追求，以及命運的安排。他們或十年寒窗，終未成名；或仕途失意，潦倒終生；上焉者憂國憂民，卻懷才不遇，壯志難酬；下焉者則悲怨惆悵，浪跡江湖，羈旅飄零，於是失意、困頓、思鄉、羈旅、傷別、送遠、寒苦、窮愁便成了他們的終生伴侶。〔註31〕對於他們而言，隨著時間流逝，有限的形體即將垂垂老矣，回首平生，若壯志未酬，不自立於世，若庸碌無為，抱負難展、雄才難施，則心中的憂愁焦慮，一旦遇上與之契合的外界

〔註28〕〔唐〕孔穎達疏《毛詩正義》（臺北：臺灣中華，1966年）。

〔註29〕參閱梁德林〈傷春悲秋差異論〉（廣西師院學報哲學社會科學版第2期，1994年）。

〔註30〕參閱余英時《士與中國文化》（上海：上海人民出版，1987年）頁117～122。

〔註31〕參閱（王世福、王曉玲〈生命的感悟執著的追求——淺談中國古典詩詞中的悲秋現象〉青海師專學報社會科學第1期，1998年）。

事物，情感便會噴湧而出，一發難以遏止。草木零落、舉目衰敗的秋景正是誘發滿腔激情、愁緒的重要媒介。劉永濟在其《屈賦音註詳解》中曾說道：「秋天的悲傷就是對時光流逝而沒有能夠完成任何可感可知的事業的悲傷」〔註32〕。因此秋日之感與士大夫文人建功立業的人生價值關係密切。

二、強烈的時間和生命意識

　　文人嘆老悲逝，是因為在有限生命終未能實踐完成自我價值。時光的流逝並不因個人的追求不得而為之停頓，追求不得，本可一再努力繼續，偏偏又受到個人生命長度的限制，在時間的催逼之下，自我期許想要完成和必須完成的事若無法如願，深沉的悲慨就此流露。《楚辭·離騷》：「老冉冉其將至兮，恐修名之不立。」這種由時間意識和生命追求意識相織而成的「時遇感」，文人往往藉由文學中詠秋主題來呈現。反觀甘於庸庸碌碌者，樂不思憂，便無從生發秋日悲感，感秋者總是徘徊於理想與失落之間，但始終沒有放棄理想而俯就現實的庸俗。他們普遍深刻失落的情緒往往與一種更為強烈的信心交織在一起，並不是消極地悲嘆人生的不如意，而是以悲秋作為他們對人生的一種思考和人生價值的追求。〔註33〕這樣的情感貌似消沉頹喪，但在其中蘊藏著的是積極進取的不撓精神。正如李澤厚《美的歷程》中所說：「表面看來，似乎是如此頹廢、悲觀；消極的感嘆中，深藏著的恰恰是它的反面，是對人生生命、命運、生活的強烈追求和留戀。」〔註34〕

三、唐五代北宋的人文精神

　　綜觀大唐盛世發達文明的開闊氣象與五代離亂的危懼心緒，到

〔註32〕劉永濟《屈賦音註詳解》（臺北：崧高書社，1985年）頁54。

〔註33〕參閱王世福、王曉玲〈生命的感悟執著的追求——淺談中國古典詩詞中的悲秋現象〉（青海師專學報社會科學版第1期，1998年）。

〔註34〕李澤厚《美的歷程》（安徽：安徽文藝出版社，1999年）頁93。

了宋初士大夫的心理，相形緊縮。如此輝煌燦爛的大唐文明竟如冰山一般溶化了，多少冷卻了宋人對輝煌事功的熱情，又觸發了他們厭倦的情緒。另一方面，北宋開國，結束了五代的離亂，百年無事，偃武修文，歌舞台榭，窮極物欲享受，使得宋人在事功之外更著重了另一個世界，挖掘自身價值與意義〔註35〕。這樣的一種人文精神對自身的追求既深刻卻又矛盾，一方面對世間，對社會種種厭倦但卻又未真正隱退。這樣的人文精神，不是對政治的退避，也非對社會的退避，更非對政治殺戮的恐懼哀傷，而是對整個人生、宇宙間的循環這些根本問題的懷疑。這樣一種人生根本目的的探求，士大夫並未脫離官場，脫離紅塵去尋求，而是回歸自然之中。除了在季節運轉之中強化惜時主題與嘆逝的哀愁，突顯了對時間的的感傷，更重要的是一種內在深掘與探索的精神。此時詠秋作品中的人文精神，已經不同於最初屈原宋玉忠憤的秋題文學，在形式上、精神上均已呈現一種創新和突破了。

第三節　感秋心理與仕宦窮達之聯繫

如果說屈原的人生是一場悲劇，「致君堯舜」的理想與「哲王不寤」的現實矛盾衝突，強化了屈原作品的悲劇色彩，屈原最後無法解脫而選擇自沉。與屈原的委婉忠憤哀嘆相較之下，宋玉抒情更為曲折隱晦，身為文學侍從之臣，意欲擺脫現實困境卻又無法解脫的痛苦掙扎，堅持越執著，失意越深。欲拒還迎之間帶有更深層的文人悲劇性格。宋玉藉由秋興感物而引起的悲憤是很深的喟嘆，自孔子以來，「學而優則仕」的理想與堅持，在政治的變數與君王喜樂之間的游離擺盪，考驗著讀書人的抉擇。政治的失意，迷惑而自憐的悲苦，在宋玉的悲秋主題中，成功地建立文人悲劇心理模式，當仕宦若成為讀書人的傳統宿命，不可擺脫的仕宦得失，從此即成為悲

〔註35〕參閱孫維城《宋韻——宋詞人文精神與審美形態探論》（合肥：安徽大學出版社，2002 年）頁 72。

秋文學中最主要的怨嗟情愫。然而悲秋主題中，文人悲劇心理模式，又因不同身分地位，不同心緒性格而有不同的觸發點和感悟。

一、「悲秋」與「悲士不遇」的聯繫

感秋不單單著眼於主體自身的生理年齡和秋給予人的物理感受，而是偏重事業、仕途、現實處境上的「實際年齡」和靈魂深處的審美感受。如此看待，悲秋即成為悲士不遇的同義語。〔註36〕士大夫文人在政治理想上的受挫、自我期待的落空以及對自身角色轉換的失落，種種政治上不得志的困頓遭遇而產生的抑鬱憤懣之情，將之發而為文學上的悲歎，以自身對外界觀照，在自然中找到了宣洩的途徑。獲得了心理的平衡。但由於各人的個性、氣質及遭遇的不同，因此在情感表現方式上是呈現多樣的。

中國古典詩歌，自宋玉〈九辯〉，即開啟了「悲秋」與「悲士不遇」之間的心理定勢，從現存文學中有關秋的敘述或興感，都可見宋玉〈九辯〉的影響，這是不爭之實。〔註37〕因為宋玉〈九辯〉影響之大，使得這種感秋情緒一進入詩歌中，就帶上了文人特有的憂患與失落。往後一寫及「悲哉秋之為氣」的秋景，所連結到的多是「貧士失職而志不平」的鬱悶和牢騷。這樣的悠久傳統，使得士大夫文人每遇秋景，更多地用來抒發文人比較廣泛和深沉的人生感概，其感情核心更大多不離「悲士不遇」的「悲秋」心理。

士大夫文人的悲秋意識是將社會、人生中的現實感受與自然類屬的意象群融合，以景結情，在蕭瑟淒涼的節令氣氛中，投注自身在人生事業上的際遇遭逢。凡與秋有關的的秋風、秋聲、秋夜、秋雨、秋葉、秋蟲、秋山、秋水、秋草、秋雁、秋水則成了他們常用的意象。把特定物候下的景物與人生遭遇心境對比，從中求同，在

〔註36〕參閱（王世福、王曉玲〈生命的感悟執著的追求——淺談中國古典詩詞中的悲秋現象〉青海師專學報社會科學 1998 年第 1 期）。
〔註37〕龔鵬程著《春夏秋冬》（台北：故鄉出版社，1979 年）頁 140。

大自然的生命律動中解悟人生。〔註38〕每逢逆境，有志之士對自然之秋的關注其實是以之為中介，旨歸在詠歎人生之秋、故國之秋、時代之秋。故悲秋之慨也就成了「悲士不遇」的文化象徵，是中國文人自我意識的深化，是一種對人生的正視與追求，一種不甘生命庸碌無為的覺醒。〔註39〕在這一立足點上觀之：秋可以代表文人的痛苦，同時也道盡文人的氣質。

二、「感秋」與現實理想間的矛盾

上文提到了「悲秋」與「悲士不遇」這樣最直接的聯繫，然而，也有少數文人擺脫了困蹇的求仕之路，由「士」到「仕」之路，得到了所謂的「名」、「頭銜」。然而，政治環境的詭譎難料，這條尋尋覓覓的「仕」之路卻又注定是一條無法掌握的路。大一統的時代，君王的權威時常扭曲了士子理想，所謂的「遇合」必須質疑是否僅為外在的名位具足，如果真是名教頭銜掛帥，而這一切是否就流為表象中的理想遇合。仕宦者雖未必無理想抱負，而現實的壓力終使士大夫以各種不同的姿態俯仰於君主。能發揮內在真實的理想，不隨人君勢力壓迫而俯仰者，又有幾人？能逢大時代環境全然提供其施展空間者，又有幾人？這類看似已踏上仕宦之路，甚至是位極人臣的文人，基本上擺脫了「悲秋」與「悲士不遇」這樣最直接的聯繫，但現實與理想間的矛盾並未停止過對他們的纏繞糾結。然而，這般擁有名位的人，在面對秋天，又是怎樣一副心腸、怎樣一種角度？是否能興發出不同於困蹇不遇之人的另一種感動？

細看詞人之身分多有富貴閑人一類，與詩人相比較，詞人的境遇顯得平順得多，其中不乏達官顯貴乃至帝王。南唐中主李璟、後主李煜、宰相馮延巳，北宋時期晏殊、歐陽脩等人都地位顯赫，生

〔註38〕參閱王世福、王曉玲〈生命的感悟執著的追求──淺談中國古典詩詞中的悲秋現象〉（青海師專學報社會科學第 1 期，1998 年）。

〔註39〕參閱黃雅淳《魏晉士人之悲情意識研究》（國立高雄師範大學國文學研究所博士論文，2002 年）頁 38。

活富貴，他們皆創作了不少極富藝術魅力的詞篇。若以常情度之，他們是那個時代的幸運者，志得意滿又超離於一般的塵俗生活，他們所抒寫的也許少了廣泛的社會基礎，所言者似應更近於無病呻吟、裝腔作勢，然而卻非如此。詞以酒宴歌席爲背景，以婉轉聲歌爲情貌，達官貴族者恰能提供這般典型的創作情境，因此不免出現「達者而後工」的現象，這些有著高度藝術修養的貴族，在他們富貴閒適的生活中，以一顆敏銳的心去感悟生命的眞諦，或覺時世之岌岌，或查宇宙之無窮，於歌舞清歡中，於宴闌燈散後，常有無端之悒悵倏然而來。這樣的苦悶超然於生理的痛苦或物質的需要，而直探人類心靈常存永在的一份悲哀。從外看來這樣的情感與現實之關係幽微渺茫，看似閒散優雅，事實上唯其能出，故能入人之深。〔註40〕這樣的詞情，較少起於某些具體的情事，擺脫了日常瑣事的羈絆。它可以起於中夜之徘徊，興於酒闌之寂寂，也發於盛筵之樂極。這樣的情感常無端而至，不期而至，所表達的也是一種輕揚飄忽、氤氳空濛的境界。所呈現的悲愁不是泣訴與哀號，而是一種恬淡輕婉的低吟。位極人臣者或許毋需再汲汲營營於仕宦追求，然而高處不勝寒，患得患失的心態，或是更著重理想的追求與反思，甚而宇宙人生之感悟等；詞人乃從歲時節物的推移變化中，捕捉心靈瞬間的悸動，將那無端湧上的悵惘情思用意象描述下來，融注在蕭瑟淒涼的節令氣氛中與自然類屬的意象中。從而鎮定自持地凝眸深賞，這樣的氛圍充塞生命所有的時空之中，這是本論文期待探索的重點，因此在文人詠秋詞中特別鎖定唐五代北宋詞人中，能發純乎閒情之語而篇幅較多者。放眼觀之，除南唐馮延巳、北宋晏殊、歐陽脩等詞人外，蓋爲少見，因能位居高位者且具靈根慧性、有高度藝術修養者亦不可多得。本論文以下鎖定探討的秋詞作，即以此三人爲範圍。

〔註40〕參閱黃紅日：〈唐宋閒情詞淺探〉（麗水師範專科學校學報第 24 卷第 3 期，2002 年 6 月）。

第四章　馮晏歐詠秋詞內容探析

　　承繼著第二、三章，對詠秋主題形成之文化淵源，以及感秋心理美學緣起的探討，本章進入重點：唐五代北宋宰相詠秋詞內容探析。能對馮、晏、歐三人共一百一十二首詠秋詞作，表達的情感內容有透澈了解，是本章擬定達成的目標，並據此為下章作品藝術風格比較，奠定厚實基礎。因此，本章重點在於：將所有詠秋詞作，依內容分類、歸納進而賞析。詞篇中明顯可感的情感是探討的重點。至於整體的內在風格特色，乃為下章重點，在此特為說明，以待下章著墨。

　　事實上，所謂內容分類，有其困難與侷限，因為有些時侯，同一首詞，往往蘊含著詞人極為複雜的情感一時的百感交集，若硬歸於某一類，難免仁智互見。但為求分析上的需要而不得不然，則將這部分的作品，依其最顯明可見的心緒劃歸類別。基於以上種種考量，筆者在細讀馮延巳《陽春集》、晏殊《珠玉詞》與歐陽脩《六一詞》後，歸納出三人詠秋詞作大致不脫以下數種內容。因此先概分：一為「人生感慨」，再析分其中細微情感差異為：傷別閑愁、宴遊感懷、曠達情思惜時緬懷等四項。二為「情愛相思」，析為：相思戀情、離情閨怨、蓮女情懷。三為「詠物寄情」，析為詠人物、詠植物。四為「節序抒懷」，析為：十二月鼓子詞、民俗節序詞。五為「祝壽吟詠」。依以上分類，再以馮、晏、歐之先後順序，將三人各類內容之詞篇詳述

於後〔註1〕：

第一節　人生感慨

　　詞體在題材內容拓展後，生活中種種憂喜情感皆可融入詞中，詞的內容不再拘限於閨閣中的兒女愛怨，格局較大的人生感慨囊括進來了，一種儒雅的士大夫風致及眼界氣魄得以呈現。在詞之「要眇宜修」特性下，往往無意間流露出了詞人某種心性品格甚至襟抱理想之境界。此處將這一類的作品析為「傷別閑愁」、「宴遊感懷」、「曠達情思」、「惜時緬懷」等四項，分項歸納馮延巳、晏殊及歐陽脩詠秋詞中此等情感內蘊者。

一、傷別閑愁

　　《楚辭・九歌》：「樂莫樂兮新相知，悲莫悲兮生別離。」〔註2〕人生中最悲哀的事莫過於生離死別。江淹〈別賦〉：「黯然消魂者，唯別而已矣。」〔註3〕別情自古即為文人墨客筆下常見的題材。以秋天為背景，宰輔詞人秋詞中抒發的別離情感如下。馮延巳〈拋球樂〉：

> 坐對高樓千萬山。雁飛秋色滿欄杆。燒殘紅燭暮雲合，飄盡碧梧金井寒。咫尺人千里，猶憶笙歌昨夜歡。

這首詞從遠近高低幾個不同側面，著意渲染暮秋蕭索的晚景，進而凸現出曲終人散所留下孤寂無告的憾恨。寓情於景，淒側感人。再如，馮延巳〈歸自謠〉：

> 寒山碧。江上何人吹玉笛。扁舟遠送瀟湘客。　　蘆花千

〔註1〕本章節重點在於將三位宰輔詞人的詠秋詞作分項歸納，賞析部份則多參考葉嘉瑩主編《名家詞新釋輯評叢書》之劉揚忠編《晏殊詞新釋輯評》、邱少華編《歐陽脩詞新釋輯評》、黃進德編《馮延巳詞新釋輯評》，在此特先予以註明，篇章間若有所引用，便不再另行加註。

〔註2〕〔宋〕洪興祖《楚辭補注》（北京：中華書局，1985年）。

〔註3〕瞿蛻園選注《漢魏六朝辭賦》（臺北：西南出版社，1978年）。

里霜月白。傷行色，來朝便是關山隔。

這首詞寫秋江送別。上片從送行者角度落筆。詞一開頭就勾畫出一種淒清蕭索的氛圍。「碧」，在古代詩詞中常常作為一種傷心的顏色。在冽冽寒江之上幽怨的笛聲從遠處飄來，給人的感受自不待言。下片懸擬行人的旅況。今夜船行所能見到前景，將是「蘆花千里霜月白」。蘆花、霜、月三種白色交織成一片慘白，而且廣袤千里，無邊無際，在這樣的環境裡，給人的感受自然是「傷行色」。作為行人能不觸景生色，黯然神傷嗎？歇拍則由今夜推想到「來朝便是關山隔」，境界又深了一層。意境空漾，幽思自見。再如晏殊〈浣溪紗〉，晏殊於官場看盡宦海浮沉，對於離京、入朝之事應是司空見慣，然多情詞人面對離別，仍是無限悵然：

湖上西風急暮蟬，夜來清露濕紅蓮。少留歸騎促歌筵。

為別莫辭金盞酒，入朝須近玉爐煙。不知重會是何年？

此詞是晏殊在外州郡任職時送人回朝的應酬之作。本篇寫湖邊初秋夜色，氣氛幽悄而淒清，則不單是點明季節和時間更為了烘托主、客之間依依惜別的氣氛。又如同是在詞的結尾交代客人的身份和去向，本篇則滿含關切和惆悵地說：「入朝須近玉爐煙，不知重會是何年」，既為友人得入朝隨侍君王而高興，又因此別之後不知何時重逢而無限感傷。是自抒真情實感之佳作。而歐陽脩之〈減字木蘭花〉寫秋日離別之情，又別有一番味道：

傷懷離抱。天若有情天亦老，此意如何。細似輕絲渺似波。

扁舟岸側。楓葉荻花秋索索。細想前歡。須著人間比夢間。

首句「傷懷離抱」即點明主題，這離情別緒，非驚天動地，卻細似輕絲，渺似輕波，纏綿悠遠，時而湧現，未有止時。下片「扁舟岸側，楓葉荻花秋索索」化用白居易〈琵琶行〉句子，寫離別當時情景，楓葉紅、蘆花白，復以秋風颯颯。而一葉扁舟，行人遠去，追想曾經相聚歡愉的時刻，恐難再得，除非留待夢境。

　　事實上，別離不僅是一種生活現象，傷別更是一種生命意識。別

離之所以讓人痛不欲生，追究本質，是因爲感知生命的可貴和短暫。認清生命有限此一事實，總是希望在有限生命中，多一些人事上的圓滿，少一些情感上的缺憾。生命短暫已讓人苦悶傷感了，那麼在短暫無常的生命中還要經受別離的痛苦，這對於生命意識極度敏感的人來說，是多麼的令人黯然神傷。

離愁別緒固然令人感傷，而有種情感並不因特定的事件而發，不因某種特定的事件而生，很難說得清它確切涵義到底感的爲何，傷的又是爲何？大致來說，它是與「閑」相聯的一種愁緒。往往是無端湧生一種莫名難言的惆悵和憂傷。因爲「莫名」且又難言，所以詞人往往把它籠統地稱之爲「閑愁」或「閑情」。試看晏殊〈清平樂〉一首：

> 金風細細，葉葉梧桐墜。綠酒初嘗人易醉，一枕小窗濃睡。
> 　　紫薇朱槿花殘，斜陽卻照闌干。雙燕欲歸時節，銀屏
> 昨夜微寒。

這首詞是《珠玉詞》中的名篇。它用精細的筆觸和閑雅的情調，寫出富貴高雅的文人，在秋天剛來時的一種閑適而又略帶無聊的感觸。全篇寫景抒情分爲四個層次：第一，寫秋氣初來時的節候景物；第二，寫在這樣的環境中飲酒至醉的舒適情態。過片二句，緊承上片，爲其三，寫酒醒後所見黃昏景象。末二句，爲其四，別開新境，回味昨夜的感受，於靜寂微寒的境界描寫中透露出一絲淡淡的孤寂無聊的情思。抒情主人公是在安適閑雅的庭園中，從容不迫地咀嚼品嘗著暑去秋來那一時刻，自然界變化予人身心的牽動之感。這當中，含有因節序更替、歲月流逝而引發的一絲閑愁，但這閑愁淡淡的、細柔的，甚至是飄忽幽微若有若無的。晏殊通過對外物的描寫，將他在這環境中特有的心理感觸舒徐平緩地吐露出來，使整個意境十分輕婉動人。

晏殊這類的詞作，往往呈現了一種與他富貴顯達的身世相諧調的圓融平靜、安雅舒徐。這種風格，是晏殊渾厚的文化教養、敏銳

細膩的詩人氣質，與其平穩崇高的台閣地位相渾融的產物。在這樣風格的詠秋詞裡，絲毫找不到自宋玉以來詩人們一貫共有的衰颯傷感的悲秋情緒，有的只是在富貴閑適生活中，對於節序更替細緻入微的體味與感

二、宴遊感懷

　　中國文人尋幽訪勝、遊山玩水以遣情適性，由來已久，遊山玩水早已成了文士調適生命情調的慰藉。遊山玩水之餘，文人雅士往往喜飲宴吟詠以暢其情，如王羲之的〈蘭亭集序〉、李白〈春夜宴從弟桃花園序〉、歐陽脩〈醉翁亭記〉等皆不乏飲宴吟詠之內容，故與山水遊賞有關的文學創作也常會出現飲宴的內容及遊賞過程中所見、所聞的相關事物。而遊賞之人「情」的加入，更促使遊宴之作不只是單純的記事，而更富含了感人的藝術力量。〔註 4〕試看馮延巳〈拋球樂〉二首，其一：

> 年少王孫有俊才，登高歡醉夜忘回。歌闌賞盡珊瑚樹，情
> 厚重斟琥珀杯。但願千千歲，金菊年年秋解開。

南唐政權建立之初，執行保境安民的政策，十數年間，物富民足，國力強盛。且據長江之險，隱然大邦。它的政治經濟中心又是六朝舊都，士庶嚮往之地，於是群彥聚集，文物稱盛。登高賞菊本是騷人墨客的雅舉，本詞開端所謂「年少王孫有俊才」，確乎反映了當時的實況。其二：

> 盡日登高興未殘，紅樓人散獨盤桓。一鉤冷霧懸珠箔，滿
> 面西風憑玉闌。歸去須沉醉，小院新池月乍寒。

詞一開頭就是「盡日登高興未殘」。這一句前四字寫重九登高，酣歌暢飲的結束，後三字卻暗示了又一回的開端。「興未殘」謂意興猶有未盡，於是詞人便為此難盡之興再找一個安頓排遣之所，所以接下來一句便是「紅樓人散獨盤桓」。飲酒聽歌時那麼熱鬧歡欣，而今「紅

〔註 4〕參閱顏瓊雯《《六一詞》篇章結構探析》（國立臺灣師範大學國文系在職進修碩士論文，2002 年）頁 56。

樓人散」留下孤零零的一個人，在這不著天、不著地的紅樓上獨自
徘徊，自然倍感孤寂淒涼。百無聊賴之際，撩起珠簾，觸摸到的不
是「一鈎冷露」，便是冰冷的「玉闌」，再就是迎面撲來的「西風」，
尤覺淒神寒骨。結穴二句：「歸去須沉醉，小院新池月乍寒。」表示
曾經酒酣耳熱的熱鬧歡欣場面已然結束，憑闌只見：一汪池水與當
空冷月交相輝映，寒意逼人，越發增添了淒涼的色調。全詞可見詞
人在聽歌飲酒的意興中，原本就有一種潛在的寂寞淒涼的心緒。這
種自相矛盾、表裡不一的心態，正是詞人燕巢危幕的曲折投影。

　　講求「醉翁之意不在酒，在乎山水之間」（〈醉翁亭記〉）的歐公，
縱情山水以求快意更是其遷謫生活中的慰藉與文學創作的泉源。試
看歐陽脩〈漁家傲〉：

> 一派潺湲流碧漲。新亭四面山相向。翠竹嶺頭明月上。迷
> 俯仰。月輪正在泉中漾。　　　更待高秋天氣爽。菊花香裡
> 開新釀。酒美賓嘉真勝賞。紅粉唱。山深分外歌聲響。

全篇寫山景之美，遊賞之樂。詞中景象與意興，使人想起歐陽脩於宋
慶曆六、七年（1046～1047）間知滁州時日游山水的生活記錄。下片
用「更待」字樣，轉入秋景。詞中「高秋天氣爽」，相當於《醉翁亭
記》的「風霜高潔」的雅致，暢達痛快。「菊花香裡開新釀」，這新釀
就是「釀泉為酒，泉香而酒冽」。「紅粉唱」，就是不用弦樂也不用管
樂，不講排場只須盡興的清唱，這位歌女在賓客們都自在隨意的氣氛
中身心放鬆，盡情高唱，歌聲在山谷間飛翔回蕩，格外響亮。歐陽脩
在貶滁兩年多一點的時間，偶見苦悶，但主導思想是達觀，以遊賞自
娛。《醉翁亭記》反覆說「樂」，是真樂，不是假樂。又反覆說「醉」，
也不是借酒澆愁，而是陶醉在自然之中。他是在黨爭中被貶的，來到
滁州，他懂得如何調整自己的情緒與心態，何況滁州山水風俗之美以
及自己治滁的政績，也足以為慰。

　　在參與歡樂的飲宴，歐公常自熱鬧中抽身而出，以超然姿態，觀
照紅塵滾滾的人世。因此其遊賞西湖之樂，重點不在向外徵逐，乃是

以澄淨心靈品味靜觀的恬然之趣。歐陽脩〈採桑子〉〔註5〕：

　　殘霞夕照西湖好，花塢蘋汀。十頃波平。野岸無人舟自橫。

　　　　西南月上浮雲散，軒檻涼生。蓮芰香清，水面風來酒
　　面醒。

這是一種繁華落盡之美。在一片蒼茫的暮色中，流露歐公晚年之心
境，有著沉靜安祥之美。「野岸無人舟自橫」的「自」，是隨順天地自
然之一種無所勉強、無所牽絆的淡泊心境。過片是在幽寂中靜觀萬物
變化的佇待心情。清醒之後，作者也許認為只有自已才真正全面地領
悟了西湖之美，只有自己才真正熱愛和依戀西湖，只有自已才真正既
是西湖的主人，又是西湖的朋友。西湖撫慰著他，他也撫慰著西湖。
全詞流露出解除羈縛後灑脫與淡淡的蒼涼。

　　秋高氣爽，喜好宴飲的晏殊也有不少即席而作的應酬作品，如
〈望仙門〉：

　　紫薇枝上露華濃，起秋風。管弦聲細出簾櫳，象筵中。

　　　　仙酒斟雲液，仙歌轉繞樑虹。此時佳會慶相逢。慶相
　　逢，歡醉且從容。

〈望仙門〉一調，始見於晏殊《珠玉詞》，約是他的創調。其詞中有
此調三首，皆為祝頌之詞。本篇是在上層官僚的一次慶賀佳會上即
席而作的勸酒詞。全詞充滿了富貴氣息：「象筵」為上層社會的豪華
筵席；仙酒雲液、管弦歌舞則代表他們的高級文化享受。這首應酬
詞在藝術上的特色，較多表現在對上層富貴生活的自我呈現。再看
其〈破陣子〉：

　　燕子欲歸時節，高樓昨夜西風。求得人間成小會，試把金
　　尊傍菊叢。歌長粉面紅。　　斜日更穿簾幕，微涼漸入梧
　　桐。多少襟懷言不盡，寫向蠻箋曲調中。此情千萬重。

〔註5〕關於十首〈採桑子〉詞的寫作時代，有數種說法。本文採十首皆退
　　　休後作，見繆鉞、葉嘉瑩《靈谿詞說·論歐陽脩詞》（台北：國文天
　　　地雜誌社，1989 年）頁 107。今觀此數首。具有一種遍歷世事沈浮
　　　後歸於恬淡寧靜、回味人生甘苦悲喜的心境，及卸下塵縛的輕鬆超
　　　脫感，較似歸隱後所作，故從葉氏之說。

這首小令，是秋日席間贈妓之作。全篇代歌妓述事言情，先寫歌女對「時節」的感受，次寫她在筵席上與情人「小會」的歡欣及她的即席演唱，最後寫她與情人依依惜別的種種情狀。從內容上看，包括了大晏詞中常見的三點：對時序遷移的感傷；飲酒賞歌的場面；曲終人散後的相思之情。從風格和表現手法上看，本篇更有一定的代表性，以清疏、閒淡和雅潔之筆來寫柔情。上片首二句，寫初秋景色，意境較疏朗；後三句寫歌妓的心理和動作，人物形象十分具體而鮮明。下片寫歌妓與情人之間的依依不捨之情，抒情氣氛十分濃重。這裡寫豔情而不涉於淺露庸俗，而能予人以深摯、高雅之感。〔註6〕此外，在動態描寫中層層推進地摹景、述事和言情，也是本篇的一大特色。上片首二句寫景，其中，燕子欲振翅南飛，高樓上刮起了西風，即充滿了動感，顯示出節序的變化；後三句，人間小會、菊叢舉杯、唱歌而致臉色發紅等等，無一不是動態。這些動態描寫，凸現出了一個歌女的生動形象；過片二句，微涼侵梧桐、斜日穿簾幕，用自然物象之動態，見時光之流逝與感情之深入。末三句，當筵揮毫，蠻箋書詞，更顯戀情之綿長深厚。大晏的詞，多以靜態美見長，這一首乃以動態美取勝。

古人云：「觀人於揖讓，不若觀人於遊戲」，宴遊之作亦常不經意流露出其心靈性格最為深微的一面，這類作品在表面上雖多有著極為飛揚的意興，但在內中卻又常隱含著深刻的心理變化，值得細細玩味。

三、曠達情思

晏殊曾任宰輔，位居人臣之極，古代讀書人所追求的終極目標，他似乎已達到。但得意之餘，也存在著遺憾和不滿足：因為時光之流逝、人生之有限和親朋之別離，這些是公平地施加在任何一個人身上

〔註6〕王國維著，徐調孚校注校注《校注人間詞話》（台北：鼎淵文化，2001年）頁18。：「雖作豔語，終有品格」。

的，不管他是官僚還是平民、富人還是窮人，即使高官顯貴的他也必須面對這些問題。面對人力難以改變的殘酷現實，他選擇了「及時一杯酒」；選擇了「得意時須盡歡」的曠達心理。〈謁金門〉一詞即是對這種人生選擇的形象化表現：

> 秋露墜。滴盡楚蘭紅淚。往事舊歡何限意。思量如夢寐。
> 　人貌老於前歲。風月宛然無異。座有嘉賓尊有桂。莫
> 辭終夕醉。

本詞抒寫一種及時行樂的曠達之情。上片一開頭，即以淒婉的筆觸，寫出作者對於時節變換的敏感：秋天的涼露墜下，一滴又一滴，懸在蘭葉上，彷彿多愁善感的美人兒流淌著傷心的紅淚。這兩句，景中含情，情中有思。時序的遷移引起了主人公的「往事舊歡」之思，至有如塵如夢之感。三、四兩句，既顯示大晏之深於情，同時也反映出他理性的超拔：逝去的前事，舊時的歡娛，雖有無窮的意味，如今仔細思量，都如一場夢寐。言下之意是，既然往事舊歡不過是「夢寐」何必老是沉溺於感傷和回憶中而不能自拔呢？詞的下片，承此意脈，直寫自己擺脫傷感之後的適應現實、珍視眼前的達觀胸懷。過片二句，將「人貌」與「風月」對比，見出人生之短暫與自然之永恒。這是以自己的切身感受來證明追思往事舊歡之無益，不如超拔出感情的糾纏，從而充分享受眼前的歡樂。末二句，大聲呼籲及時行樂、盡醉方休，點出全篇的主旨。再看其兩首詞作，〈破陣子〉：

> 湖上西風斜日，荷花落盡殘英。金菊滿叢珠顆細，海燕辭
> 巢翅羽輕。年年歲歲情。　　美酒一杯新熟，高歌數闋堪
> 聽。不向尊前同一醉。可奈光陰似水聲。迢迢去未停。

〈清平樂〉：

> 秋光向晚，小閣初開宴。林葉殷紅猶未遍。雨後青苔滿院。
> 　蕭娘勸我金卮。殷勤更唱新詞。暮去朝來即老，人生
> 不飲何為。

此二首為晏殊藉秋日抒情，上闋景致較為低沉、清冷，情感亦隨之頹放、消極。大抵表達他憂懼時光似飛般快速，似水般迢迢的惆悵

之感，下闋用富有亮色和質感的筆觸勾繪出小閣歡宴的環境——雨
後的青苔滿院、林葉殷紅的豔麗秋景。這一幅秋景圖實為全篇的抒
情奠定一個基調，因為在這樣亮麗、明快的背景中產生的感情，不
應該是淒迷傷感的，而應該是曠達開朗的。二闋皆由秋景轉入嘉宴
美酒，再抒「高歌飲酒」之懷，卻以不同的敘述手法抒寫相近的內
容，故能各具面貌。

　　慨歎浮生之短暫、人事之乖離，主張以酒解憂，及時行樂。這是
晏殊詞中最常見的主題，但他卻能時時變換手法和語境以反復表現
之，所以使人讀來仍有新鮮之感。再看其〈更漏子〉兩首，其一：

> 寒鴻高，仙露滿。秋入銀河清淺。逢好客，且開眉。盛年
> 能幾時。　　寶箏調，羅袖軟。拍碎畫堂檀板。須盡醉，
> 莫推辭。人生多別離。

此詞是一幅達官貴人的及時行樂圖。上片的「盛年能幾時」和下片結
尾「須盡醉，莫推辭，人生多別離」，是本篇主旨所在。為表現這一
主旨，作者大筆揮灑，描畫出了秋高氣爽的夜景中一個歌舞助興的酒
席場面。這樣的感嘆和場面描寫，於晏殊詞中處處可見。其二：

> 菊花殘，梨葉墮。可惜良辰虛過。新酒熟，綺筵開。不辭
> 紅玉杯。　　蜀弦高，羌管脆。慢颭舞娥香袂。君莫笑，
> 醉鄉人。熙熙長似春。

本篇借寫秋日酒宴，感歎良辰易逝，主張及時行樂，盡醉方休。通篇
筆墨較粗疏，述事造境較草率，未能做到情景交融，整體上讓人感到
意境凡近。以上二首抒情皆過於直露而少含蓄，易流於頹唐而未臻曠
達。再看一首感秋行樂詞〈蝶戀花〉：

> 一霎秋風驚畫扇。艷粉嬌紅，尚拆荷花面。草際露垂蟲響
> 遍。珠簾不下留歸燕。　　掃驚亭台開小院。四坐清歡，
> 莫放金杯淺。龜鶴命長松壽遠。陽春一曲情千萬。

暑去秋來的節序遷移，讓詞人感到時光不再，人生短暫，於是趁風光
尚好，設席於小院，邀友朋共享清歡，歌酒寄情。上片寫初秋時節自
然風物的變化，秋風帶著涼意吹來，「驚」了夏天常用的扇子，實際

上是「驚」了詞人的心——時光流逝。池中蓮荷。還在綻開新蕾，雖然草間已秋蟲唧唧，但燕子尚未南飛，晚上照舊穿簾歸巢。這一切，提醒詞人：趁著這初秋的好時光，趕快尋求「清歡」吧。於是詞的下片，即景傳情，寫出秋日飲宴之樂。當然，所抒之情：「莫放金杯淺」，亦屬晏詞中所習見。另有〈拂霓裳〉一首也頗具特色：

> 樂秋天。晚荷花綴露珠圓。風日好，數行新雁貼寒煙。銀簧調脆管，瓊柱撥清弦。捧觥船。一聲聲、齊唱太平年。
>
> 　人生百歲，離別易，會逢難。無事日，剩呼賓友啓芳筵。星霜催綠鬢，風露損朱顏。惜清歡。又何妨、沈醉玉樽前。

本篇抒寫內容不外乎宴飲之樂，風格即極為雍容閑雅、典麗精工。唯在述事造境上有一特色。上片寫景，頗有清新之致。作者特別善於描寫秋景，長於選取有特徵、有代表性的物象來渲染秋天的環境氣氛。比如為了表現秋天「風日好」，就不泛泛寫山水庭園的大背景，而是選取「晚荷露珠圓」和「新雁貼寒煙」兩道風景線來突顯庭園與天空之美，從而見出整個秋景之美。此外，寫到宴會，單挑樂器來寫，管樂器曰「脆管」，弦樂器曰「清弦」，都是在通過人的感官來顯示秋氣之清爽和秋景之怡人。下片的抒情也非泛泛應對賓朋，而是密切結合秋景來宣泄特定的心靈感觸：秋日星霜，催人鬢白；秋日風露，損人朱顏。秋景示人以好景不長，所以要抓緊時間，盡醉方休。此詞成功之處，就在於它寫出了如葉嘉瑩所稱讚的對自然景物的「詩人之感覺」。〔註7〕再看一首「情中有思」的傑出作品，〈訴衷情〉〔註8〕：

> 芙蓉金菊鬭馨香，天氣欲重陽。遠村秋色如畫，紅樹間疏

〔註 7〕見葉嘉瑩著《迦陵論詞叢稿・大晏詞的欣賞》（河北：河北教育出版社，1998年）頁45。

〔註 8〕據夏瞿禪撰《二晏年譜》（臺北：世界書局，1970年）考證，這首詞是宋仁宗寶元元年所作，這一年晏殊四十八歲，五月前自陳州召還京城擔任御史中丞三司使，此詞是秋天在開封登高遠望時所作。這是大晏詞中為數不多的有時地可考的作品之一。

　　黃。　　　流水淡，碧天長，路茫茫，憑高目斷，鴻雁來時，
無限思量。

它就秋景而抒情，展示了這位久歷宦海、將近「知天命」之年之人
高曠廣遠的胸懷。詞的上片，以清麗疏朗的筆觸，描繪瑰麗秋色，
詞中有畫，給人以舒心悅目的美感。下片情景交融，展現晏殊高朗
澹蕩的胸懷。「流水淡，碧天長，路茫茫」三句，亦景亦情，極富象
徵性，實際上已將詞人的心境暗示出來。結尾三句，托出抒懷的本
旨，但卻不點明情思之所向，僅言「無限思量」，這就給讀者留下了
馳騁想像的空間，使全篇所造之境耐人尋味，啟人思考。

四、惜時緬懷

　　惜時之嘆，是中國文人無論窮通內在情感的主調。春風得意，躊
躇滿志，惜時重在充實提高自我價值，建功立業；失意困頓，潦倒無
望，惜時則寄情於山水聲色，及時行樂。〔註9〕歐公少年時極其意興
風發，故在這些詞作中多流露出對往事、故友的緬懷之情與今昔對比
間的惜時傷感。試看其〈玉樓春〉：

　　蝶飛芳草花飛路，把酒已嗟春色暮。當時枝上落殘花，今
日水流何處去。　　　樓前獨繞鳴蟬樹，憶把芳條吹暖絮。
紅蓮綠芰亦芳菲，不奈金風兼玉露。

此首借春秋代序之景象，寓逝者如斯之嘆。上片，「當時」與「今日」
對言，當時是春天，如今又是秋天，獨自繞樹聽蟬，倍感秋氣襲人。
但仍然在為曾經辜負春光而遺憾。當然，眼前的紅蓮綠芰也是芳菲
的，也是賞心悅目、值得留連的，可是，荷、菱最終也經不起西風白
露的摧折。再如，〈漁家傲〉：

　　妾本錢塘蘇小妹。芙蓉花共門相對。昨日為逢青傘蓋。慵
不采。今朝斗覺凋零煞。　　　愁倚畫樓無計奈。亂紅飄過
秋塘外。料得明年秋色在。香可愛。爭如鏡裡花顏改。

〔註9〕參閱王立著《中國古代文學十大主題》（臺北：文史哲出版社，1994
年）頁45。

利用今昔對比寫前代名妓蘇小小的愁思。「芙蓉花共門相對」。「昨日」三句，寫由於心緒的慵怠，未能前去採蓮，本來青翠欲滴的蓮葉，竟一夜之間凋零得如此厲害。下片，主人公「愁倚畫樓」，百般無奈，看到亂紅飄過秋色已深的池塘，遙想明年。明年的秋色一定和今年一樣美麗絢爛，但是，明年的人呢？「其如鏡裡朱顏改」。她內心充滿了憂鬱與彷徨。上片寫眼前景的急劇改變，暗寓流年飛逝的嘆息；下片寫明年美景的一如今日，直抒朱顏難駐的悲傷。

　　站在造化之前，這群宰輔詞人脆弱的心理無異於一般人，外在的頭銜地位並不會為他們帶來什麼優厚的特別待遇。即使高高在上，面對別離，他們和普通人無異，是如此的無奈又乏力、無助又軟弱。這是人事上的造化，然而，自然造化更是公平，自然的變、不變與人生的必變交織在一起，如果用「快樂的時光總是匆匆而過」這樣一個心理上的時間做比喻，那麼人在痛苦不如意之時，會有度日如年的錯覺。然而，如果日子過得多采多姿者，應該會更企望這種快樂能夠常存永佇，敏感者甚而患得患失。因此他們的惜時心緒比起一般人，總是特別明顯。

　　由於宰輔地身分地位，使他們不愁吃穿，不需奔波忙碌於柴米油鹽，靈心銳感不易被瑣碎雜事所遮蔽。然而，卻又非所有處於富貴閒暇的生活環境者，皆具有靈心慧感，重要的還是具備優秀創作者所必須之心理條件。因為他們未被眼前繁華富麗的物質享受鈍化了心靈，反而憑藉著先天優秀的內在條件以及後天物質環境，因此能直探生命本質。因此閒愁可謂緣起於富貴悠閒的生活空間。而由於生活的品質不同於普通人，觸物興感的媒介自然有所不同。不管是必須的應酬，還是附庸風雅的宴飲作樂，這是宰輔詞人常用以表達及時行樂的場景。平民老百姓無法體會的盛宴歡情、大起大落的情感、喧騰後復歸的寧靜與寂寥，這樣的情感力度更加倍強烈地突顯出他們對自然界和社會人事的敏銳感覺。這群宰輔詞人，不僅僅因為身分地位不同凡俗，他們確實擁有不同凡響之氣度與深厚的修養，在面對人生中的起

起落落，平凡的人也許直接地怨天尤人、大發嗔怒、甚至頹放喪志。然而，他們在面對能力所不及之人、事、物、時，卻仍能紓發曠達情思，聊以自慰，即使這份曠達是努力掙扎所得，不也難能可貴、值得讚賞。

　　卸下外在附加的光環，宰輔詞人們也是平凡的血肉之軀，面對人生中的種種不能預料、無法掌握、不可違逆的一些法則，他們產生了傷別閑愁、宴遊感懷、曠達情思、惜時緬懷等種種人生感慨。他們以小詞為載體，秋日物色為背景，融入他們的人生情思，將他們最真誠感人的心緒展露無遺。

第二節　情愛相思

　　馮、晏、歐三人，沿襲著晚唐五代以來的傳統，內容以抒寫男女愛戀、離別相思為多，歸納進這一類的作品，呈現了宰輔詞人日常生活與思想必須符合身分的另一種面目，一反詞人在詩文莊重的藝術風貌，而流露出風流韻藉的情調。

一、相思戀情

　　詞自晚唐即以反映男女情愛生活為主要內容，而這情愛生活又往往以女性為主角，描寫女子情愛生活相思戀情、離別閨怨的主題可說是詞的傳統題材。

　　試看馮延巳〈鵲踏枝〉：

　　秋入蠻蕉風半裂。狼藉池塘、雨打疏荷折。繞砌蟲聲芳草歇。愁腸學盡丁香結。　　回首西南看晚月。孤雁來時。塞管聲嗚咽。歷歷前歡無處說。關山何日休離別。

這是首觸景傷懷之作。上片由寫景入手。荷塘秋色，雨打風吹後葉殘枝折，狼藉一片。再由蛩聲繞砌聯想，到百卉凋落。著一「盡」字，不僅顯示出「愁腸」鬱結積聚時間之久長，而且也把「愁腸」固結的狀態形象化了。上片以寫景為主，雖也寫人，只是觸景生情，點出個

愁字而已。下片則側重於抒寫對景懷人。縱目遠眺，晚月朗照下但見孤雁南飛。雁是候鳥，春分時由南入北，秋分時自北南歸。牠昭示人們節令的變化。歲月不居，一年又將過去，南歸的孤雁並沒有傳來任何音信，只聽得羌管般的悲鳴。景況之淒寂悲苦可想。這是一種意境的渲染。接下來是對往事的追憶，點明時景懷人的詞旨：往日相聚時的歡樂情景猶歷歷在目，而今關山遠隔。韶光易逝，不堪回首之慨油然而生。哀傷無告之餘，只能以「休離別」三字作結。再看其〈鵲踏枝〉：

> 霜落小園瑤草短，瘦葉和風，惆悵芳時換。舊恨年年秋不
> 管，朦朧如夢空腸斷。　　獨立荒池斜日岸，牆外遙山，
> 隱隱連天漢。忽憶當年歌舞伴，晚來雙臉啼痕滿。

這是首深秋懷人之作。家園芳草經秋霜摧殘後一片凋零蕭颯的景象，由此引發出主人公時移物換、好景不常的無限感喟。接著再寫極目遠眺所見，以景托情，進而傾訴其落寞的心態，驀然追憶起「當年歌舞伴」，不禁悲從中來。再如〈採桑子〉：

> 寒蟬欲報三秋候，寂靜幽居。葉落閒階，月透簾櫳遠夢回。
> 　　昭陽舊恨依前在，休說當時。玉笛才吹，滿袖猩猩血
> 又垂。

這是首觸景傷懷之作。從字面上看，彷彿寒蟬對季節的轉換特別敏感，其實是詞人心情孤寂、悲涼的物化。「昭陽」，趙飛燕專寵時所居的殿名。皇宮內苑，宮女如雲，爭寵吃醋，專寵者，人人側目。而今，幽居獨處，縱有愛君之憂，已無由表達，只能暗自飲泣，滿袖血淚。不堪回首的淒苦心情，隱寓於字裡行間。再看，〈南鄉子〉：

> 細雨泣秋風，金鳳花殘滿地紅。閒蹙黛眉慵不語，情緒，
> 寂寞相思知幾許。　　玉枕擁孤衾，把恨還同歲月深。簾
> 捲曲房誰共醉，憔悴，惆悵秦樓彈粉淚。

這首詞描寫女主人公失戀後的情態。頭兩句用擬人化的手法，勾勒蕭瑟悲涼的自然環境。盛開著的鳳仙花，一經秋風摧折，花落遍地，狼藉一片，以致秋雨也不禁為之愴然淚下。後三句切入正題，由表

及裡，從臉部表情一直寫到女主人公孤寂苦澀的內心世界。情景相生，淒美感人。再看，〈菩薩蠻〉：

> 畫堂昨夜西風過，簾時拂朱門鎖。驚夢不成雲，雙蛾枕上顰。　金爐煙裊裊，燭暗紗窗曉。殘月尚彎環，玉箏和淚彈。

這首詞描寫少女的苦悶。幽居深閨的少女，與意中人相逢只能寄望於夢境之中。昨夜睡夢中正當男歡女愛之際，西風乍起，掠過畫堂，頻頻吹拂繡簾，致使少女好夢驚破，黯然神傷。僅存裊裊爐煙與殘燭、冷月相伴。百無聊賴之際，只能含著眼淚借彈箏來排憂解悶，傾吐內心的恨快。淒苦無告，餘恨難消。

晏殊以相思戀情懷人為題材內容的詞作，大多喜歡、也極擅長描繪秋景，其目的都在於借此表現秋日特有的情思。如〈鵲踏枝〉：

> 檻菊愁煙蘭泣露。羅幕輕寒，燕子雙飛去。明月不諳離恨苦，斜光到曉穿朱戶。　昨夜西風凋碧樹。獨上高樓，望盡天涯路。欲寄彩箋兼尺素，山長水闊知何處。

詞的上片寫景。而景中已飽含感情。作者所著意描寫的乃是他在清晨時對於室內、室外景物的淒愴感受，由此暗示其徹夜相思之苦。這裡成功地使用了移情於物的寫法，選了取眼前景物（檻菊、煙、露），注入主人公的感情（愁、泣），點出了傷離怨別之意。這一首題材為普遍相思離別之情，但卻寫得情深而意苦，格高而境遠。通篇並不正面宣洩內心的情感，只是通過形象和人物心理、行為的描寫來寄寓自己綿綿無盡的愁絲恨縷，給讀者留下較大的想像和聯想的空間，故能強烈地感染當時和後世的廣大讀者，成為晏詞中的名篇。

晏殊以相思戀情懷人為題材內容的詞作，在章法上的呈現，最常以上景下情，由景及情的固定抒情模式展開情思，如〈採桑子〉：

> 林間摘遍雙雙葉，寄與相思。朱槿開時。尚有山榴一兩枝。　荷花欲綻金蓮子，半落紅衣。晚雨微微。待得空樑宿燕歸。

本篇寫相思懷人之苦。這種綿遠淒愴的心靈意緒，並不直接表露，

而是通過描寫抒情主人公對不同季節自然風物變化的感觸間接流露
的。全篇用上昔下今的章法寫成，按節令的順序，由夏天寫到秋天，
以見相思之綿遠。下片則寫秋景秋思。時光流逝，季節轉換，暑去
秋來，最明顯的一個標誌就是夏日盛開的荷花此時已半落紅衣，結
出蓮子。蓮子諧音「憐子」，這使主人公聯想起情人至今未歸，致使
自己幾個月來孤獨無聊。在微微晚雨中，只盼來雙雙飛回的燕子。
以燕之雙歸，反襯離人之不歸和自己之孤棲，情自見於言外。再如
〈破陣子〉：

> 憶得去年今日，黃花已滿東籬。曾與玉人臨小檻，共折香
> 英泛酒巵。長條插鬢垂。　　人貌不應遷換，珍叢又睹芳
> 菲。重把一尊尋舊徑，所惜光陰去似飛。風飄露冷時。

晏殊此詞，同樣運用「上昔下今」之法，寫胸中一段纏綿的相思之
情。上片，睹秋日菊花而憶舊：去年今日，黃菊盛開，抒情主人公
與那位「玉人」同臨小檻，賞花飲酒，溫情無限。下片，視角轉向
今年今日：人去園空，「我」枉自把杯徘徊於舊徑，面對著像去年一
樣璀璨芳菲的菊叢，卻只見風飄露冷，一片淒涼，「我」想像身處異
地的她，總不致因為光陰的流逝和時節的遷換而凋損美麗的容貌！
詞的敘事抒情顯得娓娓動人，其奧妙就在於作者能抓住秋日自然環
境中富有人文特徵的情事（如飲酒賞菊）進行描繪和渲染，使之成
為愛情相思的承載物，而予人以鮮明的印象。此外，以景結情，餘
韻悠長，亦是本篇的藝術特點。利用「上昔下今」之法者尚有〈浣
溪紗〉：

> 閬苑瑤臺風露秋，整鬟凝思捧觥籌。欲歸臨別強遲留。
> 　　　月好謾成孤枕夢，酒闌空得兩眉愁。此時情緒悔風流。

全詞同以「上昔下今」的章法寫成，來追思和懷念一個戀人。晏殊寫
男女戀情，筆致雅潔，不涉淫褻。即如本篇所寫的戀愛對象，無非是
一位歌妓或家姬，但詞中卻把她寫成仿佛神仙中人。上片憶寫當初的
戀情，而言相會之地為「瑤臺閬苑」，足見詞人心目中「她」具有極
高的地位；寫其風姿神態而曰「凝思整鬟」，足見其人莊重，雖為詞

人「捧觥籌」，實可望而不可即。下片極寫詞人月夜孤眠、懷念伊人的淒苦和寂寞之狀，筆調哀婉，饒有情致。末句直抒胸臆，作決絕語，尤覺深摯感人。又如〈採桑子〉：

> 時光只解催人老，不信多情。長恨離亭，淚滴春衫酒易醒。
>
> 　梧桐昨夜西風急，淡月朧明。好夢頻驚，何處高樓雁一聲。

這首相思怨別之詞寫得情切而恨深，言簡而意厚，哀婉而不淒厲，呈現的是一個明淨高遠的抒情境界。寫盡自春及秋大半年的相思之苦。下片由昔入今，寫秋夜獨眠的懷思。這段描寫之所以能打動人，不單在於那西風梧桐、幽窗淡月的淒迷氣氛中夢境的展現，更在於那沉思默想中「何處高樓雁一聲」的超脫高遠境界。這一結尾，正體現了晏殊情中有思、曠達高朗的抒情特色。又如〈清平樂〉：

> 春來秋去。往事知何處。燕子歸飛蘭泣露。光景千留不住。
>
> 　酒闌人散忡忡。閒階獨倚梧桐。記得去年今日，依前黃葉西風。

此詞寫秋日感舊懷人的一段愁情，其題旨與其他篇章略為不同者為，本篇並不著意寫景，並不就景言情，而是直接描寫主人公的心理情態和意識流動，以凸顯其憶舊懷人的惆悵情懷。上片，集中表現主人公對於時光流逝、好景美事永遠消泯的無奈和悵恨。下片，定格於閒階梧桐下獨自感傷的抒情主人公的特寫鏡頭，既寫其感傷的形貌，亦托現其感傷的內心。將秋日感舊懷人的一段愁情，寫得輕婉動人。再看〈撼庭秋〉：

> 別來音信千里，恨此情難寄。碧紗秋月，梧桐夜雨，幾回無寐。　樓高目斷，天遙雲黯，只堪憔悴。念蘭堂紅燭，心長焰短，向人垂淚。

本篇抒寫相思念遠之苦情，而以「此情難寄」為中心環節，所有的情節描寫和意境創造。都是圍繞這個中心展開，都是為了表明寄情之「難」。末句移情於物，用擬人手法，彌見別恨之深，離情之長。在這裡，人即是紅燭，紅燭即是人，二者幾乎不能分，成為苦情和悲傷

的象徵。這一抒情意象，確有如葉嘉瑩所說的象徵「心餘力絀的整個的人生」的意昧。〔註10〕再如〈鳳銜盃〉：

> 青蘋昨夜秋風起。無限個、露蓮相倚。獨憑朱闌、愁望晴
> 天際。空目斷、遙山翠。　　彩箋長，錦書細。誰信道、
> 兩情難寄。可惜良辰好景、歡娛地。只憑空憔悴。

本篇同寫初秋時節萌發的懷人念遠之情，而如上篇〈撼庭秋〉一般，寫相思懷人之情，常以音塵隔絕、書信不通，以示戀情之深。本篇卻說「彩箋長，錦書細，誰信道、兩情難寄」，言下之意是：音信雖然可通，但遠遠不如重新歡聚。這是深入一層的寫法，它將離情別恨之深充分地揭示出來。在表情達意上，本篇還算是一個打破常規的創新作法。

　　總而言之，晏殊這一類詞，在題材內容並無新穎之處，章法上，也無非是上景下情，由景及情等的固定抒情模式，在立意和造境上卻多少有些創新。

　　至於歐公描寫情愛相思的作品，則蘊藉婉約，含蓄而富於情韻，描寫思婦的心理狀態極為細膩深微，以下則試賞歐陽脩抒相思戀情的詠秋詞作。〈錦香囊〉：

> 一寸相思無著處。甚夜長難度。燈花前、幾轉寒更，桐葉
> 上、數聲秋雨。　　真個此心終難負。況少年情緒。已交
> 共、春繭纏綿，終不學、鈿箏移柱。

此首寫女子的苦戀。梧葉上的秋雨，點點滴滴，似乎打在女子滿腔愁緒的心頭之上。再如〈踏莎行〉：

> 雲母屏低，流蘇帳小。矮床薄被秋將曉。乍涼天氣未寒時，
> 平明窗外聞啼鳥。　　困殢榴花，香添蕙草。佳期須及朱
> 顏好。莫言多病為多情，此身甘向情中老。

此首寫秋閨情思。上片渲染環境氣氛，從「將曉」到「平明」，從感到涼意襲人到聽到啼鳥之聲，說明閨中人輾轉反側，一夜無眠，寫的

〔註10〕見葉嘉瑩著《迦陵論詞叢稿・大晏詞的欣賞》（河北：河北教育出版
　　　社，1998 年）頁 44。

是環境氣氛，表達的是內心情緒，情即寓於景中。下片，再從閨中人的外部形態逐步引向她的心理活動。她為病酒而感到困倦不適，她點燃了香爐中的蕙炷，似乎是希求一種寄託。這些描寫隱隱透露出她心中的某種愁緒，某種不安，與上文的淒清冷落的環境氣氛前後呼應。緊密結合。原來她正為自己的青春嘆息，男婚女嫁須及時，她作為一個女子，更擔心年華流逝，紅顏難以永駐。她不願透露自己是因情而病，表示甘願為情而老，這是一位堅貞專一的女子形象。歐詞中有不少作品是歌頌這種美好感情的。再看〈千秋歲〉：

> 畫堂人靜，翡翠簾前月。鴛帷鳳枕虛鋪設。風流難管束，
> 一去音書歇。到而今，高梧冷落西風切。　　未語先垂淚，
> 滴盡相思血。魂欲斷，情難絕。都來些子事，更與何人說。
> 為個甚，心頭見底多離別。

此首亦是寫相思之作。「高梧冷落」，梧桐落葉早，因有一葉知秋之說，「冷落」，說明梧桐葉已經盡落，是深秋了，西風淒切，正是深秋特點。秋氣蕭殺，更加重了思婦內心的感傷。

　　綜前所述，晏、歐處北宋初、中期，當時詞風尚在花間、南唐餘風影響之下，詞人筆下之情愛相思閨怨等情感，基本上並無刻意寄託的用心。即或因詞中描寫思婦被拋棄冷落的怨傷，或忠於愛情的執著，而被認為含有張惠言所謂的「賢人君子幽約怨悱不能自言之情」〔註11〕，筆者以為僅可視之為意蘊上的感發和聯想，而不宜以具體情事加以指實。

二、離情閨怨

　　人是群居的動物，故難耐無依與孤單；人是有感情的生命體，故難忍懸念與空盼。所謂「外有遊子，內必有思婦」，女子每每在一次

〔註11〕〔清〕張惠言《詞選‧序》（台北：世界書局，1956年）按：常州詞派尤重以寄託論唐宋詞，與當時經學發達，以解經法讀詞有關。然而要對唐宋詞的寄託做出合乎實際的政治解讀並非易事。時代文化、政治背景不同，都是必須考慮的重點，若是強附義興，便不是正確的政治解讀和接受美學再創造。

次思念、期盼落空之下，漸生怨懟。受到時代文壇風氣的影響，馮延巳詠秋作品中以女性情貌、離情閨怨爲主要抒寫內容的閨情詞，佔了很大的比例。試看馮延巳〈菩薩蠻〉：

> 西風嫋嫋凌歌扇。秋期正與行人遠。花葉脫霜紅。流螢殘月中。　　蘭閨人在否。千里重樓暮。翠被已消香。夢隨塞漏長。

這首詞以「一樣相思，兩地閑愁」抒寫男女愁思。上片寫女主人公由「嫋嫋凌歌扇」感興，以霜葉、流螢自況，訴說自已孤寂愁苦、惘然若失之情。下片則以男主人公的口吻上表示對睽隔千里的閨婦關切和眷念。如此雙向抒寫，構想新穎別致，情深意切，扣人心弦。再看〈鵲踏枝〉：

> 蕭索清秋珠淚墜。枕簟微涼，展轉渾無寐。殘酒欲醒中夜起，月明如練天如水。　　階下寒聲啼絡緯。庭樹金風，悄悄重門閉。可惜舊歡攜手地。思量一夕成憔悴。

這首詞借助「枕簟微涼」、月華如練，天庭如水、絡緯悲吟等一系列秋夜特徵性的細節描寫，著意渲染蕭條凄涼的環境氣氛。以景托情，次第展現獨守空閨的思婦借酒澆愁，徹夜無寐，惦念舊歡。寂寞難耐而又無可告訴的傷痛，回環往復，全詞情調纏綿深致。再如〈採桑子〉：

> 西風半夜簾櫳冷，遠夢初歸。夢過金扉，花謝窗前夜合枝。　　昭陽殿裏新翻曲，未有人知。偷取笙吹，驚覺寒蟲到曉啼。

這是首構思頗爲別致的閨情詞。合歡花可以使人消除怨懟，重歸好合。從引用這一典故看來，思婦與情人之間有過不愉快的經歷，然而在夢中似已捐棄前嫌。下片抒發離情。「偷取笙吹」，把內心的感受訴諸樂曲傾訴出來，可惜「未有人知」，倒是「驚覺寒蟲到曉啼」。悵惘之情，溢於言表。再看〈酒泉子〉：

> 庭樹霜凋，一夜愁人窗下睡。蕭幃風，蘭燭焰，夢遙遙。　　金籠鸚鵡怨長宵，籠畔玉筝弦斷。隴頭雲，桃源路，

兩魂銷。

這首詞寫閨怨。庭院中的樹葉經過玉露霜凋，開始發黃飄落。人的心境也不免悲涼起來。移情及物，「金籠鸚鵡怨長宵」，喻示思婦孤寂難耐的心緒。本來獨守空閨的少婦舉起纖纖玉指，拂箏弄弦借以排遣內心郁悶，也算得上是一種有效的方式，可「玉箏弦斷」，表傷心欲絕，難以續彈，一腔幽怨更難以繼訴。「弦斷」，象喻情緣已斷，更暗示她內心深處的悲涼、迷惘乃至絕望。面對如此狼狽難堪的處境，她卻依舊有著濃烈執著的情意，叨念對方的行止去處。而這恰恰體現出馮詞「和淚試嚴妝」的風格特點。再如〈應天長〉：

> 當時心事偷相許，宴罷蘭堂腸斷處。挑銀燈，扃珠戶，被微寒值秋雨。　枕前和淚語，驚覺玉籠鸚鵡，一夜萬般情緒，朦朧天欲曙。

這首詞寫閨怨，女主人公於秋雨夜晚，與情侶邂逅於酒筵之上，「心有靈犀一點通」，而偷偷願許終身。但蘭堂宴罷，竟成了難捨難分悲痛欲絕的時分。過片緊承發端兩句，為愛的失落而飲泣，自言自語，以致驚醒了籠中鸚鵡。夜不成寐，思緒萬千，朦朦朧朧一直挨到「天欲曙」。情詞淒苦，從中不難體會出愛的失落帶給女主人公心靈的創痛以及她對愛的殷切企盼。再如〈芳草渡〉：

> 梧桐落，蓼花秋。煙初冷，雨才收，蕭條風物正堪愁。人去後，多少恨，在心頭。　燕鴻遠，羌笛怨，渺渺澄江一片。山如黛，月如鉤。笙歌散，魂夢斷，倚高樓。

這首詞寫思婦望遠懷人的心緒。上片由近景入手，著意渲染深秋滿目蒼涼的自然景色。而後轉寫思婦觸景傷懷的愁思與怨恨。下片寫登高所見所聞，無不令人黯然神傷。尤其是透過主人公的直白抒情和倚樓企望的神情動作，更直截了當地反映了思婦淒涼落寞的情懷。再看〈更漏子〉：

> 秋水平，黃葉晚，落日渡頭雲散。抬朱箔，掛金鉤，暮潮人倚樓。　歡娛地，思前事，歌罷不勝沈醉。消息遠，夢魂狂，酒醒空斷腸。

這是首深秋懷人的閨怨詞。上片寫景。深秋傍晚，主人公登高望遠，滿目蕭然，不禁落寞神傷，心潮湧動。「暮潮人倚樓」五字，景中寓情，耐人尋味。過片追憶當年酣歌醉舞的場景：「歡娛地，思前事，歌罷不勝沉醉。」接著又寫曲終人散後孤寂淒涼的心境：「消息遠，夢魂狂，酒醒空斷腸。」一波三折，低回欲絕。再看〈更漏子〉：

> 風帶寒，秋正好，蕙蘭無端先老。雲杳杳，樹依依，離人
> 殊未歸。　　搴羅幕，憑朱閣，不獨堪悲寥落。月東出，
> 雁南飛，誰家夜擣衣。

這首詞寫傷離念遠。天高氣爽，秋色宜人。無奈蕙蘭經不住寒風的侵襲過早地凋零了。「蕙蘭無端先老」，喻少婦的未老先衰。目睹「雲杳杳，樹依依」，不禁觸發起萬千思緒。行人遠在天涯，當初離別之際，那麼難捨難分，如今卻「離人殊未歸」。情景交融，寓情於景，由此透露出少婦未老先衰的原委。過片承上，少婦撩起帷幕，倚閣眺望，「不獨堪悲寥落」。句首著「不獨」二字，意味著感受到冷清之可悲者非止閨中人而已。弦外之音，指離人也會產生同樣的感受。接著，「月東出」，點明倚樓時間的久長。「雁南飛」與「離人殊未歸」遙相呼應。秋雁南回，預示著深秋將臨，難免引發起人未歸的感喟。夜闌人靜，偏又傳來誰家擣衣的聲音，更加深了少婦的悵惘和傷感。語淡情深，韻味雋永。再看〈更漏子〉：

> 雁孤飛，人獨坐，看卻一秋空過。瑤草短，菊花殘，蕭條
> 漸向寒。　　簾幕裡，青苔地，誰信閒愁如醉。星移後，
> 月圓時，風搖夜合枝。

這首詞寫閨怨秋思。由「雁孤飛」、「瑤草短」、「菊花殘」組合成將「蕭條漸向寒」的意境，在舉目凋零蕭索的周邊環境中，「人獨坐，看卻一秋空過」，居然白白地消磨了整個秋天，不難想像身歷其境的主人公該是多麼孤寂淒楚難熬！接著，又寫獨處空閨「羅幕裡」的她，面對因人跡罕至而綠苔滿地的情景，能不閒愁累累。歇拍三句「星移後，月圓時，風搖夜合枝。」以景結情，含哀更深，尤覺憂思難禁。再如〈更漏子〉：

> 夜初長，人近別，夢斷一窗殘月。鸚鵡睡，蟋蛄鳴，西風
> 寒未成。　　紅蠟蠋，半棋局，床上畫屏山綠。搴繡幌，
> 倚瑤琴，前歡淚滿襟。

這首詞也寫閨怨，但與前幾首不盡相同。本詞寫的是初秋乍別夢醒後
的哀愁。「夜初長」、「西風寒未成」、「蟋蛄鳴」，緊扣夏末秋初的時令
季節特徵，而以「夢斷一窗殘月。鸚鵡睡，蟋蛄鳴」「紅蠟蠋，半棋
局，床上畫屏山綠。」為背景，著意渲染淒清的氣氛，烘托主人公由
「人近別」觸發起人去樓空孤寂無聊的感受。轉而撩起繡幌，憑依瑤
琴，卻又觸景生情，追憶轉眼即逝的歡愉情景，不由得泣下沾襟，更
感到幽思難平。全詞描繪細緻眞切，情致纏綿淒側。再看〈菩薩蠻〉：

> 回廊遠砌生秋草，夢魂千里青門道。鸚鵡怨長更，碧籠金
> 鎖橫。　　羅幃中夜起，霜月清如水。玉露不成圓，寶箏
> 悲斷弦。

這首詞寫的是秋閨懷人。居處遠近秋草叢生，成了人跡罕至、被人遺
忘的角落。其處境之孤寂淒苦可想。然而思婦仍心繫暌隔千里在外冶
游浪蕩的丈夫，情深一往，以致形於夢寐。接著又以「鎖」在「碧籠」
中的鸚鵡自況。「鸚鵡怨長更」用擬人化的手法道出思婦的幽怨情懷。
輾轉反側，夜不能寐。中夜起床，眼見冷月當空，月光如水，寒露淋
漓，倍感淒涼。想以彈箏來排憂解悶，卻又悲傷難抑、無以續絃。表
達了思婦百無聊賴、淒苦無告的情懷。

　　由以上馮延巳這類主題的詞作，可以感受到他那種深沉又難以
明確指實的抑鬱，較之唐五代，其作逐漸擺脫既定的人、事、物、
時、地，直探情感潛在的核心，具有較爲深厚的情感力量。到了北
宋初期，題材與風格較晚唐五代沒有太大的改變，晏殊一些以描摹
女子情感的作品，大致承繼馮詞規模，雖數量不及馮延巳多，但卻
頗具個人風格。如〈訴衷情〉：

> 數枝金菊對芙蓉。搖落意重重。不知多少幽怨，和露泣西
> 風。　　人散後，月明中。夜寒濃。謝娘愁臥，潘令閒眠，
> 心事無窮。

以木芙蓉和菊花起興，寫才子佳人秋日的「幽怨」，情調淒婉而憂
傷。此詞以凋零的花朵起興並以之作爲象徵，抒寫秋深時節分離的
男女雙方的相思之情。詞的上片寫木芙蓉和菊花在西風中凋謝，心
事「重重」，滿懷「幽怨」，並「和露」而「泣」，這已經不是單純
地寫景和詠物，而是借物寫人寫秋日分離中的情人。下片直接寫到
人，以「謝娘愁臥，潘令閑眠，心事無窮」與上片的金菊芙蓉搖落
愁慘之狀相呼應。這就組成了一個完整的抒情境界，相思主題得以
盡現。

　　再看歐陽脩詞集中，描寫男女相思戀情與離情閨怨者，爲數眾
多。與晏殊同處北宋初年，這是沿襲晚唐五代已來情愛相思詞的傳
統。而歐公此類作品，除有類似花間、南唐、以及馮延巳、晏殊之外，
也有近於民間歌詞者，但都能寫的清新婉麗，情眞語摯。〔註12〕試看
〈蝶戀花〉：

> 梨葉初紅蟬韻歇。銀漢風高，玉管聲淒切。枕簟乍涼銅漏
> 徹。誰教社燕輕離別。　　草際蟲吟秋露結。宿酒醒來，
> 不記歸時節。多少衷腸猶未說。珠簾夜夜朦朧月。

上片著重描寫深秋的淒清氣氛。對環境的感受由外而內，周圍的秋色
秋聲增添了枕席的涼意。下片，女主人公宿醉方醒，仍有點迷惘，記
不清他允諾的歸期，但究竟是允諾過記不清，還是其實根本就沒有交
代過，詞人將女子內心的活動極爲含蓄曲折的表現出來。而「多少衷
腸猶未說」含意更爲豐富深遠，多少溫馨與依戀，多少淒涼和孤苦，
多少美好的願望和企盼，盡在其中。全詞在男女別情的敘述之中，難
掩羈旅漂泊的人生況味。再看〈聖無憂〉：

> 珠簾卷，暮雲愁。垂楊暗鎖青樓。煙雨濛濛如畫，輕風吹
> 旋收。　　香斷錦屏新別，人閑玉簟初秋。多少舊歡新恨，
> 書杳杳、夢悠悠。

全詞筆調輕淡，意境縹緲悠遠。「香斷錦屏」二句，情景自然交錯融

〔註12〕參閱簡淑娟：《歐陽文忠公詞研究》（國立高雄師範大學國文研究所
　　　　碩士論文，1996 年）頁 73。

合；末寫愁怨，幽抑含蓄。全詞閑雅細致。再如〈玉樓春〉：

> 別後不知君遠近。觸目淒涼多少悶。漸行漸遠漸無書，水
> 闊魚沉何處問。　　夜深風竹敲秋韻。萬葉千聲皆是恨。
> 故攲單枕夢中尋，夢又不成燈又燼。

此首寫閨中思婦的離恨。下片，寫夜晚的相思，通過秋風吹竹的瑟
瑟秋聲，進一步烘托離情。聯繫歐公〈秋聲賦〉更可真切地體會「萬
葉千聲都是恨」的內涵是多麼深沉厚重了。日間的「縱目」已是失
望，夜里的聽竹，更令人傷心，只有寄託希望於夢境了。可是「夢
又不成」，不是入睡了沒有夢，而是輾轉反側不能入睡，她聽著使人
煩惱的「秋韻」，聲聲打在心頭。本篇在寫法上有兩個特點。一是層
次清晰，由白天的「縱目淒涼」，到夜晚的風竹秋聲，再到鼓枕尋夢，
失望與傷痛一層層加深。二是語言的明快淋漓，抒情的強烈率直，
與以綿密曲折之辭抒寫離恨的手法有所不同。再看〈少年遊〉：

> 去年秋晚此園中。攜手玩芳叢。拈花嗅蕊，惱煙撩霧，拚
> 醉倚西風。　　今年重對芳叢處，追往事、又成空。敲遍
> 闌干，向人無語，惆悵滿枝紅。

以今昔對比寫女子的閨中秋思。上片回憶去年之歡聚。這一園林，晚
秋時節，去年曾攜手同游，共賞芳菲。活靈活現地刻畫陶醉於幸福之
中女子的形象，在美好的風光中，在愛人的面前，顯得開朗活潑，極
其自然地展現她的個性，甚至有些撒嬌的憨態。下片則嘆惜今年之別
離。舊地重遊，同是晚秋時節，而如今「重對芳叢」，卻是形單影隻。
盡管拍遍欄杆，心中有無限郁悶，卻無人可與傾訴。面對滿枝紅豔，
留下的只是幾許惆悵。再看〈品令〉：

> 漸素景。金風勁。早是淒涼孤冷。那堪聞、蛩吟穿金井。
> 喚愁緒難整。　　懊惱人人薄幸。負雲期雨信。終日望伊
> 來，無憑准。悶損我、也不定。

此首寫閨中秋思。全篇因秋氣而生愁緒，由愁緒而加重離情，因情生
怨，又由怨盼歸，平平敘來，其中亦有曲折，深刻地反映女子的情與
怨之間的矛盾心理。

綜上，歐陽脩的抒情之作，沿襲著晚唐五代以來的傳統，內容以抒寫男女愛戀、離別相思為多，這一類作品呈現了歐陽脩生活與思想的另一面，一反其詩文莊重的風貌，而流露出風流韻藉的情調。歐公的情愛相思詞，氣度雍容閒雅，節奏平緩舒徐，語言細致婉麗，是他「溫柔敦厚」發情止禮的士大夫風範品格之呈現。這些詞含蓄卻又深刻地寫出年輕女子對愛情的盼望與失落，富於深情和耐人尋味的美感。

三、蓮女情懷

江南一帶的夏末秋初，是蓮子、蓮藕成熟之際，時時可見採蓮女子搖櫓盪槳，輕舟泛波，蓮歌陣陣，形成一大農村景觀。晏殊有幾闋歌詠蓮女的詞篇，不僅展現其生活面貌，亦描繪其內在心思，以文人之筆寫民女的風姿和情思，別具特色。如其〈漁家傲〉十四首，詠荷聯章。歐詞更是有將近二十首歌詠蓮花及採蓮女的出色作品，此類詞作多用〈漁家傲〉一調，其次為〈蝶戀花〉、〈南鄉子〉。〔註 13〕試觀歐公近二十首採蓮詞，在質與量上均超越其先前諸家，他對蓮與蓮女外在形象之描寫，及內在少女情懷的刻劃，皆能曲盡形容，富有鮮活的民間風味。〔註 14〕茲先舉歐陽脩〈蝶戀花〉一首：

> 水浸秋天風皺浪。縹緲仙舟，只似秋天上。和露采蓮愁一餉。看花卻是啼妝樣。　　折得蓮莖絲未放。蓮斷絲牽，特地成惆悵。歸棹莫隨花蕩漾。江頭有箇人想望。

本篇寫採蓮女的愁思。開頭兩句呈現了秋天荷塘美好的氛圍，「水浸秋天」，天光倒影在水波，在這樣的情境下，有個正值青春的採蓮女卻發出淡淡的愁緒。「和露采蓮愁一餉」以下五句將蓮的形象與採蓮

〔註 13〕文學一體同題者早在南朝齊梁樂府中就有，如〈採蓮曲〉、〈採蓮童曲〉、〈江南可採蓮〉、〈採蓮棹歌〉等，因「蓮」「憐」同音雙關，故古人多以此調寫戀情。中晚唐以後，〈採蓮〉之舞就常見於文人的詩詠了。到了宋代，〈採蓮〉則演變成規模盛大的隊舞。

〔註 14〕參閱簡淑娟：《歐陽文忠公詞研究》（高雄師範大學國文研究所碩士論文，1996 年）頁 92。

女的內在感情牽合，她的情思就如同蓮絲般「剪不斷，理還亂」。但是她因何惆悵呢？卻留了想像空間。結尾兩句在情境上卻出人意表：「歸棹莫隨花蕩漾。江頭有箇人相望」，女子思緒惆悵，不得其解，實則憐愛之思難斷，有所希冀。微妙的刻畫採蓮女的內心，原為自己把船划回去，卻說它「莫隨花蕩漾」，因為心繫的人正在江頭佇立相望。全篇筆觸細膩而曲折入微的刻畫出少女情懷。再看歐陽脩以〈漁家傲〉為詞調描寫蓮女情懷之數首詞作：

> 葉有清風花有露。葉籠花罩鴛鴦侶。白錦頂絲紅錦羽。蓮女妒。驚飛不許長相聚。　　日腳沉紅天色暮。青涼傘上微微雨。早是水寒無宿處。須回步，枉教雨裡分飛去。

> 荷葉田田青照水。孤舟挽在花陰底。昨夜蕭蕭疏雨墜。愁不寐。朝來又覺西風起。　　雨擺風搖金蕊碎。合歡枝上香房翠。蓮子與人長廝類。無好意，年年苦在中心裡。

> 幽鷺謾來窺品格。雙魚豈解傳消息。綠柄嫩香頻采摘。心似織。條條不斷誰牽役。　　珠淚暗和清露滴。羅衣染盡秋江色。對面不言情脈脈。煙水隔。無人說似長相憶。

自〈漁家傲〉（花底忽聞敲兩槳）至〈漁家傲〉（楚國細腰元自瘦），共七首，似可認作組詞。以上舉出此三首為明顯藉秋的徵候以抒情者。第一首寫蓮女睹物興感，一種朦朧的失落情緒驀然湧上心頭；第二首情緒由朦朧變得清晰起來，她的愁苦來自難耐的孤獨；第三首「雙魚豈解傳消息」，「無人說似長相憶」明確地敘及採蓮女之愁苦、孤獨、思念，是由於君子於役，不知其期。這組詞完整地形象地寫出了一個丈夫長期在外謀生，年輕的採蓮女之生活與思想感情，情調相當優美動人。再看歐陽脩以〈漁家傲〉為詞調所寫的另一組詞：

> 為愛蓮房都一柄，雙苞雙蕊雙紅影。雨勢斷來風色定，秋水靜，仙郎彩女臨鸞鏡。　　妾有容華君不省。花無恩愛猶相並。花卻有情人薄倖，心耿耿，因花又染相思病。

> 昨日采花花欲盡。隔花聞道潮來近。風獵紫荷聲又緊。低

難奔。蓮莖刺惹香腮損。　　一縷豔痕紅隱隱。新霞點破
秋蟾暈。羅袖挹殘心不穩。羞人問。歸來剩把胭脂覷。

一夜越溪秋水滿。荷花開過溪南岸。貪采嫩香星眼慢。疏
回眄。郎船不覺來身畔。　　罷采金英收玉腕。回身急打
船頭轉。荷葉又濃波又淺。無方便。教人只得抬嬌面。

近日門前溪水漲。郎船幾度偷相訪。船小難開紅斗帳。無
計向。合歡影裏空惆悵。　　願妾身爲紅菡萏。年年生在
秋江上。重願郎爲花底浪。無隔障。隨風逐雨長來往。

以上〈漁家傲〉詞自「爲愛蓮房都一柄」至此，共四首，不妨看作一
個整體，寫採蓮女的勞動與愛情生活，題材相同，環境也相同，表達
方式與語言技巧也很接近，是一種比較明顯的江南地區的民間風格。
歐陽脩的這一類詞作，注意繼承南朝樂府詩的傳統，用淺近的語言，
直率的筆觸來敘事抒情，注意描寫普通民間青年男女的生活與情感，
而且有實實在在的觀察與體驗，表述出來的情感眞切動人，自有其進
步意義，應該充分肯定。最後再看一首〈蝶戀花〉：

越女採蓮秋水畔。窄袖輕羅，暗露雙金釧。照影摘花花似
面，芳心只共絲爭亂。　　鸂鶒溪頭風浪晚。霧重煙輕，
不見來時伴。隱隱歌聲歸棹遠。離愁引著江南岸。

此首與晏殊之〈漁家傲〉的部份詞句極爲類似。即：

越女採蓮江北岸。輕橈短棹隨風便。人貌與花相鬥豔。流
水慢。時時照影看妝面。　　蓮葉層層張綠繖。蓮房個個
垂金盞。一把藕絲牽不斷。紅日晚。回頭欲去心撩亂。

就就上闋言，晏詞首句「江北岸」只交代了地點，歐詞「秋水畔」
則還傳達了時序，讓讀者從聲情口吻間想像出有一體態輕盈的少女
在其間，產生我見猶憐之感。加上「窄袖輕羅，暗露雙金釧」，將她
烘托得更爲細緻。次句下，兩首都寫少女對著蓮池顧影自憐的情狀。
但晏殊的「人貌與花相鬥豔，流水慢，時時照影看妝面」，平淡而理
性，只是客觀描述；歐公的「照影摘花花似面，芳心只共絲爭亂」，
則包含了前者的內容，也流露了少女對青春容顏之賞愛及對愛情初

次嚮往的情懷，在字句的凝煉、傳達訊息之豐富，情韻之優美上，似略勝一籌。下半闋將時間悄悄移至黃昏，在煙霧繚繞、凝重黯淡、風波起伏的氛圍裡，襯托出少女孤寂無依的渺小身影，也暗示她急欲歸去的心情。結處「離愁引著江南岸」，一種無以名之的愁情，在黃昏岸邊隨著蓮女的歸棹漸行漸遠；悠然不絕地延展開來，「引著」，二字將女子心緒與周邊環境作了貼切完美的融合，饒具韻味。〔註15〕總體來說，歐陽脩所描寫的採蓮女有一種含蓄的美感。不僅從外在的穿著、裝飾、容貌到內心含蓄蘊藉的情思，有時連營造出來的意境都有一種朦朧的氛圍，讀來令人覺得情味悠然。

　　綜上所述，以秋日為背景抒寫情愛相思，不管是相思戀情、離別閨怨或是蓮女情懷，可以見到多出以女性的聲腔口吻。宰輔詞人明明皆為男性士大夫文人，但他們卻寫下許多婉轉嫵媚的閨情詞。這是否有失他們高層士大夫的身份？事實上晚唐、五代、北宋詞多「男子作閨音」的主要原因，便在於「應歌」獨重女音，因此詞的內容、風格、語言必須和形式取得一致性。至於這種現象以另一角度觀之，便會發現，傳統詩文早有「比興寄託」的傳統。屈原所創造的「芳草美人」原型，是建立在「事異情同」的心理聯想機制上，因此詞人將心態從創作主體位置上抽離而移入女子的情感世界，體驗其心理感受、變化，並融入自我人格、襟抱、境遇和文學修養，以寄託不便直言的感情。劉永濟《唐五代兩宋詞簡析》便言：

> 馮延巳曾兩度作宰相，此詞表面以歡會與惜別為言，其中實有得失之心，但一託之閨情，便覺纏綿婉轉。……昔人論文，每以「言為心聲」，似當表裡如一。然苟作者藝術甚高。則必能為巧言以飾其偽，故讀者必當連繫作者之行為與時代背景，全面觀察，而後可得其真象。蓋巧偽之言，可以欺當世，不可以欺後世也。〔註16〕

〔註15〕參閱簡淑娟：《歐陽文忠公詞研究》（高雄師範大學國文研究所碩士論文，1996年）頁97。

〔註16〕劉永濟著《唐五代兩宋詞簡析》（臺北：龍田，1982年）頁84。

以相思之情在情愛中無法獲致滿足的苦悶，投射並體現了人類某些生存慾望得不到滿足、心理失卻平衡的精神苦悶〔註17〕。中國傳統文人受到儒家禮教的制約，經常表現出的是嚴肅正經的面孔；更何況一人之上萬人之下的宰輔位置，正襟危坐是他們必須要板起的架勢。「但其實在人的心靈深處本就蘊藏著豐富複雜的情感，其中就包括了人們的『艷情』、戀情和『以豔為美』及『以柔為美』的審美心理」〔註18〕更何況他們都是如此敏感多情的人。

第三節　詠物寄情

　　黃永武〈詠物詩的評價標準〉云：「詠物詩最好有作者生命的投入，從物質世界中喚起生命世界與心靈世界……詠物詩的地位與價值，不僅是低層次的物質世界，而是在更高層次的生命世界與心靈世界」。〔註19〕這樣的一個標準用在詞上亦然。

一、詠人物

　　歌舞藝妓除了在唐宋詞傳唱過程中，扮演重要的媒介，亦往往是詞篇中所描寫、歌詠的對象。楊海明先生於〈「妙在得於婦人」──論歌妓對唐宋詞的作用〉一文中，提出兩點說明歌妓對唐宋詞創作所發揮的作用有：一、歌妓激發了男性詞人的創作欲望和寫作靈感；二、歌妓為大量描寫女性形象和男女戀情的婉約詞作提供了生活原型和創作素材〔註20〕。晏殊詞篇裡，時時可見歌舞妓藝之身影。如〈點絳唇〉：

　　　　露下風高，井梧宮簟生秋意。畫堂筵啟，一曲呈珠綴。
　　　　天外行雲，欲去凝香袂。爐煙起，斷腸聲裡，斂盡雙

〔註17〕孫立著《詞的審美特性》（臺北：文津，1995年）頁75。
〔註18〕參閱楊海明著《唐宋詞主題探索》（高雄：麗文文化事業，1995年）頁10。
〔註19〕見黃永武著《詩與美》（臺北：洪範書店，1984年）頁173～174。
〔註20〕參見楊海明〈「妙在得於婦人」──論歌妓對唐宋詞的作用〉（《中國典籍與文化》第二期1995年）。

蛾翠。

本篇描寫一位歌女，把她從形貌到歌聲到內心感情全盤寫出。上片由時令（秋天）敘及唱歌的場所（畫堂筵席），然後寫到歌女清圓宛轉的歌聲。下片則深刻地代歌女言情。寫歌女因剛才的歌詞而有所感，遂自傷身世，雙眉緊皺，哀情畢現。晏殊從女子之歌聲、舞姿、眉目間，揭其內在心緒，不僅提升了她們的精神層次，亦使歌詠妓藝詞篇擺落了輕浮淫靡之格調。可見晏殊藝術慨括力之高。

二、詠植物

　　宋代開創詠物詞風氣之先的，首推晏殊。晏殊「詠物類」作品多集中於花卉，因美麗的花朵以其亮麗鮮豔的色彩、濃淡各宜的馨香、柔媚多姿的形態入詞，尤具陰柔婉約，而深受詞人喜愛。晏殊「對物色之描摹，往往寫其精神而不沾滯於形迹，多以氣象神情為主，閒雅而不鄙俗」〔註21〕；也正因其詠物詞並非純粹寫態狀形，而是在含英咀華中品味人生、陶冶性情，故正可表現其審美趣向與理性思維。〔註22〕

（一）木芙蓉

　　木芙蓉花期在晚秋至初冬，開於霜降之後，故又別名「拒霜花」，因於她的不畏霜寒。晏殊歌詠此花，亦針對此特性加以著墨、發揮，如晏殊〈少年遊〉：

> 重陽過後，西風漸緊，庭樹落紛紛。朱闌向曉，芙蓉嬌豔，特地闢芳新。霜前月下，斜紅淡蕊，明媚欲回春。莫將瓊萼等閒分，留贈意中人。

這是一首詠物詞，所詠為秋末開放的木芙蓉。上片寫木芙蓉在晚秋開放，以西風落葉、萬物凋零的衰颯景致與木芙蓉的「嬌豔芳新」

〔註21〕 參見馬寶蓮《兩宋詠物詞研究》（國立臺灣師範大學國文研究所碩士論文，1983年）頁143。
〔註22〕 參閱江姿慧《晏殊《珠玉詞》研究》（國立台灣師範大學國文研究所碩士論文，2004年）頁43。

作鮮明對比。愈顯其美。下片進一步讚揚木芙蓉的風流美艷，並注入作者的愛賞之情，表示要將它留贈給自己的意中人。詠花抒懷之主旨便於篇末顯現，注入了詞人之審美觀念，表達其欣賞有所堅持的態度。「霜前月下，斜紅淡蕊，明媚欲回春」三句，意境鮮明，形神兼具，葉嘉瑩認為可用以形容晏殊本人的詞品。〔註 23〕末二句，情中有思，葉嘉瑩亦許之為「表現了理性的操持」〔註 24〕的名句。全篇表現一種純美的詩意，允稱佳作。再看另一首〈少年遊〉：

> 霜華滿樹，蘭凋蕙慘，秋艷入芙蓉。胭脂嫩臉，金黃輕蕊，猶自怨西風。前歡往事，當歌對酒，無限到心中。更憑朱檻憶芳容。腸斷一枝紅。

本篇也是詠木芙蓉，與前篇「重陽過後」的單純讚美花朵大不相同，本篇是對花興感，抒寫相思之情。上片仍像前篇那樣，先寫木芙蓉在千林葉落、萬花紛謝的衰颯秋景中一花獨艷，但忽插一筆，說是此花在「怨西風」。這是硬派愁怨與花朵，借以抒發自己的感情。下片則交待賞花之時觸發愁絲怨縷的原因：原來，詞人對酒當歌、觀賞名花之時，聯想起了往年在同一季節、同一環境中發生的「前歡往事」。往昔他曾與伊人並肩立於此「朱檻」之旁，飲酒賞花，共同度過那短暫而美好的時光；如今，美景依舊，伊人卻不知在何處，怎不令詞人對花腸斷，苦苦追憶那如花之美的「芳容」呢！全篇自始至終都以賞花為中心線索、以花為聯繫詞人與情人之間感情的媒

〔註 23〕見葉嘉瑩著《迦陵論詞叢稿·大晏詞的欣賞》（河北：河北教育出版社，1998 年）頁 53：大晏的詞，圓融平靜之中別有淒清之致，有春日之和婉，有秋日之明澈，而意象復極鮮明真切，這使我想起了大晏〈少年游〉的幾句詞，因仿王國維先生之言曰：「霜前月下，斜紅淡蕊，明媚欲回春」，同叔語也，其詞品似之。

〔註 24〕見葉嘉瑩著《迦陵論詞叢稿·大晏詞的欣賞》（河北：河北教育出版社，1998 年）頁 44：〈喜遷鶯〉詞之「花不盡，柳無窮，應與我情同」，〈少年游〉詞之「莫將瓊萼等閒分，留贈意中人」諸作，或者表現了圓融的觀照或者表現了理性的操持。這種特色，正為大晏之所獨具。欣賞大晏詞，如果不能從他的情中有思的意境著眼，那真將有如人寶山空手回的遺憾。

介，一筆不懈地營造出感傷淒婉的抒情境界。體現出晏詞溫潤秀潔、工麗柔婉的藝術特色。再如〈睿恩新〉兩首：

> 芙蓉一朵霜秋色。迎曉露、依依先拆。似佳人、獨立傾城，傍朱檻、暗傳消息。　靜對西風脈脈。金蕊綻、粉紅如滴。向蘭堂、莫厭重深，免清夜、微寒漸逼。

> 紅絲一曲傍階砌。珠露下、獨呈纖麗。剪鮫綃、碎作香英，分彩線、簇成嬌蕊。　向晚群花欲悴。放朵朵、似延秋意。待佳人、插向釵頭，更裊裊、低臨鳳髻。

上篇爲詠木芙蓉，表現詞人愛花惜花的心情。詞人選取秋日清晨帶露迎風率先開放的一朵木芙蓉來加以讚美，這就給人以無窮清新之感和鮮明突出的印象。全篇清新工麗，擬芙蓉爲佳人，傾城容顏與脈脈含情之貌，格外惹人憐愛，情調和婉情深，允爲晏殊詠物類的典型作品。下篇承上篇而來，也是詠木芙蓉。上篇詠的是先開的一朵，本篇則繼詠盛開的群花；上篇只是籠統地稱讚花之美豔，本篇則具體描繪花的形狀和意態。上片，賦而兼比，描繪群花的美麗形態。前二句，寫群花如紅絲一曲，傍階開放，纖麗無比。後二句，發揮想像，認爲此花是仙人巧碎南海鮫綃，然後用彩線縫成。下片仍申愛花之意，而亦分兩層：先說秋日向晚，各種花陸續凋謝，唯木芙蓉犯霜而開，似是在延續秋天的壽命。末二句，設想如此美好品質的花，應供佳人插頭，雙美相互映襯，更顯其美。

（二）黃蜀葵花

《本草綱目》釋黃蜀葵云：「六月開花，大如碗，鵝黃色，紫心，六瓣而側。且開午收暮落。人亦呼爲側金盞花」〔註25〕。晏詞詠黃葵者，如〈菩薩蠻〉：

> 秋花最是黃葵好，天然嫩態迎秋早。染得道家衣，淡妝梳洗時。　曉來清露滴，一一金杯側。插向綠雲鬢，便隨

〔註25〕見〔明〕李時珍《本草綱目》草部・第十六卷（北京：人民衛生出版社，1982 年）。

　　　王母仙。

本篇詠黃蜀葵花，在形象描繪和意境營造上既有沿襲，也稍有創造。
上片寫黃蜀葵的淡雅嬌美的風姿，將花擬爲淡妝梳洗的美麗道姑；但
加上「天然嫩態」這一形容，則有點鐵成金之妙，將花的素雅自然之
美突顯出來了。下片，不滿足於就花詠花，而進一步採用映襯之法，
將花放到美人頭上去寫，說是美人戴上此花，就更美了，成了像西王
母一樣的美麗女神。這一描寫，乃是本篇的出新之處，由花及人，人
花相襯，將花之美與人之美化合爲一，將花的品格提升了。通篇情調
親切而婉麗。再看晏殊〈菩薩蠻〉：

　　　人人盡道黃葵淡。儂家解說黃葵艷。可喜萬般宜。不勞朱
　　　粉施。　　摘承金盞酒。勸我千長壽。擘作女眞冠。試伊
　　　嬌面看。

本篇仍是詠黃蜀葵。前一篇〈秋花最是黃葵好〉客觀描寫的成分較
濃，本篇偏重於主觀感受的抒發。陳說的是詞人對於花之美的獨特
把握。上片開頭兩句，就用評論的口吻，表達自己對黃蜀葵的獨特
之美的認知：人人都說黃蜀葵的顏色十分素淡，我卻認爲黃蜀葵十
分美艷。爲什麼？後二句做了回答：黃蜀葵的美是一種天然的美，
就像一個天生美艷的女子，用不著再傅粉施朱。下片具體抒寫詞人
對黃蜀葵的愛賞之情。過片二句，此之爲金杯，要用來裝酒，祝自
已長壽；結尾三句，再用比喻，擬之爲女眞之冠，使黃蜀葵的意象
更加鮮朗而富感染力。晏殊第三首詠黃蜀葵之〈菩薩蠻〉：

　　　高梧葉下秋光晚，珍叢化出黃金盞。還似去年時，傍闌三
　　　兩枝。　　人情須耐久，花面長依舊。莫學蜜蜂兒，等閒
　　　悠颺飛。

本篇雖爲詠黃蜀葵，但主題已經改變，不是詠物，而是以物爲觸媒，
來詠寫人的愛情理想。全篇主旨，都在「人情須耐久」一句上。劉
揚忠說此詞「由時令而牽出節物，由節物而及於人情，層次井然，
情由是乎愈轉愈深，最終仍以物象寓情，情韻含蓄而悠遠」〔註26〕。

〔註26〕見劉揚忠《晏殊詞新釋輯評》（北京：中國書店，2003年）頁167。

上片稱秋光下之黃葵，盛開如黃金盞，猶似去年時；下片繼而正面說明人情應像花面般長依舊，可莫學蜜蜂兒，輕浮不定。故此詞雖亦詠黃葵，但注入了個人的情感思想，可說是「詠花寓意」之作。在晏殊的三首詠黃葵詞中，這一首最有抒情價值。

（三）蓮花〔註27〕

晏殊曾填詠荷聯章體〔註28〕《漁家傲》十四首。這十四首詞中，後十三首分別從不同角度、不同場合來詠寫荷花，第一首則是一個總帽，陳述詠荷之主旨。晏殊詞中詠花的篇什不少，但以詠荷為最集中，篇什也最多，可見諸花之中他最愛荷。這是因為荷之「紅嬌綠嫩」：象徵青春年少，荷之凋零則顯示「紅顏」已老，秋天已到，所以他力倡「何似折來妝粉面，勤看玩，勝如落盡秋江岸」這與他在詠寫其他題材的詞中表現的青春易老、行樂須及時的主題是相一致的。以下試賞晏殊詠荷聯章詞中，特具秋天情調之詠荷篇章。如〈漁家傲〉：

> 臉傅朝霞衣剪翠。重重占斷秋江水。一曲采蓮風細細。人未醉。鴛鴦不合驚飛起。　欲摘嫩條嫌綠刺。閒敲畫扇偷金蕊。半夜月明珠露墜。多少意，紅腮點點相思淚。

蓮花宛若風姿綽約之女子於秋江上綻放風情，款款動人，晏殊或以白描敘寫、或用典故形象，皆曲盡刻畫出蓮花之嬌顏玉貌，甚而別有心思情緒。數篇詠蓮作品，清新如畫，婉約別緻。〔註29〕再如，晏殊由荷葉、荷花聯繫人情之作，如〈漁家傲〉：

〔註27〕蓮荷，本為夏季代表性的植物，但詠秋詞中所取之物色，為夏末秋初之際，蓮荷初枯，蓮子新生之意象。

〔註28〕《漁家傲》為北宋流行歌曲，調始見於晏殊《珠玉詞》晏殊用此調作詞多達十四首，因第一首有「神仙一曲漁家傲」句，遂取為調名。此為雙調小令，六十二字，上、下片各五句五仄韻。自《花間集》開始，詞中就有所謂「聯章體」，即用同一詞調的若干首詞來敘一件事、寫一個人或詠一種物象。晏殊的《漁家傲》十四首，就是詠荷聯章體。

〔註29〕參閱江姿慧《晏殊珠玉詞研究》(台灣師範大學國文系碩士論文，2002年) 頁45。

　　荷葉初開猶半卷。荷花欲拆猶微綻。此葉此花真可羨。秋
　　水畔。青涼綠映紅妝面。　　美酒一杯留客宴。拈花摘葉
　　情無限。爭奈世人多聚散。頻祝願。如花似葉長相見。

上片由自然景物落筆，分別細筆工寫荷葉半卷、荷花微綻；再由時空背景總言荷葉、荷花相依相傍於秋天水畔，好不令人羨慕。下片由景（物）敘及人事，美酒嘉宴裡，拈花摘葉、歡快暢意。怎奈好景不長，世間多聚散，詞人頻頻祝禱祈願一切美好人事能「如花似葉長相見」，以真情摯語作結。全詞花、葉相間，貫串全篇，最末點出主旨，抒發作者情意，屬於「詠花賦情」作品。〔註30〕再看，晏殊將荷花賦予人的品格和感情，借物抒情。〈漁家傲〉：

　　粉面啼紅腰束素，當年拾翠曾相遇。密意深情誰與訴。空
　　怨慕，西池夜夜風兼露。　　池上夕陽籠碧樹，池中短棹
　　驚微雨。水泛落英何處去。人不語，東流到了無停住。

這是一首借詠凋謝的荷花來懷念情人的小詞。開頭二句，亦花亦人，寫出當年之事，抒發懷想之情：可是如今，我的蜜意深情又能向誰傾訴？我獨自徘徊在這長滿嬌荷的西池上，夜夜受著冷風涼露的侵襲。過片二句，以景寓情，寫獨游西池的淒迷悵惘之情。末三句，望著雨後落花向東漂流而去，更使他聯想起那一段逝去的戀情。「東流到了無停住」的感慨，已非泛泛喟歎之辭，而是意味深長的哲理性語言了。

　　晏殊最常於詞作中流露之青春易老、行樂趁早的心理，則是這十四首詠荷聯章詞的共同主題。如〈漁家傲〉：

　　宿蕊斗攢金粉鬧，青房暗結蜂兒小。斂面似啼開似笑，天
　　與貌，人間不是鉛華少。　　葉軟香清無限好，風頭日腳
　　乾催老。待得玉京仙子到，憑向道，紅顏只合長年少。

這是晏殊詠荷聯章詞的第八首。全篇先描繪出秋風起、荷花老，蓮房熟的情景，對青春紅顏不能久駐人間表示極大的惋惜。上片先寫

〔註30〕參閱江姿慧《晏殊珠玉詞研究》(台灣師範大學國文系碩士論文，2002
　　　年) 頁45。

蓮花凋謝、蓮房結成的情況，將花兒比擬爲貌老妝殘的過時美人，極爲形象生動。下片申說惜花之情。末三句托出本篇抒情主旨：紅顏（即青春、即美好時光）不應該如此短暫，而應該永遠保持在年少狀態。再如〈漁家傲〉：

> 嫩綠堪裁紅欲綻。蜻蜓點水魚遊畔。一霎雨聲香四散。風颱亂。高低掩映千千萬。　　總是凋零終有恨。能無眼下生留戀。何似折來妝粉面。勤看玩。勝如落盡秋江岸。

這是晏殊詠荷聯章詞的第十四首，亦即最後一首。這是整個聯章體的一個總結，它集中表達了作者對荷花無限愛惜、對青春紅顏無限留戀的綿長情意。一篇之中心，全在過片的「總是凋零終有恨，能無眼下生留戀」二句。上片鋪敘水面荷花「高低掩映千千萬」的美景；表明何以此花能令人「眼下生留戀」。下片抒寫「總是凋零終有恨」的情思，提出聊解凋零之恨的辦法是：趁其尚在盛開之際「折來妝粉面」，爲美人作頭飾，花、面交映，雙美並呈，以供詞人「勤看玩，勝如落盡秋江岸」，這是在末章點題，挑明十四首詞總體抒情思想。

（四）菊 花

古人愛菊頌菊，起自屈原。在離騷中，菊花象徵高潔：「朝飲木蘭之墜露兮，夕餐秋菊之落英。」魏晉以降，菊花的形象不絕于詩賦。陶淵明〈飲酒二十首〉之五有「采菊東籬下，悠然見南山。」菊品與人品的聯系更加緊密了，詠菊之作也更多。詞人往往以賞菊作爲重九歡遊的最佳去處，正是繼承了前人的傳統，寓人菊比德之意。試看歐陽脩〈漁家傲〉：

> 露裛嬌黃風擺翠，人間晚秀非無意。仙格淡妝天與麗。誰可比，女眞裝束眞相似。　　筵上佳人牽翠袂，纖纖玉手接新蕊。美酒一杯花影膩。邀客醉，紅瓊共作熏熏媚。

上片描畫金秋黃菊之美。經過清露的沾濕潤澤，花房的顏色顯得分外嬌嫩；在風中擺動的葉子也更加青翠。在世間百花凋謝之后，它才開

放，它的開放是有意的。李商隱〈晚晴〉詩云：「天意憐幽草，人間
重晚晴。」，晚晴使幽草在雨後獲得陽光的溫煦，然而晚晴又暗寓對
待人生的積極態。歐陽脩此句可能受此啓發，從菊花的「晚秀」生發
出更加積極的意義來。菊花是有意遲開，它不願在春夏與百花爭妍斗
豔，而要在寒氣襲人的秋季開態。淡妝素扮更襯出天生麗質。下片寫
宴飲，將花與人聯系起來，融合起來。，這首詞的寫法，最重襯托法。
上片寫菊花晚秀，用字面上不曾出現的桃李等花爲陪襯，贊美菊花的
淡妝素抹的仙格，就有桃李的被妝豔抹的凡格的影子在。下片正面寫
佳人，寫美酒，其實仍在寫菊花。有了菊花，酒才更美，色香味俱全；
飲了美酒，佳人才顯得更爲嫵媚，有點近似菊花的美了。

　　事實上，和一般人一樣，高人雅士也同要面對著實際人生中許多
平平凡凡的事物，但由於他們的靈心慧感，所以能從現實人生中許多
平凡的事物或情景中提升出充滿高雅情趣或詩情畫意的精神享受和
審美享受；至於那類本身就具有一定雅趣的事物和情景，更是在他們
眼中和筆下，煥發出取之不盡的高雅情趣。〔註31〕他們之所以愛這些
植物，是因爲在這些植物身上，他們尋找到了自己所深深嗜好的騷情
雅趣。他們對這些植物的賞玩，固然是嗜尚清雅，但更積極的目的是
借對生活週遭中的賞愛之情而獲得某種精神上的慰藉。

第四節　節序抒懷

一、十二月令鼓子詞

　　歐陽脩以〈漁家傲〉調詠寫的一年十二個月節物風俗之詞，共
兩組、二十四首。此兩組詞與敦煌曲「定格聯章」部分之形式相似，
而各自側重的內容及寫法稍有不同。前一組偏重在節物氣候與普遍
人情的客觀敘述，語氣較爲理性、男性化。後一組的部分內容與愛

〔註31〕參閱楊海明著《唐宋詞與人生》（石家庄：河北人民出版社，2002年）
　　　　頁253。

情有關，語氣較爲感性、女性化。茲摘組詞中一年之七、八、九三個詠秋月份以見其一斑。先看七月之詞，〈漁家傲〉：

> 七月新秋風露早。渚蓮尚拆庭梧老。是處瓜華時節好。金尊倒。人間採縷爭祈巧。　　萬葉敲聲涼乍到。百蟲啼晚煙如掃。箭漏初長天杳杳。人語悄。那堪夜雨催清曉。

此首寫新秋氣象兼及七夕。秋天的風露池塘裡的蓮花雖然還開放著，庭院中的梧桐樹卻開始凋殘了，七夕時家家戶戶忙著乞巧活動，向牛郎織女祈求幸福與智巧。下片的時間向七夕之後推移，重點放在秋涼。枯的枝葉在秋風吹襲中瑟瑟作響。用一「敲」字，似乎是在警示人們：秋天來了。響應這萬葉敲擊的是秋蟲的唧唧之聲；天宇也澄清了，長煙一空。用一「掃」字，極爲生動準確。最末三句，時間再向後稍稍推移，大約是七月末了，晝漸短，夜漸長。迎來的將是一個淒清的秋晨。有著淺淺淡淡的淒涼，全詞情境纖美清幽，頗能傳遞當月令之氣氛。另一組詞七月之作〈漁家傲〉：

> 七月芙蓉生翠水。明霞拂臉新妝媚。疑是楚宮歌舞妓。爭寵麗。臨風起舞誇腰細。　　烏鵲橋邊新雨霽。長河清水冰無地。此夕有人千里外。經年歲。猶嗟不及牽牛會。

此首上片詠荷花，下片詠七夕。牛女七夕一相逢，又不幸又幸，不幸的是離長聚短，幸的是相聚有期。人間的情況卻有些不同，能夠長相守的固然多，經歲經年不得歸不相逢的也不少，古人常由此發揮抒感。再看兩組詞中的八月之詞〈漁家傲〉：

> 八月秋高風歷亂。衰蘭敗芷紅蓮岸。皓月十分光正滿。清光畔。年年常願瓊筵看。　　社近愁看歸去燕。江天空闊容漫。宋玉當時情不淺。成幽怨。鄉關千里危腸斷。

> 八月微涼生枕簟。金盤露洗秋光淡。池上月華開寶鑑。波激灩。故人千里應憑檻。　　蟬樹無情風苒苒。燕歸碧海珠簾掩。沈臂昌霜潘鬢減。愁黯黯。年年此夕多悲感。

兩首皆寫中秋月色並因此興感抒懷，且漸有悲秋之思。前篇寫中秋望月，又納入宋玉悲秋一大段內容，情眞意切，可能融入了歐公自

己曾經有過的某些具體的經歷，比如說：貶夷陵再貶滁州時的某種感受，因而有了「年年常願瓊筵看」的心願，以及「江天空闊」、「鄉關千里」一類的喟歎。後篇的基調是淒清寂靜，景色是淒清寂靜的，心境也是淒清寂靜的。由蟬、樹、燕、簾組合的畫面，是一個動態的過程，由盛夏的熱烈喧騰漸漸變換爲清秋的寂靜，蟬聲疏弱，樹色深碧，燕子南飛，簾幕低垂。寂靜還包括寂寞這層意思，隱含蒼涼的身世之感。而社燕飛去、離人未歸，平添愁緒。加以秋風蕭颯，催物易老，歲月奔迫，功業未就，更覺憂思滿腹，無從排解。前首情感偏於旅中的飄泊鄉思，後首則爲普遍的人生悲感。再如九月之詞〈漁家傲〉：

> 九月霜秋秋已盡。烘林敗葉紅相映。惟有東籬黃菊盛。遺金粉。人家簾幕重陽近。　　曉日陰陰晴未定。授衣時節輕寒嫩。新雁一聲風又勁。雲欲凝。雁來應有吾鄉信。

此首寫暮秋景象兼及重陽感懷思鄉。行人旅途所感，「烘林敗葉紅相映」，狀極零落蕭條，做爲有代表性的事物來描繪「秋已盡」；「人家簾幕，重陽近」乃思歸之情，「曉日陰陰」，襯出孤獨身影，「輕寒嫩」，寫時序感觸細膩，結處將主題順勢逼出。「新雁一聲風又勁」寫勁厲的西風吹過，傳來第一陣南飛大雁的唳叫聲，加深了悲秋的氣氛，而且引發了濃重的鄉思。最後一首〈漁家傲〉：

> 九月重陽還又到。東籬菊放金錢小。月下風前愁不少。誰語笑。吳娘搗練腰肢嫋。　　楮葉半軒慵更掃。憑闌豈是閒臨眺。欲向南雲新雁道。休草草。來時覓取伊消耗。

本篇細述閨思，利用對照手法。一邊是有愁之人，月下花前，思緒起伏；另一邊是無憂無慮的民間女子，正在搗練，歡聲笑語不斷地傳過來，這更增添了愁人的孤獨感和寂寞感。飄零的落葉灑在長廊裡，也無心打掃，她登樓憑欄眺望，不是有什麼閒情逸致，而是有所期待，她虔誠地囑托南飛的大雁，請細心一點，不要輕易地草草地飛回來，務必要尋訪得他行蹤准確的音信。如此寫法，構思別致新穎，在無望之中卻又寄托著滿腔熱望。此首下片爲思遠人之情、最末盼來傳雁

信。與前首「新雁一聲」等句之描寫觀點、角度恰成對照，可見歐公對同一時節不同的巧思及處理手法，又能使二者有微妙的關係。

二、民俗節序詞

（一）七 夕

歐公詞以節日風俗為題材者，除〈漁家傲〉十二月聯章作品外，尚有數首以牛郎織女故事為背景的七夕詞。他以三首〈漁家傲〉寫此一題材：

> 喜鵲塡河仙浪淺。雲軿早在星橋畔。街鼓黃昏霞尾暗。炎光斂。金鈎側到天西面。　　一別經年今始見。新歡往恨知何限。天上佳期貪眷戀。良宵短。人間不合催銀箭。

> 乞巧樓頭雲慢卷。浮花催洗嚴妝面。花上蛛絲尋得遍。顰笑淺。雙眸望月牽紅線。　　奕奕天河光不斷。有人正在長生殿。暗付金釵清夜半。千秋願。年年此會長相見。

> 別恨長長歡計短。疏鍾促漏眞堪怨。此會此情都未半。星初轉。鸞琴鳳樂匆匆卷。　　河鼓無言西北盼。香蛾有恨東南遠。脈脈橫波珠淚滿。歸心亂。離腸便逐星橋斷。

以上三首七夕詞，亦可視為組詞。第一首寫七夕牛女相會，兩情纏綿恩愛，佳期恨短；第二首寫民間婦女七夕乞巧，表達美好的祝願；第三首寫牛女重逢又別離，留下無限的傷感與遺恨。三首結合起來，天上人間都包容了，構成一個優美動人的完整的七夕故事。尚有〈鵲橋仙〉一首，也是以七夕為主題：

> 月波清霽，煙容明淡，靈漢舊期還至。鵲迎橋路接天津，映夾岸、星榆點綴。　　雲屏未卷，仙雞催曉，腸斷去年情味。多應天意不教長，怎恐把，歡娛容易。

上片以簡潔之筆為牛郎織女相會作背景鋪陳，然後在上下片間將會面過程隱去，於換頭直接天欲破曉之際，兩人經歷一夜歡聚後，如往年般依依難捨的情境；又言上天為讓其體認眞愛之難得，故使會少離多，這是以設想之詞，揣度上天用意，也讓傳統題材有翻出新

意之感。讀來清婉柔雅、凝煉有味。楊海明曾說：

> 文人之所以詠寫天上的神話人物，其目的仍然是借此而寫
> 人間的癡情男女。因而借著歌詠牛郎織女的歡會來寄託男
> 女青年的熱切企盼，或借怨嗟牛郎織女的被迫隔離來寄託
> 曠男怨女的相思之苦，這就成了宋人七夕詞中很常見的路
> 數。〔註32〕

這一說法，為七夕詞作了一番恰當的註解，亦適用於歐詞。

（二）重　陽

　　古人以九為陽數之極。因而稱農曆九月初九日為「重九」或「重陽」。魏晉以後，在這天親朋至愛相約登高游宴，蔚然成風。千百年來，重陽已成了我國傳統的佳節。試看馮延巳〈拋球樂〉：

> 莫怨登高白玉杯，茱萸微綻菊花開。池塘水冷鴛鴦起，簾
> 幕煙寒翡翠來。重待燒紅蠋，留取笙歌莫放回。

本篇因重九朋僚親舊燕集，為適應歌者倚絲竹而歌的需要而寫。達官貴人為了便於開懷暢飲，盡情享樂，有的更帶上侍女彈唱侑觴，以期一醉方休。重陽臨近霜降，寒意襲人，「池塘水冷鴛鴦起，簾幕煙寒翡翠來」一聯所展示的情景未必就是詞人親目所睹，很可能得知於「水冷」、「煙寒」所引發的想像與聯想。馮詞作如此藝術處理，分明意在使全詞色彩斑斕、音調低徊，更富予詩情畫意而又點明當時的節候特徵。

　　歐陽脩也有數首歌詠重陽賞菊的作品，如〈漁家傲〉：

> 青女霜前催得綻。金鈿亂散枝頭遍。落帽臺高開雅宴。芳
> 尊滿。接花吹在流霞面。　　桃李三春雖可羨。鶯來蝶去
> 芳心亂。爭似仙潭秋水岸。香不斷。年年自作茱萸伴。

本篇以賞菊為主題而以重九為背景。菊的特點，就是凌寒傲霜，盛開在百花凋謝之後。詩人以讚美菊的品格入題，奠定全詞的基調。以三

〔註32〕見楊海明著《唐宋詞縱橫談》（江蘇：蘇州大學出版發行，1994年）頁210。

春的桃花李花反襯菊花，桃李是穠麗的可愛的；不過，招惹了那麼多的鶯、蝶飛來飛去，紛紛擾擾，令人心煩。所以，桃李不如菊。鶯來蝶去的三春桃李，怎能比得秋水岸邊清幽之處的菊花呢。通過反襯與正襯，突出菊花高潔清雅的品格，表達愛菊之心。全詞語言俊爽，音節響亮，與詞意也是一致的。再如〈漁家傲〉：

> 九日歡遊何處好。黃花萬蕊雕闌繞。通體清香無俗調。天氣好。煙滋露結功多少。　　日腳清寒高下照。寶釘密綴圓斜小。落葉西園風嫋嫋。催秋老。叢邊莫厭金尊倒。

此首爲重九詠菊抒懷之作。在嫋嫋的秋風中，西園花木開始凋落了。正如屈原〈九歌‧湘夫人〉所描寫的：「嫋嫋兮秋風，洞庭波兮木葉下。」而菊花卻不落，顯示了頑強的生命力和堅貞的品格。「落葉西園風嫋嫋。催秋老。叢邊莫厭金尊倒。」是爲花設想，在秋日飲酒遣懷的淡淡感傷中，有著對菊花的憐惜與叮嚀，亦是歐公心靈與萬物有情的自然流露。重陽的游賞，莫過於在菊叢邊開懷暢飲，而將落葉「催秋老」的景象置之度外，也表達了詩人通過賞菊頌菊，人菊比德，堅持晚節不渝的思想感情。

　　宋人享樂風氣大盛，故於時序節日活動的安排頗爲重視，因此，郊遊活動與風氣的流行，也代表著物質生活條件的日漸豐裕。宰輔詞人們，物質生活本不虞匱乏，但最重要的還是具備了敏感的氣質與高雅的胸襟。因此，對美好的事物總是別有一份靈心銳感的情致，再加上詞人又深受民間曲子之影響，故創作了許多親切生動可感的節慶詞。在這些作品中，詞人除了呈現了時序風物的特色外，亦融入了詞人個人的特殊的情思，故觀宰輔詞人們的節序詞作，可明顯地感受到他們對生活的賞愛之情及那份投入與盡興。

第五節　祝壽吟詠

　　祝壽之舉，早在中國第一部詩歌總集《詩經》中，就有《豳風‧

七月》：「爲此春酒，以介眉壽」〔註33〕、「稱彼兕觥，萬壽無疆」
〔註34〕，《小雅‧天保》：「如南山之壽，不騫不崩」〔註35〕、《小雅‧
南山有臺》：「樂只君子，萬壽無期」〔註36〕等類的祈壽詩句。到了
宋代，文學作品與慶生風氣密切結合，從北宋開始已逐漸流行壽詞
〔註37〕。然固定的形式場景、客套祝詞，已成千篇一律的模式，因
此壽詞要成佳構，實屬不易。前人如張炎曰：

> 難莫難於壽詞，倘盡言富貴則塵俗，盡言功名則諛佞，盡
> 言神仙則迂闊虛誕，當總此三種而爲之，無俗忌之辭，不
> 失其壽可也：松椿龜鶴，有所不免，卻要融化字面，語意
> 新奇。〔註38〕

壽詞之所以不易寫好，是由它那濃重的世俗情味和客套應酬性質所影
響。沈義父說：

> 壽曲最難作。切宜戒壽酒、壽香、老人星、千春百歲之類。
> 須打破舊曲規模，只形容當人事業才能，隱然有祝頌之意
> 方好。〔註39〕

而近人有不少批評晏殊壽詞者：

> 《珠玉詞》中實有不少「魚目」，……所謂「魚目」者，實
> 指下列三種詞：一、祝壽的詞，二、詠物的詞，三、歌頌
> 昇平的詞，這三種詞約占《珠玉詞》的三分之一，就中壽

〔註33〕見〔清〕阮元校勘《十三經注疏‧詩經》（臺北：藝文印書館，1955
　　　　年）。

〔註34〕見〔清〕阮元校勘《十三經注疏‧詩經》（臺北：藝文印書館，1955
　　　　年）。

〔註35〕見〔清〕阮元校勘《十三經注疏‧詩經》（臺北：藝文印書館，1955
　　　　年）。

〔註36〕見〔清〕阮元校勘《十三經注疏‧詩經》（臺北：藝文印書館，1955
　　　　年）。

〔註37〕參閱黃文吉〈壽詞與宋人的生命理想〉（《宋代文學研究叢刊》第二
　　　　期，1996 年 9 月）。

〔註38〕見〔宋〕張炎《詞源》卷下，收於唐圭璋《詞話叢編》（北京：中華
　　　　書局，1986 年）。

〔註39〕見〔宋〕沈義父《樂府指迷》，收於唐圭璋《詞話叢編》（北京：中
　　　　華書局，1986 年）。

> 詞尤多。這三種詞大多無內容，少風致，讀之味如嚼蠟；
> 而壽詞尤劣。〔註40〕

黃文吉〈從詞的實用功能看宋代文人的生活〉一文，則從較爲宏觀的立場，給壽詞如下的肯定：

> 壽詞眞正可貴之處，是文人能把詞打入莊嚴的生活層面，
> 壽辰是很隆重的日子，將原本歌女口中輕佻的詞體，用來
> 祝壽，使詞登上大雅之堂，爲各階層所喜愛，它促進詞體
> 發達則不無貢獻……可看出宋代文人生活輕鬆活潑、溫馨
> 祥和的一面。〔註41〕

葉嘉瑩對晏殊壽詞，給予極正面的評價：

> 珠玉集中有一部分祝頌之詞，這是最爲不滿大晏的人所據
> 爲口實，而對之加以詆毀的。……大晏所寫的祝頌之詞，
> 也絕沒有明言專指的淺俗卑下之言。他祇是平淡而卻誠摯
> 地寫他個人的一份祝願，且多以大自然之景物爲陪襯，而
> 大晏對自然界之景物又自有其一份「詩人之感覺」，所以大
> 晏所寫的祝頌之詞，不但閒雅富麗，而且更有著一份清新
> 之致。〔註42〕

宋代壽詞創作的興盛，乃是宋代社會祝壽風氣的反映。賀壽慶生的風俗始盛行於皇帝后妃和大臣百官之間，復流行於民間社會，並且每每張用妓樂，歌舞祈福，籠罩著一層濃濃的藝術氣息，也由此孕育了大量用於慶賀祈壽的壽詞，使之成了鮮明的時代特徵〔註43〕。壽詞雖然大部分重複著一成不變的主題——長壽富貴，且通常不離典實富豔，但作爲一種習俗風尚，祝賀壽辰、祈求長生富貴，已是一種約定成俗

〔註40〕見陸侃如、馮沅君合著《中國詩史》（北京：作家出版社，1956年）頁620～621。

〔註41〕見黃文吉〈從詞的實用功能看宋代文人的生活〉（《國立編譯館館刊》第20卷第2期，1991年）。

〔註42〕見葉嘉瑩《迦陵論詞叢稿·大晏詞的欣賞》，（河北：河北教育出版社，1998年）頁45。

〔註43〕參閱沈松勤著《唐宋詞社會文化學研究》（杭州：浙江大學出版社，2000年）頁270。

的社會行為，具有重要的社交功能〔註44〕。而晏殊可說是首位大量製作壽詞的詞人，此後詞人大量製作壽詞，形成宋代的一種詞學現象。綜而言之，壽詞的實用功能顯然大於藝術價值，不過也具體反映了當時社會、文化、風俗的一個面向。

　　晏殊的祝壽詞，喜歡以秋天的景象為背景，造成一種清疏高朗的境界，以此來寄寓他祝願壽主高壽遐齡的情感。對此，論者多有肯定性的評價。如葉嘉瑩即引用這類詞中的作品，以為它「以大自然界之景物為陪襯」，寫得「不但閑雅富麗，而且更有著一份清新之致。」〔註45〕下文茲摘晏殊秋日祝壽詞數首以見其一斑。〈訴衷情〉：

> 秋風吹綻北池蓮，曙雲樓閣鮮。畫堂今日嘉會，齊拜玉爐煙。　　斟美酒，祝芳筵，奉觥船。宜春耐夏，多福莊嚴，寶貴長年。

他所描寫的，是一個極其普通的官宦人家祝壽宴會。詞一開頭，即以如畫之筆，描繪出這場壽筵的獨特背景：時當夏末秋初，昨夜秋風初起，吹綻了北池晚開的蓮花；今晨天氣晴朗，朝霞映照樓閣，一片新鮮明麗。在這一幅清新亮麗、生氣勃勃的秋晨風景圖下，後面出現的畫堂嘉會、席上歌酒及照例的恭維頌美之語，雖為司空見慣的東西、但就不顯得庸俗和老套了。節候、景物的特徵與壽筵的歡樂氣氛是相得益彰的。景與情、事相諧，是本篇的一大優點。再如，〈蝶戀花〉：

> 紫菊初生朱槿墜。月好風清，漸有中秋意。更漏乍長天似水。銀屏展盡遙山翠。　　繡幕卷波香引穗。急管繁弦，共慶人間瑞。滿酌玉杯縈舞袂。南春祝壽千千歲。

本篇上片寫中秋時節自然風景；即有一種清新自然之美，這實際上是大晏自己閑雅沖淡之心境的外化。下片道祝頌之意，雖無什麼深

〔註44〕參閱沈松勤著《唐宋詞社會文化學研究》（杭州：浙江大學出版社，2000年）頁275。
〔註45〕見葉嘉瑩著《迦陵論詞叢稿·大晏詞的欣賞》（河北：河北教育出版社，1998年）頁45。

刻的含義，但所抒之情與上片的景物描寫十分諧調，的確使人感到
了一份清新之致。再看〈連理枝〉兩首：

> 玉宇秋風至。簾幕生涼氣。朱槿猶開，紅蓮尚拆，芙蓉含
> 蕊。送舊巢歸燕拂高簷，見梧桐葉墜。　　嘉宴凌晨啓。
> 金鴨飄香細。鳳竹鶯絲，清歌妙舞，盡呈遊藝。願百千遐
> 壽比神仙，有年年歲歲。

> 綠樹鶯聲老。金井生秋早。不寒不暖，裁衣按曲，天時正
> 好。況蘭堂逢著壽筵開，見爐香縹緲。　　組繡呈纖巧。
> 歌舞誇妍妙。玉酒頻傾，朱弦翠管，移宮易調。獻金杯重
> 疊祝長生，永逍遙奉道。

兩首同爲秋日祝壽詞。第一首上片寫景，下片寫宴會場面並表達祝頌
之意，章法步驟與他的大部分壽詞沒有什麼兩樣。不過，此詞上片寫
寫景十分生動細緻，頗見作者藝術水準。對秋氣初來時三種花的不同
動態：一種「猶開」、一種「尚拆」一種「含蕊」的描繪，可謂體物
入微。

　　下篇無非上片寫景，下片寫宴會場面並達祝頌之意，場面無非爐
香組繡、朱弦翠管、輕歌曼舞、金杯玉酒之類，頌語無非長生千歲的
套話。而寫景與前篇角度卻有所不同：前篇以幾種花的動態來標示秋
季的降臨，本篇卻以「氣」的變化來突顯節令的轉換。

　　壽詞一般容易寫得庸俗，但如是寫給家中人的，便能省去應酬的
套話而直抒眞情，使得情親而調婉，境諧而格高。如〈少年遊〉：

> 芙蓉花發去年枝。雙燕欲歸飛。蘭堂風軟，金爐香暖，新
> 曲動簾帷。　　家人拜上千春壽，深意滿瓊巵。綠鬢朱顏，
> 道家衣束，長似少年時。

這是一首祝壽詞。壽主是詞人家中的一位女性，從「家人拜上千春
壽」一句來看，她應是家中女主人，極有可能就是晏殊的夫人。詞
的上片，寫生日正逢秋天，這時風光很優美，家中也一派祥和溫馨
的氣氛。開篇的芙蓉，應是木芙蓉，因爲這是燕子「欲歸飛」的秋
季。下片寫家庭生日宴會的情景。過片二句，寫家人紛紛舉酒，祝

女主人長壽健康。結尾三句則寫到壽主本人,讚美她風姿綽約如仙人,黑髮紅顏,一點也不顯老。真心祝賀之中可見真情流露。尚有一首,同為為親人祝壽者,〈孼人嬌〉:

> 一葉秋高,向夕紅蘭露墜。風月好、乍涼天氣。長生此日,見人中嘉瑞。斟壽酒、重唱妙聲珠綴。　　鳳移宮,鈿衫回袂。簾影動、鵲爐香細。南真寶籙,賜玉京千歲。良會永、莫惜流霞同醉。

從詞中「人中嘉瑞」的讚語來看,壽主是一位享年較高的老人。「南真寶籙」,暗示壽主為女性。而從「莫惜流霞同醉」的親切而平等的口氣來推測,壽主大約就是詞人自己的老伴。詞中的一切描寫、鋪陳,都與此吻合,可謂十分得體,而非泛泛應酬。再如,〈木蘭花〉:

> 杏梁歸燕雙回首。黃蜀葵花開應候。畫堂元是降生辰,玉盞更斟長命酒。　　爐中百和添香獸。簾外青蛾回舞袖。此時紅粉感恩人,拜向月宮千歲壽。

這是一首壽詞。壽主應是家中女主人,即作者的夫人。詞的上片寫生辰所逢的節候及在家中開壽宴的情景。前二句以「杏梁歸燕」和「黃蜀葵花」點明時令是夏末秋初,開宴時間是黃昏。後二句寫畫堂設宴,以酒祝壽。下片寫祝壽宴會的場景。過片二句寫出了府中的「富貴氣象」。末二句,將壽主擬為月宮仙子,以表祝其長壽之誠意。唯此詞寫得未如前二首佳,較為淺俗凡庸。尚有另一首〈木蘭花〉:

> 紫薇朱槿繁開後,枕簟微涼生玉漏。玳筵初啟日穿簾,檀板欲開香滿袖。　　紅衫侍女頻傾酒,龜鶴仙人來獻壽。歡聲喜氣逐時新,青鬢玉顏長似舊。

此闋壽詞,壽主也是一位女性。但比起前幾篇,本篇設色更濃豔,更注重「富貴氣象」的渲染。如上片寫節候,則紫薇朱槿、玉漏冰簞,予人以炫目之感;寫宴席,則玳筵珠簾、檀板香袖,是一派金玉滿堂的豪華氣象。下片表祝壽之忱,盡管把場面上的人物喻為上仙,但世俗意味依然十分濃烈。

　　壽詞若是流於純粹應酬敷衍的祝頌。僅堆疊出金爐瑞煙、妙舞綺筵；清歌朱弦、美酒觥船；蟠桃千年，壽比神仙……等。便難以生發出真感情，則淪為陳腔老調。晏殊壽詞中也有這樣的作品，如〈望仙門〉：

　　　　玉壺清漏起微涼。好秋光。金杯重疊滿瓊漿。會仙鄉。
　　　　　　新曲調絲管，新聲更颭霓裳。博山爐暖泛濃香。泛濃
　　　　香。為壽百千長。

再如〈燕歸梁〉：

　　　　金鴨香爐起瑞煙。呈妙舞開筵。陽春一曲動朱弦。斟美酒、
　　　　泛觥船。　　　中秋五日，風清露爽，猶是早涼天。蟠桃花
　　　　發一千年。祝長壽、比神仙。

所寫乃上層官僚宴會之盛況，為一祝壽宴會。玉壺清漏、秋氣微涼，金杯瓊漿、絲管霓裳，博山爐香、祝壽聲長……等。所述情事、所繪景象，都是晏殊流連光景、享受生活和交際應酬的詞中習見的，未能給人以新鮮感和審美愉悅感，純為應酬敷衍的祝頌之作。而晏殊〈長生樂〉則為用於作者自家府邸宴會的祝頌詞：

　　　　玉露金風月正圓，台榭早涼天。畫堂嘉會，組繡列芳筵。
　　　　洞府星辰龜鶴，來添福壽。歡聲喜色，同入金爐泛濃煙。
　　　　　　清歌妙舞，急管繁弦，榴花滿酌觥船。人盡壽、富貴
　　　　又長年。莫教紅日西晚，留著醉神仙。

本篇約為寫來供相府家妓即席演唱以佐酒助歡的。上片寫時節風物和畫堂芳筵。首句，點明時間是玉露金風的月圓之夜，台榭清爽的早涼之天。後六句，鋪敘壽筵之豪華和喜慶色彩之濃厚。下片道祝賀之意。過片三句，先寫筵上歌舞絲竹之樂，觥籌交錯之歡。結尾三句致祝辭，祝人又兼祝己，願長保富貴，多福高壽，並想挽留住飛逝的時光，以盡眼下之歡。全篇充溢著濃烈的追求富貴長生的庸俗情趣。同為應酬性質的普通的壽詞，再看〈拂霓裳〉：

　　　　喜秋成。見千門萬戶樂昇平。金風細，玉池波浪縠文生。
　　　　宿露沾羅幕，微涼入畫屏。張綺宴，傍熏爐蕙炷、和新聲。

　　　　神仙雅會，會此日，象蓬瀛。管弦清，旋翻紅袖學飛
瓊。光陰無暫住，歡醉有閑情。祝辰星。願百千爲壽、獻
瑤觥。

這是一首上片鋪寫秋天景色和宴會的場面，下片道祝頌壽主之意，充
滿平庸的世俗情調。這樣的頌太平盛世的句子，其中當然不免有「千
門萬戶樂昇平」這種頌揚，然而這樣的歌頌也非全無根據，因爲宋仁
宗在位的四十二年確爲北宋最繁榮太平的時期。

　　總而言之，宋仁宗時期號稱歌舞升平的「盛世」官僚士大夫宴樂
之風遍及海內，作爲朝廷百官之首的晏殊，是身體力行地領導著時代
潮流。如果說晏殊這類壽詞有什麼社會意義的話，大概就在於它們比
較眞實地保留了當時上層士大夫文化生活的若干畫面。

　　本章對馮延巳、晏殊、歐陽脩三位宰輔詞人之詠秋詞作內容仔
細歸納分析後，對這些以秋日爲背景的小詞，所表達情感內容有相
當程度的了解。事實上，這些宰輔詞人，挾著這般身分地位，情感
上所擔負的，絕非泛泛之眾所見的表面那般風光體面。對於一般平
民百姓而言，也許他們缺乏遠大的人生目標和政治抱負，人生多以
「小我」爲圓心，輻射出的範圍並不闊大，至多即爲個人財富之得
失或家庭幸福之擁有。因此對於那種「撫時傷亂」的感情，基本上
是有其侷限性的。但對於宰輔詞人而言，他們有那人人稱羨的地位，
相對的也有必需要擔起的責任與義務。國家以及民族之大業，是他
們除了一般人之「小我」情感負荷之外，額外必須承受更沉重而無
從逃避的「大我」情感。他們將「小我」和「大我」情感做一有機
結合，於是乎，超越普通人對於小我命運之關切，進而擴展到對國
事之傷感以及民族之憂患，這樣的情感震撼力，愈趨深沉。筆者以
爲，正由於以這樣的前提爲背景，才使得無法將「富貴人卻好發愁
苦語」的現象，簡單視之。

第五章　馮晏歐詠秋詞藝術風格比較

　　孟子曰：「知人論世」〔註1〕；《文心雕龍・時序篇》亦云：「文變染乎世情，興廢繫乎時序」。在在揭示作者與生平經歷、時代環境的密切關係。〔清〕葉燮《原詩》中所論，更清楚地揭示作品中所表現的事、情、理三種內容，全部緊貼著作者本身的人生：從「事」的層面來看，反映了多樣的人生經歷和人生遭遇；從「情」的層面來看，淋漓盡致地表現了各式各樣的人生欲念和人生感慨；從「理」的層面來看，又述說了不盡相同的人生理念和人生哲學。〔註2〕不論是「事」、是「情」、還是「理」，它們都來源和紮根於創作者的人生中。因此只有著眼於「人生」，才能直探其本源。以下，則秉乎「知人論世」的原則，承繼上章分析馮延巳、晏殊、歐陽脩三人的詠秋詞作後，再擬對影響詞人文學風格之內外緣因素有一整體的認識，盼藉此能更深入地掌握其精要。

〔註1〕　〔清〕阮元校勘《十三經注疏・孟子・萬章下》（臺北：藝文印書館，1955年）：「以友天下之善士爲未足，又尚論古之人。頌其詩，讀其書，不知其人可乎？是以論其世也，是尚友也。」

〔註2〕　〔清〕葉燮《原詩》（上海：上海古籍出版社，1995年）：葉燮認爲藝術的本源是客觀的「理」、「情」。「以在我之四」（『才』、『膽』、『識』、『力』），衡在物之三（『理』、『事』、『情』），合而爲作者之文章。這一客觀主義的藝術本源論，是葉燮美學體系的基石。

第一節　創作背景比較

一、從時空角度言

（一）時代的因素

　　唐代自玄宗之後，國勢已走向下坡，外則藩鎮跋扈割據，受制於節度使；內則操控於宦官，加以朋黨傾軋，終使朝政敗壞，引發寇亂而滅亡。唐亡後，藩鎮割據的局面延續下來，成為五代十國分裂混戰的局面。文人士子處在這樣顛覆不安的環境中，積極進取或力有未逮，或橫遭阻逆，往往轉向精神領域中尋找一個避難的處所。他們在軟玉溫香、歌酒花月中尋求到了心靈安頓。李澤厚在《美的歷程》一書中這樣形容晚唐五代的時代精神：

> 不在馬上，而在閨房；不在世間，而在心境。不是對人世的征服進取，而是心靈的安適享受佔據首位。〔註3〕

他又說：

> 晚唐沿著中唐的路線，走進更為細膩的官能感受和情感色彩的捕捉追求。不是人物或人格，更不是人的活動事業，而是人的心情意緒，成了藝術和美學主題。〔註4〕

這種逃遁退避的精神狀態，使得晚唐五代君臣上下日事遊宴，競好聲伎。他們哀嘆著人生苦短卻又無力振作，在灰心失望之餘，只能以醇酒美人來麻痺、「充實」這蜉蝣人生。因此，慶賞飲宴便成為他們主要的玩世方式。從當時的詞集題作《花間》、《尊前》就可見其基本的人生態度。

　　宋代，結束了五代的紛亂，在內憂外患中建國，一開始中央就採取了高度集權，士大夫欲有作為也難以施展。但也由於宋代重文輕武，因此士大夫過著比較優裕的物質生活。然而在貌似閒暇的日子裡卻或多或少有一些揮之不去的潛在憂患。這種憂患意識，一方面不能明言，難以宣洩；一方面自身對於這種潛藏的意識也不能分辨清楚，

〔註3〕見李澤厚著《美的歷程》（臺北：谷風出版社，1987 年）頁 143。
〔註4〕見李澤厚著《美的歷程》（臺北：谷風出版社，1987 年）頁 199。

但覺心緒處於一種不安定的狀況中。

可以說，從晚唐到宋初，大多數人心中瀰漫著一種危機感、苦悶感。不管在尊前或花間應歌製曲填詞，或獨自吟詠抒懷；不管詞的題材或表面上寫的是什麼，字裡行間總有若隱若現的閒愁。而詞，就是他們發抒或寄託這種心情意緒的最佳文體。

（二）地域的因素

〔清〕況周頤《蕙風詞話》曰：「南人得江山之秀，北人以冰霜爲清。南或失之綺靡，近於雕文刻鏤之技；北或失之荒率，無解深裘大馬之譏。」〔註5〕大抵北方多高原黃土，氣候肅殺，民族性比較強悍質樸，表現在文學作品的風格是剛勁樸實。南方多水澤丘陵，氣候溫潤，民族性比較善感含蓄，表現在文學作品的風格是柔美婉曲。

由唐到宋，中國的政治中心不斷南移，新興的南方大都會，城市的朱樓畫閣、瑣窗珠簾；江南嫵媚的山水，煙柳畫橋；以及風流柔媚的江南民歌；都爲薈萃到江南的文人士子在審美意識上提供新而旖旎的南方風情。詞興起之後，在西蜀、南唐時期文人的嘗試創作下，獲得其特有風格的奠基與發展，使詞的風格抹上一層南方風情的特色，表現出南方文學固有的柔美本質。

江西本是南唐舊地，北宋初期的晏殊，祖籍在臨川（今撫州），歐公則爲廬陵人（今吉安），皆屬江西之地，五代時同屬南唐。而晏殊生於宋太宗淳化二年（991），歐陽脩生於眞宗景德四年（1007），距南唐覆亡和馮延巳卒年不遠〔註6〕。晏、歐二人即生長於南唐二主及馮延巳流風遺韻尚存的濃郁文化氛圍中，潛移默化而受其薰陶、浸染，這點對於晏、歐在文學創作上的審美情趣、藝術品味自有其影響。

此外，晏殊詞風受馮延巳的影響，也與馮氏於元宗保大六年

〔註5〕見〔清〕況周頤《蕙風詞話》收於唐圭璋《詞話叢編》（北京：中華書局，1986年）。

〔註6〕宋開寶八年（975）南唐滅亡。馮延巳卒於宋太祖建隆元年（960）。

（948）一度罷相出鎮撫州有聯繫。馮延巳罷相後居撫州達三年之久，其作品必在當地多有流傳，撫州位於江西，臨川爲其舊治，晏殊身爲江西臨川人，自少年時代便喜愛馮詞，此種地域上的契合亦產生極大的作用。

二、從社會風氣觀

（一）政治的因素

馮延巳出生於唐昭宗天復三年（903）於宋太祖建隆元年（960）去世。其間五十七年，正好是唐亡到宋興的時期。馮延巳所仕的南唐，是一個只存在三十八年的江南小王朝。風雨飄搖的南唐和西蜀的偏遠穩定不同，南唐外無天險可憑，北周虎視眈眈，飽受鄰近大國要脅，雖曾對外發動兩次戰爭，試圖挽回岌岌可危的國勢，可惜卻潰不成軍。而南唐君臣們多持苟且偷安之態，不惜向大國稱臣納貢，〔註7〕滅亡之命運隨時可能降臨。內則加以朝廷黨爭激烈，朝綱不整。馮出仕重臣期間，黨爭尤烈。孫晟、宋齊丘兩黨形同水火，馮延巳更被目爲「五鬼」〔註8〕之首而遭受到猛烈攻訐。馮以舊恩致顯〔註9〕，起家授秘書郎，後在中主時做到宰相的位置，可謂官路亨通，仕宦顯達。然而，朝廷內部激烈的宋、孫黨之爭，以及隨之而來的紛擾多變的國局和時世，又使馮延巳的一生充滿了戲劇化

〔註7〕 李璟，昇元七年（943）即位，保大十六年（958）遣使上表於周，去帝號，稱南唐國主。李煜，宋建隆二年（961）即位，國勢更弱，陳事於宋，年年納貢。

〔註8〕 〔宋〕馬令《南唐書》（北京：中華書局，1985年）：與宋齊丘更相推唱，拜諫議大夫翰林學士。復與其弟延魯交結魏岑、陳覺、查文徽，侵損時政。時人謂之五鬼。

〔註9〕 〔宋〕陸游《南唐書》（北京：中華書局，1985年）：馮延巳二十幾歲時就曾以白衣見南唐烈祖李昇，李昇曾令馮延巳與其子，即後來的中主李璟相交遊。而馮延巳比李璟大十幾歲。兩個人便以世家的關係在宮廷內相交往。李璟做太子時，曾經被封作吳王，後又徙封齊王，馮延巳就先後在吳王、齊王的幕府之中做掌書記。等到李璟即位，自然而然馮延巳就一步步官至宰相了。

的起落和升遷。〔宋〕馬令《南唐書》載馮氏有四次拜相，四次罷相。
保大四年（946）正月，第一次拜相，第二年（947）三月，便因伐
閩兵敗而遭彈劾罷爲太子少傅。保大十年（952）三月再入相，十一
月又以「失湖湘，人皆歸咎」乃自劾罷爲左僕射。保大十一年（953）
三月再復相，十五年（957）因周師大入，盡失江北地，又罷相爲太
子少傅。三次罷相，時間長達六、七年之久。〔清〕馮煦〈陽春集序〉
中說道：

> 周師南侵，國勢岌岌。中主既昧本圖，汶闇不自強，疆鄰
> 又鷹瞵而鶚睨之，……翁負其才略，不能有所匡救，危苦
> 煩亂之中，鬱不自達者，一於詞發之。〔註10〕

由此可見，馮之處境：外爲日漸逼近、不可抗拒的亡國前景；內則爲
軍事、外交屢陷於困境，不能有所作爲。再加以不斷受到朝廷中政敵
的指責批評，即使高踞相位的馮延巳，也必須面對自身的無能爲力和
情勢的捉襟見肘此一殘酷的事實。

相對風雨飄搖的南唐政局，趙匡胤結束了晚唐以來的紛亂局
面，建立宋朝，一個中央集權的專制時代，晏殊則生逢其時。晏殊，
宋太宗淳化二年生（991）。幼時聰慧過人，年方七歲，即以文章敏
妙而聲動鄉里〔註11〕。眞宗景德二年（1005），帝召見之，賜「同進
士出身」，試詩賦論，稱善其才，擢秘書省正字，置之秘閣。仁宗朝，
拜樞密副使，後上疏忤太后旨，罷知宣州。（安徽宣城）。慶曆三年
（1043），以刑部尙書居相位。次年九月，爲孫甫、蔡襄批論，罷相，
以工部尙書知潁州（安徽阜陽），三遷戶部尙書，知永興軍。出知外
郡十年，至仁宗至和元年（1054），以病召歸汴京（河南開封）侍講
邇英閣，次年卒，年六十五，諡號元獻。

宋朝在眞宗、仁宗的休養生息之下，使宋初的國勢邁入一個穩定
安固的局面，晏殊生逢此時，雖同樣在朝爲官，但對國勢的憂思勢必

〔註10〕〔南唐〕馮延巳《陽春集》（臺北市：世界書局，1965 年）。
〔註11〕〔宋〕歐陽脩《歐陽脩全集・晏公神道碑銘》（臺北：河洛出版社，
　　　　1975 年）：公生七歲，知學問，爲文章，鄉裏號爲神童。

較馮延巳淡化許多，然而這是就粗淺的認識來說。實際上，當時西北
党項族——西夏和東北契丹族——遼的不時侵擾，宋多次以歲幣換取
和平，又以國家制度本身的種種流弊，已產生越來越多的矛盾。隨之
而來的是，為解決危機而引起的統治集團內部鬥爭。晏殊位居朝廷的
核心，對於這種情況怎能不憂心。詞人從表面縱情享樂的淫靡生活
中，升起對政治危機的憂慮，對社會不能長治久安的預感，進而發出
人生無常的悲慟感和深廣的憂患意識。從政治角度切入，可從而探出
《珠玉詞》在富貴閒情作品中，透出的濃厚感傷情緒，是有其時代大
環境背景的原因。〔註12〕

　　而歐公所處時代，正值北宋中期。歐陽脩自二十五歲出仕，至
六十五歲致仕，一生仕宦多在仁宗與英宗朝。這是宋代歷史上繁榮
鼎盛期，卻也是積貧積弱、盛極而衰地轉折時期。當時士大夫中的
有識之士，前仆後繼，指陳時弊，急呼改革。在朝廷禮遇文人的政
策基礎上，思想文化的發展極為活躍蓬勃。歐公正是在這政治與學
術、文化的高峰期中發生重要作用的一位關鍵性人物。〔註13〕

　　歐公在仕途前後四十一年，除兩年居喪外，在朝二十一年，貶
謫外放十二次，凡十八年，故其在仕途上可說是屢仆屢起，然歐公並
未因此而改其操守，故《宋史》云其「天資剛勁，見義勇為，雖機栝
在前，觸發之不顧。放逐流離，至於再三，志氣自若也。」〔註14〕
可見其對政治理想的堅持，然也因此堅持而得罪了眾多權要。由歐
公一生的經歷可知，歐公在朝二十年間大半被朋黨、濮議、新法三
事所困擾，他一生所受的毀謗也多起因於此三事。景祐三年（1036）
因朋黨事，初被貶夷陵。慶曆改革失敗後，政敵欲將其除去，發生

〔註12〕參閱張秋芬《珠玉詞的感傷與消解》（國立彰化師範大學國文研究所
　　　　碩士論文，2004年）頁32。
〔註13〕參閱簡淑娟《歐陽文忠公詞研究》（國立高雄師範大學國文研究所碩
　　　　士論文，1996年）頁6～7。
〔註14〕見〔元〕脫脫等編《宋史》（臺北：鼎文書局，1978年）。

了「盜甥案」〔註15〕，二次被貶，削歐陽脩龍圖閣直學士，貶知滁州（安徽滁縣）歐公時年三十九歲。滁州二年中，歐陽脩寄情詩酒，自號醉翁，又寫醉翁亭記以記其事，這是他最著名的作品之一。嘉祐五年（1060），歐陽脩五十四歲，《新唐書》二百五十二卷修成。由於修新唐書有功，且在開封政績也卓著，不久即轉升戶部侍郎，參知政事。

　　濮議之爭〔註16〕起，政敵又掀起長媳案做人身攻擊〔註17〕，最後雖得以還其清白，然而遭此無端誣陷，歐陽脩對政治已覺灰心，堅持求退。終於在神宗治平四年（1067）以觀文殿學士出知亳州（今安徽亳縣）。神宗熙寧四年（1071），歐陽脩六十五歲，以太子少師致仕，歸隱潁州西湖。次年（1072），歐陽脩與世長辭，享年六十有六，諡曰「文忠」。

〔註15〕〔清〕丁傳靖《宋人軼事彙編》（臺北市：台灣商務印書館，1982年）：「公（歐陽修）甥張氏，幼孤鞠育於家。嫁姪晟，晟自州司戶罷，以僕陳諫同行，而張與諫通。事發鞫於開封府，右軍巡院張懼罪，且圖自解免，其語皆引公未嫁時事，詞多醜異，軍巡判官孫揆，止劾張與諫通事，不復支蔓。宰相聞之怒，再命太常博士蘇安世勘之，遂盡周張前後語案，又差王昭明監勘，蓋以公前事欲令釋憾也。昭明至獄，見安世所勘案牘，駭曰，昭明在官家左右，無三日不說歐陽修，今省判所勘，乃迎合宰相意，加以大惡。異日昭明喫劍不得。安世聞之大懼，竟不敢易揆所勘。但劾歐公用張氏資買田產立戶事，落知制誥，知滁州。」

〔註16〕嘉祐八年，仁宗崩，英宗登基，加封群臣，英宗生父濮安懿王的封冊上應題「皇考」或「皇伯」，成為當時爭論的焦點，司馬光主張用「皇伯」，而歐陽脩據《儀禮》等主張題「皇考」，此事直到神宗初才了結此案。

〔註17〕〔清〕丁傳靖《宋人軼事彙編》（臺北市：台灣商務印書館，1982年）：「士大夫以濮議不正，咸疾歐陽修。有謗其私從子婦者，御史中丞彭思永、殿中侍御史蔣之奇，承流言劾奏之，之奇仍伏於上前，不肯起，詔二人具語所從來，皆無以對，俱坐謫官，先是之奇盛稱濮議之是以媚修，由是薦為御史，既而攻修，修尋亦外遷。…熙寧初歐公在政府，言官誣其私子婦吳氏，惟沖卿以己女嘗辨於文疏，餘無一言明其誣衊。」

　　然在政場上歐公雖已身心俱疲，但仍未放棄其政治良心，也因此為自己招致更多的謗訕，對於如此風風雨雨的仕宦經歷，其在政治上所受之煎熬可以想見，然而他這種明顯的士人精神風範，卻也直接地灌注在他的詞篇中。由於他生活際遇的轉折變遷，與民間多所接觸，使歐詞感染了通俗風味，也促成了他歌詞多種風貌的兼具融合。

（二）經濟的因素

　　由於唐末五代干戈不斷，社會經濟遭到嚴重破壞，人民的生活困苦不堪，然而君主臣相又因國小民寡，無力問鼎，於是苟安一隅，享樂風氣大盛。上自諸王將相，下至豪強地主，皆競相蓄妓以待客或自娛。如歐陽炯〈花間集序〉所言：「有唐已降，率土之濱，家家之香徑春風，寧尋越豔；處處之紅樓夜月，自鎖嫦娥。」〔註 18〕流風更影響到宋初。

　　宋初，趙匡胤為讓石守信、王審琦等擁有重兵的大將交出兵權，就曾如此說道：

> 人生駒過隙爾，不如多積金，市田宅以遺子孫，歌兒舞女，
> 以終天年。君臣之間無我猜嫌，不亦善乎？〔註 19〕

宋朝最高統治者基於鞏固皇權，而默許上層官僚聚財置產、縱情歌舞，使朝臣習於縱酒享樂的生活，進而造成濃烈的時代享樂風尚。造成如此崇尚享樂的時代風尚，除了這個最主要的因素之外，楊海明曾在《唐宋詞與人生》一書中，歸結出另兩個原因〔註 20〕：一則為宋代高度發達的商業經濟和富麗旖旎的風情，另則為宋人自我價值的升值和人生行樂思想的膨脹〔註 21〕。楊海明《唐宋詞史》中亦

〔註 18〕〔後蜀〕趙崇祚編《花間集‧序》（臺北：中華書局，1966 年）

〔註 19〕見〔元〕脫脫等《宋史‧石守信傳》冊十一，卷二五〇（臺北：鼎文書局，1978 年）。

〔註 20〕參閱楊海明著《唐宋詞與人生》（河北：河北人民出版社，2002 年）頁 174～198。

〔註 21〕錢穆《中國文化史導論》（臺北：蘭臺出版社，2001 年）頁 240。錢

言：「北宋士大夫文人所寫作的詞篇，其主流的思潮便是那股『太平也，且歡娛，不惜金尊頻倒』（蔡挺〈喜遷鶯〉）的歡娛和享樂的情緒」﹝註22﹞。但也非僅為政策方面的原因，即足以構成宋人享受生活的充足條件，宋代盛行享樂之風，尚與當時高度發展的商業經濟與綺靡的都市風情有關。

　　由唐到宋，南方的新都市陸續興起。官場新貴、從事工商的中產階層，有新的精神需求和生活形態，要交際應酬，要休閒娛樂，因此舞臺、歌榭、藝場、伎坊空前繁榮。深厚之經濟基礎，引領都市日趨繁榮蓬勃，社會風氣逐漸崇拜豪奢享受，而官僚文人的物質待遇優厚，生活悠閒逸樂，「兩府兩制家中各有歌舞，官職稍如意，往往增置不已」﹝註23﹞。官府有官妓佐宴；富貴人家有家妓承歡；市民則流連於柳陌花衢、秦樓楚館，朝野上下酒宴歌席不斷，笙歌樂舞不絕的昇平景象，使得士大夫文人得以縱情歡愉於歌舞聲色。要之，都市和市民生活的成型，助長了詞體的發展。繁華城市的綺靡生活，帶給詞人潛移默化的影響。而詞章內容亦多迎合歌舞宴席的需要，創作背景、創作動機與詞篇內容互為因果，環環相扣。

三、從文學角度看

（一）文壇風氣

　　關於詞的起源，歷代學者論著，可謂如過江之鯽，多不勝數，於此便不再贅述。簡言之，詞乃隨燕樂興盛而誕生，肇於民間無名氏，定型於文人。然而，在花間詞原本浮靡空泛的內容中，馮詞開始注入「情」的內容，這個「情」，是具有主體意識和個性特徵的士大夫知

穆說：「中國在宋以後，一般人都走上了生活享受和生活體味的路子，在日常生活上尋求一種富於人生哲理的幸福與安慰」
﹝註22﹞見楊海明著《唐宋詞史》（高雄：麗文文化事業股份有限公司，1996年）頁18。
﹝註23﹞見〔宋〕朱弁《曲洧舊聞》卷一，收於《景印文淵閣四庫全書》冊八六三（臺北：臺灣商務印書館，1983年）。

識分子的情心、情思和情眼，並建構起符合士大夫知識分子，審美趣味的抒情模式和抒情風格。〔註24〕

繼而北宋初，詞壇也受當時文壇的復古精神與理學精神思潮所影響。身爲朝廷重臣的晏殊不作「彩線慵拈」〔註25〕之句，宋人好議論、說理的風氣，亦多少影響詞壇風氣，晏殊在詞作中的情感抒發，不再一昧陷溺低迷深愁之中，多了一層理性的思維的展現。

再看，北宋詩文革新運動對歐陽脩之詞的影響更爲巨大。慶曆年間，范仲淹執政，歐陽脩任諫官，他們在政治改革的同時，也兼及文風改革，嘉祐二年（1057）歐陽脩知貢舉時罷黜了學「太學體」之士子，取錄有經世之才的人，《宋史》本傳云：

> 時士子尚爲險怪奇澀之文，號「太學體」，脩痛排抑之，凡如是者則黜。畢事，向之囂薄者伺脩出，聚噪於馬首，街邏不能制，然場屋之習從是遂變。〔註26〕

此詩文革新運動，不僅讓宋代文風由綺靡而流利，亦讓歐陽脩在習性所牽之餘，在詞的創作上亦注入了革新的成分，而形成了歐陽脩不同於前人的「流雋」〔註27〕風格。

（二）作家才學性格

馮延巳的個性氣質、文化素養，也是造成其詞章特殊風格的重要因素。根據各書記載，馮延巳擅長多種文藝：

〔宋〕馬令《南唐書》本傳：馮延巳有詞學，多技藝。〔註28〕

〔宋〕馬令《南唐書·宋齊丘傳》：馮延巳亦工書，似虞世

〔註24〕 參閱陳明〈馮延巳對詞的抒情模式的建構及其影響〉（西南師範大學學報人文社會科學版）第26卷第3期，2000年5月）。
〔註25〕〔宋〕張舜民《畫墁集》（上海：上海古籍出版社，1987年）
〔註26〕 見〔元〕脫脫等編《宋史》（臺北：鼎文書局，1978年）。
〔註27〕 見李栖著《歐陽脩詞研究及其校注》（臺北：文史哲出版社，1982年）頁90。李栖將歐詞的風格概括爲兩類：一是受馮延巳影響而來的婉約，一是他自己獨有的流雋。
〔註28〕〔宋〕馬令《南唐書》（北京：中華書局，1985年）。

南。〔註29〕

〔宋〕陸游《南唐書》：工詩，雖貴且老不廢，尤喜爲樂府詞。〔註30〕

〔唐〕史盧白《釣磯立談》：馮延巳之爲人，亦有可喜處。其學問淵博，文章穎發，辨說縱橫，如傾懸河暴雨。聽之不絕膝席之履前，使人忘寢與食。〔註31〕

其政敵孫曾，諷刺馮氏耽於功名、奸險狡詐，曾將自己與馮氏相較道：「僕山東書生，鴻筆藻麗十不及君，詼諧飲酒百不及君，諂佞險詐，累劫不及君」。〔註32〕由此可知，馮氏人品固然遭人非議，但其文學涵養與精彩生活，確有可觀之處。

至於晏殊「七歲能屬文，張知白安撫江南，以神童薦，帝召殊，與進士千餘人並試廷中，殊神氣不懾，援筆立成。」〔註33〕是一位才氣縱橫、力學不倦的文學家，他性情豪俊，爲人眞率，常推薦獎掖人才，《宋史》本傳便記道：

> 殊平居好賢，當世知名之士，如范仲淹、孔道輔等皆出其門。及爲相，益務進賢材，而仲淹與韓琦、富弼皆進用，至於臺閣，多一時之賢。〔註34〕

晏殊識人愛才，與其交遊者多文學之士，彼此可共同切磋、研究，在文學創作上自然因相互激盪而獲得更多啓發。〔宋〕宋祈《宋景文筆記》載：

> 相國（晏殊）不自貴重其文，門下客及官屬解聲韻者，悉與酬唱。〔註35〕

〔註29〕〔宋〕馬令《南唐書》（北京：中華書局，1985年）。

〔註30〕〔宋〕陸游《南唐書》（北京：中華書局，1985年）。

〔註31〕〔唐〕史盧白《釣磯立談》（北京：中華書局，1985年）。

〔註32〕〔清〕王士禎《池北偶談》第二十一卷，談異二（臺北：正文書局，1974年）。

〔註33〕〔元〕脫脫等編《宋史》（臺北：鼎文書局，1978年）。

〔註34〕〔元〕脫脫等編《宋史》（臺北：鼎文書局，1978年）。

〔註35〕〔宋〕宋祈《宋景文筆記》，收於《景印文淵閣四庫全書》冊八六二（臺北：臺灣商務印書館，1983年）。

〔宋〕葉夢得《避暑錄話》卷上記載：

> 晏元獻公雖早富貴，而奉養極約。惟喜賓客，未嘗一日不
> 燕飲。而盤饌皆不預辦，客至旋營之。頃有蘇丞相子容嘗
> 在公幕府，見每有嘉客必留，但人設一空案、一杯。既命
> 酒，果實蔬茹漸至。亦必有歌樂相佐，談笑雜出。

> 數行之後，案上已燦然矣。稍闌，即罷遣歌樂，曰：「汝曹
> 呈藝已徧，吾當呈藝。」乃具筆札，相與賦詩，率以爲常。
> 前輩風流，未之有比也。〔註36〕

上述宋人筆記不僅記錄了晏殊風雅好客的個性，亦呈現了當代文人
聚會、唱詞助興的風尚。酒席歌筵中，唱詞待客既成爲普遍的社會
風氣、官場文化，晏殊高居權貴，不免需要宴客應酬，本身又喜交
游唱和，時辦詩酒之會，文人士子相從附之，儼然成爲當代文壇領
袖。席間應歌作詞以聊佐清歡，遂留下了一篇篇動人的樂曲詞章。
〔註37〕

再看看歐陽脩的「詞」和他的經、史、詩、文等表現，相較起
來，顯然是獨樹一格的，歐詞擺脫了在詩、文上內容道貌岸然的莊
重感，呈現出纏綿沈摯、銳感多情的感性。受到當時享樂風氣風氣
的影響，歐陽脩對美景良辰的眷戀和善於遣玩的豪興，也常於宴飲
之中流露。〔宋〕釋惠弘《冷齋夜話》中即載：「歐公嘉士爲天下第
一，嘗好誦孔北海，坐上客常滿，樽中酒不空。」〔註38〕，然而，
在這享樂的外表下，歐公那種知識份子對社會、人生的憂患意識並
未拋卻，故在這些尋歡作樂的詞作中亦往往伴隨著對年華虛度、人
生價值失落的感傷。

另外，《六一詞》中有很多有關歌妓、舞妓的描寫，亦是此享樂
生活的呈現。宴席上，文人爲了增加飲宴的氣氛，常即席創作，交給

〔註36〕見〔宋〕葉夢得《避暑錄話》卷上，收於《景印文淵閣四庫全書》
　　　　冊八六三（臺北：臺灣商務印書館，1983 年）。
〔註37〕參閱江姿慧《晏殊《珠玉詞》研究》（國立台灣師範大學國文研究所
　　　　碩士論文，2004 年）頁 15。
〔註38〕〔宋〕釋惠弘《冷齋夜話》（北京：中華書局，1985 年）。

歌妓演唱，如歐陽脩於〈采桑子・西湖念語〉即云：「敢陳薄技，聊佐清歡」〔註39〕。因常與歌妓爲伍，對她們自然有深入的瞭解及因瞭解而起的悲憫，故歐陽脩之詠妓詞開始由婦女體態、服飾的外形描繪，轉向內心細緻、深刻的刻劃。再次，歐詞中寫得最引人注目的是採蓮女的形象，歐陽脩不是站在自我的立場，用自己的眼光看採蓮女，而是站在採蓮女的角度，用採蓮女的眼光，去反應採蓮女自己的生活景況和情感心態。作爲士大夫階級的文人，如果內心遲鈍、麻木，失去了對普通百姓生活和情感的興趣以及細緻的體察和敏銳的感受，又怎能描繪出如此親切的場景和栩栩如生的形象呢？

　　總而言之，馮延巳、晏殊、歐陽脩三人都是由士子而入仕途，終至朝廷重臣，他們的出身經歷、社會地位乃至生活環境、興趣雅好都相去不遠，這都可視爲三家詞風相近的原因之一。此外，時代、地域、文化心理上的接近，亦可視作其中重要的原因。

第二節　藝術表現比較

　　晚唐五代詞的風格是香豔穠麗，審美傾向是陰柔之美，在這一點上，馮延巳詞順其大勢，外在體貌與諸家並無大異，所以王國維稱其「不失五代風格」〔註40〕。但是，馮延巳把自身在風雨飄搖的衰亂時局中體味產生的憂生憂世、抑鬱彷徨之情熔鑄而成「愁苦之辭」，以沉哀入骨的筆調，創立了一種以豔美爲表、以感傷哀痛的主觀情懷爲裡的新詞風。在馮氏這些「愁苦之辭」裡，濃麗的色彩是其外在風貌，亦即「嚴妝」，「和淚」〔註41〕才是其抒情本質。他在

〔註39〕歐陽修晚年退居潁州，甚愛潁州西湖風光。或結伴同遊，或乘興獨往，經常徜徉於畫船洲渚，寫下了十三首記游寫景的〈采桑子〉，並有一段〈西湖念語〉作爲組詞的序言。

〔註40〕王國維著，徐調孚校注《校注人間詞話》（臺北：鼎淵文化，2001年）頁10。

〔註41〕王國維著，徐調孚校注《校注人間詞話》（臺北：鼎淵文化，2001年）頁6。

外貌與「花間派」無太大差異的豔體小詞中，寄寓了士大夫憂生世的思想感情。比起「花間派」寫「歡」之詞，他更多地表現，士大夫意識中深沉的一面。宋代的晏殊、歐陽脩等上層士大夫最欣賞的就是馮延巳這類飽含憂生憂世之情的豔美小詞〔註42〕。晏殊、歐陽脩在創作承繼上，便不時展現出類似的風貌，然而個別差異在所難免，故於相似的藝術風格承繼之中仍可見其個人獨特之藝術風情。

一、情感基調與內在意蘊之不同

由於作者們稟賦個性、學識素養、審美情趣、閱歷出處等因素不同，便有不同的風格表徵。然而，內在因素，包括作者的才氣與個性、生活歷練、藝術理想。而此總體之表現，或即近人所謂的「生命情調」。生命情調的不同，決定了作品風格的不同。而欲掌握詞人不同之生命情調與不同的藝術風格，重點在於尋繹出詞人情感基調與內在深層意蘊的不同。

（一）縱有笙歌亦斷腸──馮延巳

身為國勢風雨飄搖的南唐重臣，必須承擔國家安危和政敵詆毀的雙重負荷，馮延巳可說是一個極敏感、極固執、極文人化的政客。他對自己的艱難處境、對自身的悲劇似乎始終以正眼視之，甚至是積極相向，清醒地甚至有幾分品嚐意味地看著自己如何在苦海裡掙扎。既無法從現實消沉、痛苦和自憎的情緒中抽離，他選擇迷失在理想中的自我，在回憶中尋找慰藉。現實的殘酷與過去之美好在自我迷失與尋找中形成了緊張的拉鋸情態，瀰散在詞中風格自然是愁雲慘霧、低回感傷。再者，蹙迫日甚的家國頹局，上上下下的宦海浮沉，也使得古代士大夫文人與生俱有的傳統憂生意緒觸撞交合、互化為一體，凝聚作巨大、深沉的悲劇意識，使作者時時陷入一種莫名的感傷、焦慮、恐懼。這些內容自覺或不自覺地融入到創作中，

〔註42〕參閱劉揚忠《唐宋詞流派史》（福建：福建人民出版社，1999年）頁118。

馮詞便顯現出一種孤寂、惴慄的心境和幽冷哀怨的感傷情調。諸多因素糾結交織在一起，造就了作者創作時複雜的心理因素。然而，其中有四種突出的情感內蘊，轉化於作品藝術境界上，提高了詞之品次。

首先，就「悲劇感」而言：與唐五代其他詞人不同的，馮延巳最突出最集中的一個形象就是悲劇感。悲劇〔註43〕的精神有兩點特色：一是奮鬥掙扎的努力，二是知其不可為而為之的精神。張國儒〈馮延巳詞悲劇意識初探〉中曾言：他是一個以勝利者姿態出現的失敗者〔註44〕。馮詞正是以心理矛盾反映出作者心靈的威力和生命的力量。詞人竭力抒寫離別的哀傷，刻劃心理的矛盾，描摹滿腔的愁怨，凡此種種恰反映了其人生命本性的掙扎，詞的深層表現了一種不悔不辭的進取精神，蘊含著作者對人生的悲嘆，對國家前途黯淡的擔憂，對追求無法實現的痛苦，從中表現出一種悲劇美感，因而使詞的抒情品格得到了提升，拓展了詞的藝術境界，一定程度上超越了花間詞。然而，馮延巳的悲劇性格應視為帶有反省色彩。所謂悲劇意識、悲劇精神，不只是悲劇本身，不只是失敗本身。它必需要有主體意識的覺醒作為前提。因此馮延巳對自己得人生悲劇帶有自審和品味的性質，並非是糊裡糊塗地走向失敗的人。因此可以說馮延巳的詞是由於個人與時代、人生有著某種契機，曲折地反映了時代與作者的悲劇。

次就「孤獨感」而觀：孤獨感可以解讀成，為世人所不容、所不理解而無奈疏離人群，又因為對抗流俗，孤芳自賞所展現出的強者風

〔註43〕亞里斯多德撰，姚一葦譯《詩學箋註》（臺北：中華書局，1966年）頁67、109。亞里斯多德給悲劇下了這樣一個定義：悲劇是對於一個嚴肅、完整、有一定長度的行動的模仿；它的媒介是語言，具有各種悅耳之音，分別在劇的各部份使用；模仿方式是藉人物的動作來表達，而不是採用敘述法；藉引起憐憫與恐懼來使這種情感獲得陶冶。亞氏復指出：「英雄命運之轉變不應由不幸到幸福，反之，應由幸福到不幸。」

〔註44〕見張國儒〈馮延巳詞悲劇意識初探〉（保山師專學報，1994年），

采。然而,馮之孤獨並非根據環境熱鬧與否,或周圍人的多寡來斷定。身爲朝廷重臣的他,固不可能離群索居,因此,馮之心靈的孤獨遠超過身體的孤獨。只有在夜深人靜、四周無人,更常是在酒闌歌罷後,他才能一次次發掘、檢視眞正的自我,只有在這時,他鬱悶煩躁的胸懷才得以盡情釋放,將感情昇華到自由的境界。馮延巳生活在那個時代、那個環境,他的內心、他的情感,甚而整個人生,有那麼一種蹈空的感覺、失落的感覺,因此馮詞中不乏主動或被動的離群獨處的情境和心理。

再從「憂懼感」言之:憂懼感是馮延巳對自身險惡處境的心理反應。馮身爲朝廷重臣,又因君恩致顯,便無可迴避地被捲入到政治鬥爭的漩渦裡。元宗雖偏寵宋齊丘、馮延巳一黨,但對於孫晟、常夢錫、江文蔚一黨的成員卻往往內心讚賞,並委以宰相、翰林學士知制誥等重任。而對馮延魯、陳覺等人在用兵上的失誤則加以貶謫流放,連馮延巳也在所不免。面對政治無常,他只能如履薄冰、小心翼翼地警惕著一切、堤防著一切。這種憂懼感有時表現爲一種多疑、猜忌、悲觀、憂讒畏譏的心理。這種擔憂並不是多餘的,元宗雖然偏寵馮延巳,但從馮延巳備受冷落、失望和擔驚受怕的詞句中,可略知他在激烈黨爭中,仕途升沉不定,怵惕、戒懼的心理。然而,他更常表現的是,對酒當歌情正盛時,突然從心底產生一種深深的憂懼,那是一種由極盛落入極衰的戒懼。

最後從「惆悵感」析之:趙鑫珊指出,惆悵是人類王國裡一種朦朧情緒,它比孤獨、壓抑都要複雜、矛盾。它往往是由兩種方向相反的力,同時作用在一個人身上所產生的一種極微妙的心理效應;它的主要成分是「無可奈何」,更多的則是一種說不清、道不明的思緒在相互撞擊、翻騰、滾動、糾纏。〔註45〕葉嘉瑩也對惆悵有過一番解釋,她說愁悵是什麼?你說它是 sad?是 grief?都不是。

─────────────────────────────

〔註45〕轉引自曹章慶〈論馮延巳的感情境界即其建構方式〉(湛江教育學報第 24 卷第 2 期,2002 年 4 月),

悲哀、憂傷，都不是。惆悵者，是彷彿如同有所追求，彷彿又如同有所失落，是一種精神上沒有依傍的一種落空的感受。〔註46〕以馮延巳一生的經歷來看，雖有挫折，但總體上仕途通達、生活優裕，他的悲愁之詞非為貧窮不遇而發，似乎也很難看做是情愛受阻隔的產物。那麼是否像後人所稱許的，屬於「憂生念亂」的忠愛之作呢？這似乎也難以指實。比較合理的解釋應是：馮延巳雖身居宰相之位，享受榮華富貴生活，但他身處南唐偏安之國，捲入朋黨紛爭之中，遭受內憂外患的壓力，加之性格中特別靈敏善愁的藝術家氣質，因此也就十分敏銳深刻地體驗到世事人生的空虛、悲涼、憂患、感傷的意緒。於是不管他自覺與否，這種情懷和心緒不免都滲透到他的詞作中。這即是詞中時時流露出的「惆悵感」。而惆悵這種微妙的富有詩意的感受，正是馮延巳詞中焦慮情緒的表現。作為一種複合性的情緒結構，焦慮雖然包含著急、掛念、憂愁、緊張、恐懼等情感成分，但「焦慮的核心情緒是恐懼」。仔細尋繹馮延巳的詞作，它往往是以擔憂、恐懼為情緒核心，或明或暗地沿著自身命運和國運時局這兩個方面去發展，去表現的。然而，無論是寫憂傷、寫恐懼，無論是寫孤獨、寫失落，馮詞都極少頹廢消沉的情緒。這是因為他有一種面對悲劇而強自振作、明知不可而努力為之的精神，有一種為某一操守或某一信念而自甘受苦的殉道精神。王國維《人間詞話》：

> 正中詞品，若欲於其詞句中求之，則「和淚試嚴妝」，殆近
> 之歟？〔註47〕

王氏此處所謂詞品，當是指詞的體貌特徵以及藝術風格。馮氏借閨怨以寓悲懷，內心悲苦，淚流滿面，雖美而實哀，透過外貌及梳妝之豔美，來透露內心的深悲巨痛。王國維借馮氏之名句「和淚試嚴妝」，以喻馮詞的總體風格特徵，把馮氏藝術上既不失五代風格，極

〔註46〕參閱葉嘉瑩著《唐宋詞十七講》（台北：桂冠圖書，2002年）頁138。
〔註47〕王國維著，徐調孚校注《校注人間詞話》（臺北：鼎淵文化，2001年）
　　　　頁6。

富審美個性的面貌概括出來。

（二）靈心銳感思致深——晏殊

晏殊的個性，表面上剛峻清儉，這是因爲受身分地位影響矜持的
表現。〔註 48〕其實他個性的風流蘊藉，〔宋〕葉夢得《避暑錄話》卷
上即記載：

> 晏元獻公雖早富貴，而奉養極約。惟喜賓客，未嘗一日不
> 燕飲。而盤饌皆不預辦，客至旋營之。頃有蘇丞相子容嘗
> 在公幕府，見每有嘉客必留，但人設一空案、一杯。既命
> 酒，果實蔬茹漸至。亦必有歌樂相佐，談笑雜出。數行之
> 後，案上已燦然矣。稍闌，即罷遣歌樂，曰：「汝曹呈藝已
> 徧，吾當呈藝。」乃具筆箚，相與賦詩，率以爲常。前輩
> 風流，未之有比也。〔註49〕

其中，記錄了晏殊喜交遊唱和，時辦詩酒之會、風雅好客的個性，賓
友相聚，以文會友，席間唱作又能揮翰立就，這是晏殊文人情性的反
映。同時也提到了「晏元獻公雖早富貴，而奉養極約」。淡泊之心，
若爲貧賤之人所有，則能安然自適，自得其樂；若爲富貴之人所有，
則能舒淡安和，領略富貴的本質與內涵。晏殊自知富貴榮華本是身外
之物，是轉眼即空的世俗事物，因此，他雖身爲富貴之人，卻不沈溺
於奢華糜爛的物質享受，而是在自律簡樸的生活中，追求內在精神的
豐富氣質。

再者，概念中的晏殊爲「太平宰相」爲「富貴詞人」，乃因其一
生的官運與其他文人相較，較爲順遂騰達。然而，在晏殊官居高位
的側面，人生缺憾卻也如影隨形，根據考證，晏殊一生中於生命旅
途以及仕宦生涯也飽嘗了許多無奈與憾恨：首先，根據記載，晏殊
父母早亡、有弟早夭。〔註 50〕次爲，長子早卒再爲，接連喪妻。晏

〔註48〕見蔡茂雄著《珠玉詞研究》（臺北：文津出版社，1975 年）頁 12。
〔註49〕見〔宋〕葉夢得《避暑錄話》卷上，收於《景印文淵閣四庫全書》
冊八六三（臺北：臺灣商務印書館，1983 年），
〔註50〕〔清〕謝旻《江西通志》（臺北：台灣商務印書館，1983 年）記載：

殊的婚姻生活也充滿著不幸。他一生三度婚娶，歐陽脩〈晏公神道碑銘〉稱：「公初娶李氏，工部侍郎虛己之女。次孟氏，屯田員外郎虛舟之女，封鉅鹿郡夫人。次王氏，太師尙書令超之女，封榮國夫人。」〔註51〕，晏殊初娶工部侍郎李虛己之女，後早逝；次娶孟氏，在晏殊三十五歲以後病故；第三位妻子姓王，卒年不詳。據此，晏殊至少經歷兩次喪偶之痛。在遭受青年喪妻、中年失偶的兩次沉重打擊之後，其心理的創傷一定不淺。再加上，第三位王夫人性非和順〔註52〕，可以想像晏殊如何在婚姻和愛情生活中，接連品嚐著舊痛未平而新恨又添的人生苦酒。〔註53〕在生命情感飽嚐無常憾恨外，際遇之無常也襲捲著晏殊：綜觀晏殊一生仕途，總共三次貶官，前後時間約十八年之久，且貶官情形一次比一次嚴重，故晏殊這位「太平宰相」在仕途上受挫的惆悵、悲哀之情，亦與其他貶謫人士無異，同樣遭遇過人生中的風雨摧折，只是這些風雨幸未對他造成殺身之禍而已。黃文吉便以爲：

> 即使官場得意，地位崇高，也難免有心靈的空虛寂寞，尤其對生命的恐懼，對人生短暫的慨嘆，這恐怕人之常情，無關富貴與貧賤吧？〔註54〕

固生三子，元獻與弟穎舉神童，入祕閣，而穎夭。
〔註51〕〔宋〕歐陽脩《歐陽修全集‧晏公神道碑銘》（臺北：河洛出版社，1975年），
〔註52〕〔宋〕楊湜《古今詞話》，收於唐圭璋《詞話叢編》（北京：中華書局，1986年）云：晏元獻公爲京兆辟張先爲通判。新納侍兒，公甚屬意。先字子野，能爲詩詞，公雅重之。每張來，即令侍兒出侑觴，往往歌子野之詞。其後王夫人寢不容，公即出之。一日，子野至，公與之飲。子野作碧牡丹詞，令營妓歌之，有云「望極藍橋，但暮雲千里，幾重山、幾重水」之句。公聞之，憮然曰：「人生行樂耳，何自苦如此。」亟命於宅庫支錢若干，復取前所出侍兒。既來，夫人亦不復誰何也。
〔註53〕其三次喪妻的時間，可參閱張秋芬《珠玉詞的感傷與消解》中的考證。張秋芬：《珠玉詞的感傷與消解》：（彰化師範大學國文研究所碩士論文，2004年）頁14～15。
〔註54〕見黃文吉著《北宋十大詞家研究》（臺北：文史哲出版社，1996年）

學而優則仕，固然是古代文人生命中最重要的目標，然而卻非生命的全部，生命中仍需面對許多人力無法掌控的自然規律，如四季流變、生老病死、盛時難在等，都是人生必須面對的現實，縱使貴爲宰相的晏殊，亦難以避免這些生命中的莫可奈何，因此，當他滿懷愁思的有感而發，也是人性的必然動作。因此，聰敏穎慧、多情善感的晏殊在他看似富貴顯達、平靜順遂，優遊塡詞之際，不免流露出對短暫人生之無奈與憂懼，甚而常產生對神仙長壽的祈求和失望。這也是他的詩作、詞作，於閑雅富麗中，帶著一種淒婉意味的原因。

　　唯晏殊以感傷寫詞，除了是無關貧賤的「人之常情」外，其作品中的哀感，之所以如此細膩深刻，引人共鳴，不得不歸功於他對生命極爲敏銳的感受力與自覺能力，正如葉嘉瑩所說：

> 對於一個眞正具有靈心銳感的詩人，縱使沒有人事上困窮不幸之遭遇的刺激，而當四時節序推移之際，便也自然可以引起內心中一種鮮銳的感動，而寫出富於詩意之感發的優美的詩篇。而晏殊便正是稟賦有此種資質的一位出色的詩人。〔註55〕

而這種詩人獨具的內在特質，馮延巳亦有之，也因此，馮、晏二人的創作每每蓄積了深厚的感傷力量，楊海明對此種內在特質，做過極爲細膩的描述：

> 第一，他們特別喜歡在歡樂的時光去提前感知那種樂極生悲或歡悲相續的痛苦，又經常喜歡在物質生活得到愜意滿足之時向人們展示他們精神生活的空虛和苦惱；第二，他們特別喜歡在美好的事物中「透視」其無法避免的缺憾，又經常喜歡將美好事物之受到破壞作爲其饒有興趣的審美對象來玩味。……他們似乎是自覺地充當了痛苦的受累者或受難者，而將「痛苦的審美化」當作文學創作的主要課

頁 7。
〔註55〕葉嘉瑩著《唐宋詞名家論集》（臺北：正中書局，1990 年）頁 143。

題。〔註56〕

從歡樂時光中感知到曲終人散的空虛，從美好事物中透視出終將衰殘的遺憾，這便是馮延巳與晏殊「富貴人發愁苦語」的內在心理活動，他們自覺地去感受與思索生活中種種無奈與缺憾，並進而融入文學創作，使其作品蒙上了一層感傷色彩。〔註57〕

除此之外，晏殊自眞宗景德初年，以神童推薦而得眞宗賞賜開始，一生便遊走在複雜的官場上，人生經驗因年歲的累積而更形豐富，處世態度亦因生活的歷練而更顯圓融，而其本身識見，亦是不凡。這種成長環境，對其性格的影響不容忽視。王國維曾說：

> 客觀之詩人，不可不多閱世。閱世愈深，則材料愈豐富，愈變化……主觀之詩人不必多閱世。閱世愈淺，則性情愈眞。〔註58〕

晏殊便可說是一位名副其實的客觀詩人，他閱世深廣、體驗深刻、識見卓越，故發爲文字，別有一番哲理意趣。葉嘉瑩於《迦陵論詞叢稿》中則將「純情的詩人」和「理性的詩人」對舉，提出「晏殊乃是一個理性的詩人」〔註59〕她認爲：

> 晏殊獨能將理性之思致，融入抒情之敍寫中，在傷春怨別之情緒內，表現出一種理性之反省與操持，在柔情銳感之中，透露出一種圓融曠達之理性的觀照」〔註60〕。

誠然，晏殊是一位較多理性色彩的詞人，但是僅憑一般的生活理性就能傲到圓融觀照，足以啓發讀者思致並意境深刻嗎？其情與理的契合

〔註56〕參閱楊海明著《唐宋詞美學》（南京：江蘇教育出版社，1998 年）頁74。

〔註57〕參閱姚友惠《馮延巳與晏殊詞比較研究》（彰化師範大學國文研究所碩士論文，2001 年）頁 146。

〔註58〕王國維著，徐調孚校注《校注人間詞話》（臺北：鼎淵出版社，2001 年）頁 9。

〔註59〕葉嘉瑩著《迦陵論詞叢稿‧大晏詞的欣賞》（石家莊：河北人民出版社，1998 年）頁 40。

〔註60〕見葉嘉瑩著《唐宋詞名家論稿‧論晏殊詞》（河北：河北教育出版社，1997 年），頁 56。

點究竟何在？細察晏殊閒雅富貴之餘，始終帶有理性〔註61〕思維與生命探索，蓋「優裕的的物質生活並不能滿足他渴求著探索人生奧秘的心靈，他心靈的觸角常常是其來無端伸向人心的深處——於是一縷輕煙薄霧似的哀愁，就上升到了他的筆頭」〔註62〕。他以冷靜、理性之眼洞察世界，所以比較能夠掙脫情感牢籠，其表達的是深思後的惆悵與感喟，而非怨天恨地的強烈情緒。總之，晏殊在風花雪月、酒宴歌席中雖寫感傷、離別、相思，但卻能以其士大夫身分抒發他對宇宙、人生、生活的感觸與體悟，故能散發文雅有思之韻味。

受時代風氣影響，北宋詞人常用人生的智慧去化解激情，用理性的控持去消解激情，用審美的愉悅去轉化激情。〔註63〕。晏殊的詞，間接受宋詩重理趣的影響「其感情如一面平湖，雖受風吹雨打，縠縐千疊，投石下湖，盤旋百轉，卻無論如何總不能使之失去其含斂靜止，盈盈脈脈的一份風度。」〔註64〕

（三）曠遠豪宕逸興飛——歐陽脩

歐陽脩是宋朝古文運動的領導人，也是西崑詩體的改革者。因之，表現於詩文方面的，大都一本正經的講「載道」、「教化」，然而，他的小詞，其藝術價值之高，並不亞於詩、文。歐公在詞這一方面的成就，應歸功在創作心理方面：人的感情本來便極其複雜，歐之私生活也非全然的道貌岸然，有了「餘興遣賓」為屏障，在情感方面，可以盡褪道學臉孔，拋開傳統束縛，自由自在的抒寫最原始的

〔註61〕葉嘉瑩詮釋詩人之「理性」，不同於一般人出於一己頭腦之思索，詩人之理性只是對情感加以節制，和使情感淨化昇華的一種操持的力量，此種理性乃得之於對人生之體驗與修養。詳參葉嘉瑩《迦陵論詞叢稿·大晏詞的欣賞》（石家莊：河北人民出版社，1998年）頁41。

〔註62〕見程千帆、吳新雷著《兩宋文學史》（高雄：麗文文化事業股份有限公司，1993年）頁111。

〔註63〕轉引自蔚伯象〈北宋詞的悲劇精神及其消解〉（四川師範學院學報哲學社會科學版，2003年7月）。

〔註64〕葉嘉瑩著《迦陵論詞叢稿·大晏詞的欣賞》（石家莊：河北人民出版社，1998年）頁41。

真性情。

　　首先，羅泌云：「公性至剛，而與物有情」〔註65〕，一語道盡了他的性情特質所在，也說明他一生行事為人的主要風格。歐公性格剛勁耿直，遇事義無反顧，屢犯眾怒，致使際遇多變，然卻能不憂不懼，以道自適，即復振起，亦一本初衷，志氣自若。他氣度寬宏，提攜後進，不遺餘力。在生活中亦念舊多感，珍惜情義。這皆出於他坦誠無所矜飾，內外洞澈的心靈本質。如此耿直的人格特質，對詞篇內容與風格亦產生了豐富多樣性之作用。

　　其次，歐陽脩四歲喪父，清寒的生活環境，使他對群眾的疾苦有較多的了解和同情，歐陽脩深沉濃郁的憂患意識，來源於博大深厚的愛心。愛國、愛民、愛人以及愛物，是他對世間一切美好的賞愛之情。當他身處逆境，在政治上失意之時，他奮力撥開政治黑暗的層層雲霧，發現令人陶醉地山川景物之美，和純真樸實的人情風俗之美。他珍愛他們，移情於其間，以排遣內心的苦悶。在他娛賓遣興小詞裡，有纏綿悱惻的相思情感，有傷春悲秋的人生感概，也有清新明麗的風土人情。因而，他的詞時而表現深致沉郁，時而疏放清曠、從容不迫。〔註66〕他是真正懂得欣賞大自然美好的人，他的二十四首《漁家傲》，為寫一年十二個月的景色節物之美，就是這顆關心世界萬物的心，幫助他從一次次的憂患苦難、挫折打擊中屢仆屢起。

　　再次，歐陽脩從政後飽受官場傾軋，宦海浮沉之苦。歐公卻能力圖在苦中作樂、在悲中求超脫，一次次奮起振作。景祐三年（1036），歐公首貶峽州夷陵（湖北宜昌）縣令，跋涉窮山惡水到偏僻的小縣為令時，心中雖不免覺得仕途崎嶇顛沛，卻言「每見前世有名人，當論事時，感激不避誅死。真若知義者，及到貶所，則感

〔註65〕〔宋〕歐陽脩《歐陽脩全集·歐陽文忠公近體樂府跋》（臺北：河洛出版社，1975年）。
〔註66〕參閱黃信德〈論歐陽脩在詞史上的承前啓後作用〉（青海民族學院學報社會科學版第二期，1996年），

感怨嗟，有不堪之窮愁，形於文字。其心歡戚，無異庸人，雖韓文公不免此累，用此戒安道，慎勿作戚戚之文」〔註67〕這樣豁達的言語，足見他義之所在、不計利害的鮮明個性，在逆境中處之泰然的作風。這充分表現出他生命的韌性，同時也是他樂易平實性情的自然流露。

最後，歐公的人生打擊總是非常不堪，政敵每每對他的私生活造謠，面對這樣的打擊和屈辱，歐公的處理方式卻是保持一種遣玩的意興。歐公在勤理州務之暇，便徜徉山水，飲酒消憂，與草木花鳥為朋。慶曆六年夏，建「豐樂亭」，作文記之，寄寓並警醒州民珍惜太平歲月的深意，於亭之東，又築「醒心亭」，以供遊憩。他也常到州內琅琊山遊賞，並為當地寺僧智仙所造亭子命名曰「醉翁亭」，以〈醉翁亭記〉一篇，表達貶謫期間亦欣亦慨的複雜心境。如果說，晏殊是用他的反省、他的節制，用他理性的思索從憂患苦難中掙扎出來，那麼歐陽脩則是通過一種排遣與觀賞的態度，使自己從憂患苦難中掙扎出來。人生自其可悲之處觀之，很多事情都是可悲的，若自其可樂之處觀之，世間卻也存在著不少可樂的之事。歐公在苦難之中，尋找一些可樂的東西加以玩賞，從而把苦難排遣出去，這是歐公在苦難之中自處的方法。而他的這些修養、懷抱、胸襟、品格，就蘊藏在他纏綿愛情的小詞裡。〔註68〕

文學與個人的真實情感品質密切相關，對詞來說尤其如此。「詞之為體，要眇宜修」〔註69〕也就是說，詞最善於描寫一個人心底最幽微細致的情思，著重的是內心世界的挖掘。與其他文體相比，或者詞反映現實的廣度不夠開闊，但表現心靈的深度與真實性則勿庸

〔註67〕〔宋〕歐陽脩《歐陽脩全集·與伊師魯書》（臺北：河洛出版社，1975年）。

〔註68〕參閱葉嘉瑩著《古典詩詞講演集·從『三種境界』與接受美學談晏歐詞欣賞》（河北：河北教育出版社，1997年）頁162。

〔註69〕王國維著，徐調孚校注《校注人間詞話》（臺北：鼎淵文化，2001年）頁43。

置疑。深情、執著是中國古代有良心的士大夫知識分子共有的一種特徵，一種情結，是對現實生活的無比熱愛與眷戀，是對國計民生的深切關切，對生命本源、價值的終極關懷和積極思索，凝聚在心中形成的一種難以排解的情結。歡樂也好，痛苦也好，矛盾也好，困惑也好，仍然對世間的一切充滿著深情的眷念，知其不可為也要去為之，知其不可愛也要去愛之。〔註70〕唐宋詞人逐漸走向感傷一路，或許是文人背負著時代與國家的動盪，或許是文人努力朝著抒情性的深度挖掘，也或許是愁苦比歡樂更能激盪出人心的感發力量，不論真正原因為何，大抵說來，唐宋詞章中的內容，多遊移在低靡不振的情緒裡，正如楊海明所說：

> 不外是傷春悲秋、離愁別緒，國仇家恨、世途艱難，英雄
> 老去、報國無門，以及韶華難駐、盛時不再，總之，都是
> 一些令人感慨唏噓、掩卷憮然的憂傷事情。〔註71〕

馮延巳與晏殊及歐陽脩三家詞的相同之處，便是他們都能掌握運用詞體的要眇宜修之特質，而且都在無意中結合了自己的學養與襟抱，為詞體創造出一種深隱幽微而含蘊豐美之意境。至於其相異之處，則是由於此三位作者各有其心靈與性格之不同的特質，因此雖在相似的風格中，但又各自表現出了不同的面貌。

二、藝術表現手法之不同

（一）逢秋心緒的意象選擇

意象是構成詩歌意境的具體單位，經過審美選擇的意象，叫審美意象。詞中意象即是經過詞人審美選擇，融入了主觀情意的客觀景象或物象。人對事物的印象，受觀察者心理狀態制約。往往是通過主體心理結構的加工。首先，某種觀念一旦掌握人的頭腦，化為自覺的信念和人生的追求，就會從對外物的觀照上鮮明地體現出

〔註70〕參閱陳明〈馮延巳對詞的抒情模式的建構及其影響〉（西南師範大學學報人文社會科學版第26卷第3期，2005年5月），
〔註71〕見楊海明著《唐宋詞史》（高雄：麗文文化，1996年）頁11。

來，制約著意象選擇。其次，既有的美感經驗和形象貯存，在意象選擇中，常常起著引爆作用。作家平時捕捉和積累的生活形象，有些暫時用不上，時而沉睡、時而躁動於作家的意識之中。一旦現實事件與貯存兩者碰撞，閃射出奪目的形象火花，頃刻之間就會幻化出美妙動人的意象。故詞中的審美意象，如斷雲、殘月、微雨、斜風，是詩人對自己審美情感相契合的對象的選擇和加工。〔註72〕因此可知，作者所慣用意象所具有的情感內蘊與詞人的情感是一致的。以此角度，試舉詞人詠秋詞作中慣用的意象選擇〔註73〕做進一步闡述：

1、隔絕的意象

（1）簾　幕

馮延巳詞中十分喜歡用「簾幕」這一意象。重重簾幕遮蓋的是那無法訴說的苦悶與孤獨。如：

> 西風半夜 簾櫳 冷，遠夢初歸。夢過金扉，花謝窗前夜合枝。〈採桑子〉
>
> 寒蟬欲報三秋候，寂靜幽居。葉落閒階，月透 簾櫳 遠夢回。〈採桑子〉
>
> 簾 捲曲房誰共醉，憔悴，惆悵秦樓彈粉淚。〈南鄉子〉
>
> 搴 羅幕，憑朱閣，不獨堪悲寥落。〈更漏子〉
>
> 簾幕 裡，青苔地，誰信閒愁如醉。〈更漏子〉
>
> 霜積秋山萬樹紅，倚巖樓上掛 朱櫳。〈拋球樂〉
>
> 畫堂昨夜西風過，簾 時拂朱門鎖。驚夢不成雲，雙蛾枕上

〔註72〕參閱李若鶯《唐宋詞欣賞架構研究》（國立高雄師範大學國文研究所博士論文，1995年）頁300～301。

〔註73〕這些客觀景象、物象在各作品中形成意象，實不可以截然劃分，因為這些景象、物象通常在一篇中是彼此互相交織呈現。然而，為了說明上的方便，以下仍將分項討論，並舉詞作以證之。將這些景象、物象在各篇章中的詞句引出，以見其分佈情形，以期掌握詞人選取該意象所要呈現的具體情感。

鞏。〈菩薩蠻〉

　　羅幃中夜起，霜月清如水。玉露不成圓，寶箏悲斷弦。〈菩薩蠻〉

用簾幕的沉重、低垂，來表現與外在世界的隔絕，同時也是孤寂心靈的不被瞭解。

（2）煙　霧

　　煙鎖重樓，是無限心事的層疊，如煙似霧，盤繞於心，令人無從擺脫。在雨霽初晴時，純寫煙霧之景，顯得別有一番風情，但馮詞中煙霧描寫，似乎與風雨的連結頗多，風雨中抑鬱難遣的氛圍，溢乎紙上。如馮延巳：

　　白雲天遠重重恨，黃葉煙深淅淅風。〈拋毬樂〉

　　一鉤冷霧懸朱箔，滿面西風憑玉闌。〈拋毬樂〉

　　池塘水冷鴛鴦起，簾幕煙寒翡翠來。〈拋毬樂〉

　　梧桐落，蓼花秋。煙初冷，雨才收。〈芳草渡〉

（3）夢

　　「夢」作為詞中情感爆發宣洩的觸媒，是因夢感懷，詞人較少呈現具體而清晰的夢境，多直接跳至詞人因夢醒後，處於現實感受的心理現象。在時空設計上是「單一」定止，情感變化的安排上則是起伏轉換。〔註74〕如馮延巳：

　　舊恨年年秋不管，朦朧如夢空腸斷。〈鵲踏枝〉

　　夜夜夢魂休謾語，已知前事無尋處。〈鵲踏枝〉

　　西風半夜簾櫳冷，遠夢初歸。夢過金扉，花謝窗前夜合枝。
　　〈採桑子〉

　　寒蟬欲報三秋候，寂靜幽居。葉落閒階，月透簾櫳遠夢回。
　　〈採桑子〉

〔註74〕王迺貴《唐五代詞「夢」運用現象研究》（輔仁大學中文系碩士論文，
　　　　1996 年）頁 134。

庭樹霜洞，一夜愁人窗下睡。蕭幃風，蘭燭焰，[夢]遙遙。
〈酒泉子〉

[夢]斷禁城鐘鼓，淚滴枕檀無數，一點凝紅和薄霧，翠娥愁
不語。〈謁金門〉

山如黛，月如鉤。笙歌散，魂[夢]斷，倚高樓。〈芳草渡〉

消息遠，[夢]魂狂，酒醒空斷腸。〈更漏子〉

夜初長，人近別，[夢]斷一窗殘月。〈更漏子〉

畫堂昨夜西風過，簾時拂朱門鎖。驚[夢]不成雲，雙蛾枕上
顰。〈菩薩蠻〉

回廊遠砌生秋草，[夢]魂千里青門道。鸚鵡怨長更，碧籠金
鎖橫。〈菩薩蠻〉

蘭閨人在否。千里重樓暮。翠被已消香。[夢]隨塞漏長。〈菩
薩蠻〉

好夢驚殘，藉「夢」觸動詞中人物的時間意識，與現實環境已改的
感傷，就如「舊恨年年秋不管。朦朧如夢空腸斷」，突然醒覺夢滅一
般。

（4）寒

以「寒」來表現膚覺，這種冷覺可以是深夜不寐的清冷，可以
是形單影隻的孤寒，也可以是一種阻絕、隔絕的感覺。四面寒冷的
包圍，是馮詞中常表現的感情。廣泛表現在自然之物、人、室內器
物上。在詞句中，被冠以「寒」字，如馮延巳：

[寒山]碧，江上何人吹玉笛，扁舟遠送瀟湘客。〈歸自謠〉

一鉤冷霧懸珠箔，滿面西風憑玉闌。歸去須沉醉，小院新
池月乍寒。〈拋球樂〉

池塘水冷鴛鴦起，簾幕[煙寒]翡翠來。〈拋球樂〉

[曉風寒]不害，獨立成憔悴。閒愁渾未已。〈醉花間〉

[風帶寒]，秋正好，蕙蘭無端先老。雲杳杳，樹依依，離人
殊未歸。〈更漏子〉

夜初長，人近別，夢斷一窗殘月。鸚鵡睡，蟋蛄鳴，西風
寒未成。〈更漏子〉

自然景物的「寒山」、「寒月」、「寒煙」等，著重寫拂曉或夜色之寒。
如：

當時心事偷相許，宴罷蘭堂腸斷處。挑銀燈，扃珠戶，被
微寒值秋雨。〈應天長〉

雁孤飛，人獨坐，看卻一秋空過。瑤草短，菊花殘，蕭條
漸向寒。〈更漏子〉

在人物方面，如：「挑銀燈，扃珠戶，被微寒值秋雨」「雁孤飛，人獨
坐，看卻一秋空過。瑤草短，菊花殘，蕭條漸向寒。」表現一人孤寂
之寒涼。

花外寒雞天欲曙，香印成灰，起坐渾無緒。〈鵲踏枝〉

昭陽殿裏新翻曲，未有人知。偷取笙吹，驚覺寒蟲到曉啼。
〈採桑子〉

寒蟬欲報三秋候，寂靜幽居。葉落閑階，月透簾櫳遠夢回。
〈採桑子〉

在動物方面，無情之動物都感受到氣溫的寒度，更何況心靈敏銳的人
心感受到的怎僅僅只是外在溫度上的寒冷，內心的淒涼自是不言而
喻。

玉爐香，紅蠟淚，偏照畫堂秋思。眉翠薄，鬢雲殘，夜長
衾枕寒。〈更漏子〉

坐對高樓千萬山，雁飛秋色滿欄杆。燒殘紅燭暮雲合，飄
盡碧梧金井寒。〈拋球樂〉

在室內器物上，如：「寒燈」「寒窗」「寒漏」等，寫出了孤獨等待之
情。楊海明說道：「馮延巳的詞是偏於冷的。」〔註75〕而且他特別喜
歡用「寒」字，使物象染上寒冷的色彩，即使有些詞不用「寒」字，
也同樣有令人淒寒入骨的的感受，如：

〔註75〕楊海明：《唐宋詞史》（高雄：麗文出版社，1996年）頁149。

西風半夜簾櫳冷，遠夢初歸〈採桑子〉

梧桐落，蓼花秋。煙初冷，雨才收，蕭條風物正堪愁。〈芳草渡〉

和晏殊秋詞中溫度相比：

樂秋天。晚荷花綴露珠圓。風日好，數行新雁貼$\boxed{寒}$煙。〈拂霓裳〉

檻菊愁煙蘭泣露。羅幕輕$\boxed{寒}$，燕子雙飛去。〈鵲踏枝〉

人散後，月明中。夜$\boxed{寒}$濃。謝娘愁臥，潘令閒眠，心事無窮。〈訴衷情〉

紫薇朱槿花殘，斜陽卻照闌幹。燕欲歸時節，銀屏昨夜微$\boxed{寒}$。〈清平樂〉

金蕊綻、粉紅如滴。向蘭堂、莫厭重深，免清夜、微$\boxed{寒}$漸逼。〈睿恩新〉

綠樹鶯聲老。金井生秋早。不$\boxed{寒}$不暖，裁衣按曲，天時正好。〈連理枝〉

晏殊秋詞中溫度是「輕寒」、「不寒不暖」，這樣的溫度不似馮詞中的淒涼陰鬱，這是秋天本然的溫度，彷彿是詞中主角的心情，沒有狂悲狂喜，沒有激聲烈響，只有淡淡的哀愁。至於歐陽脩秋詞中「寒」的意象為：

對酒當歌勞客勸。惜花只惜年華晚。$\boxed{寒}$豔冷香秋不管。情眷眷。憑欄盡日愁無限。思抱芳期隨$\boxed{寒}$雁。悔無深意傳雙燕。悵望一枝難寄遠。人不見。樓頭望斷相思眼。〈漁家傲〉

一寸相思無著處。甚夜長難度。燈花前、幾轉$\boxed{寒}$更，桐葉上、數聲秋雨。〈錦香囊〉

雲母屏低，流蘇帳小。矮床薄被秋將曉。乍涼天氣未$\boxed{寒}$時，平明窗外聞啼鳥。〈踏莎行〉

日腳清$\boxed{寒}$高下照。寶釘密綴圓斜小。落葉西園風嫋嫋。催秋老。叢邊莫厭金尊倒。〈漁家傲〉

曉日陰陰晴未定。授衣時節輕$\boxed{寒}$嫩。新雁一聲風又勁。雲

欲凝。雁來應有吾鄉信。〈漁家傲〉

日腳沉紅天色暮。青涼傘上微微雨。早是水 寒 無宿處。須
回步，枉教雨裡分飛去。〈漁家傲〉

寒 輕貼體風頭 冷 ，忍拋棄、向秋光。不會深心，爲誰惆悵，
回面恨斜陽。〈少年遊〉

漸素景。金風勁。早是淒涼孤 冷 。那堪聞、蛩吟穿金井。
喚愁緒難整。〈品令〉

第一句中「寒豔冷香」指的是秋菊，以寒、冷來泛指花的清香和
素雅。頗爲特別。然而，歐詞中的「寒」、「冷」較多是一種情感上的
失落而引起的感受，是外在生理溫度與心理情感溫度的結合。

（5）雨

雨，作爲自然界的陰晴變化現象之一，與人類的生活息息相關。
而作爲生活表象自然界的雨，一旦進入文學領域，便具有了深邃的思
想蘊意和雋永的審美意味，從而拓展出一個廣闊遼遠而又厚重深沉的
審美想像空間。

馮延巳詞中喜歡用雨喻愁，或用雨襯托愁情，雨所具有的情感內
蘊與詞人的情感是一致的。雨在馮延巳詠秋詞二十二首之中出現四
次。試析欲傳達的情感有二：一爲，雨的阻隔、斷絕，常伴隨著詞人
的孤寂，呈現出孤寂隔絕的意象。如：

細 雨 泣秋風。金鳳花殘滿地紅。閑蹙黛眉慵不語。情緒。
寂寞相思知幾許。〈南鄉子〉

當時心事偷相許。宴罷蘭堂腸斷處。挑銀燈，扃珠戶。繡
被微寒值秋 雨 。〈應天長〉

梧桐落，蓼花秋。煙初冷，雨 才收，蕭條風物正堪愁。〈芳
草渡〉

二爲，冷雨蕭蕭結合了詞人的悽涼漂泊之感。如：

秋入蠻蕉風半裂。狼籍池塘，雨 打疏荷折。……歷歷前歡
無說處。關山何日休離別。〈鵲踏枝〉

「風雨蕭蕭」一詞早出自《詩經》〈鄭風・風雨〉。「蕭蕭」意味著寒冷與淒涼，而詩人筆下雨的冷暖常常不是溫度意義上外在的感覺，而是內在情感的抑鬱與悲涼、矛盾與痛苦。尤其雨意愈是淒涼，詞人愈是漂泊，背景愈是蕭索，反映詞人的漂泊之情就愈深刻、愈細緻，從而形成作品的張力。〔註76〕

雨的不同特徵在詞作中形成不同的意境，而不同的結構模式所表現出的生命情調又有所不同。馮延巳詠秋詞中的雨是晦暗的，詞句中的雨，都使詞的意境籠罩在昏昧不明的狀態裡。由此可知意境結構與創作者的心理結構有著密切關聯。再看晏殊詠秋詞中的雨：

> 秋光向晚，小閣初開宴。林葉殷紅猶未遍。雨後青苔滿院
> 〈清平樂〉

> 嫩綠堪裁紅欲綻。蜻蜓點水魚遊畔。一霎雨聲香四散。風颭亂。高低掩映千千萬。〈漁家傲〉

> 荷花欲綻金蓮子，半落紅衣。晚雨微微。待得空梁宿燕歸。
> 〈採桑子〉

> 別來音信千里，恨此情難寄。碧紗秋月，梧桐夜雨，幾回無寐。〈撼庭秋〉

> 池上夕陽籠碧樹，池中短棹驚微雨。水泛落英何處去。人不語，東流到了無停住。〈漁家傲〉

> 日腳沉紅天色暮。青涼傘上微微雨。早是水寒無宿處。須回步，枉教雨裡分飛去。〈漁家傲〉

晏殊詞中的雨，屬於單純的自然景物，所烘托營造出的是較為清麗的詞境。如雨後的青苔滿院、林葉殷紅的，所呈現的是亮麗、明快的豔麗秋景。即使有愁欲借此發抒，也以「晚雨微微」、「微雨」，格調較為閒雅。即使深細的愁感，晏殊寫來也從容淡雅。

再者，細察歐陽脩詠秋詞中的雨，歐之秋詞有四十二首，其中有

〔註76〕參閱楊蕊菁《南唐詞的審美觀照》（國立臺灣師範大學國文在職進修碩士論文，2005年）頁57。

雨的意象者有十三首，所佔比例不少：

> 珠簾卷，暮雲愁。垂楊暗鎖青樓。煙雨濛濛如畫，輕風吹旋收。〈聖無憂〉

> 負雲期雨信。終日望伊來，無憑准。悶損我、也不定。〈品令〉

> 一寸相思無著處。甚夜長難度。燈花前、幾轉寒更，桐葉上、數聲秋雨。〈錦香囊〉

> 荷葉田田青照水。孤舟挽在花陰底。昨夜蕭蕭疏雨墜。愁不寐。朝來又覺西風起。雨擺風搖金蕊碎。合歡枝上香房翠。蓮子與人長廝類。無好意，年年苦在中心裡。〈漁家傲〉

秋雨梧桐葉落時的凄凄慘慘戚戚，最容易觸動詞人懷人的敏感神經，字裡行間流露出秋風秋雨帶來的幾許悲涼。雨作為詞人愁緒的載體，雨意愈是凄涼，愈能反映出詩人內心的愁苦。詞人借雨之迷茫、迷濛、迷離的朦朧之美，傾訴纏綿的相思。構成女子閨思抒情的背景。再看：

> 萬葉敲聲涼乍到。百蟲啼晚煙如掃。箭漏初長天杳杳。人語悄。那堪夜雨催清曉。〈漁家傲〉

夜雨多以聽覺形象出現，滴滴答答的聲響，更使心事重重輾轉反側的人難以入眠直到清曉。再如歐陽脩的七夕詞：

> 烏鵲橋邊新雨霽。長河清水冰無地。此夕有人千裏外。經年歲。猶嗟不及牽牛會。〈漁家傲〉

牛郎織女七夕相逢，有「新歡」，久別重逢的歡愉；也有「往恨」，睽隔一年的辛酸，需要相互傾訴。既是相聚的感動之淚，亦是又將離別的不捨之淚。

歐詞中的雨也有纖柔輕婉的形象，所烘托的情境是輕靈悠遠、平緩舒徐的：

> 為愛蓮房都一柄，雙苞雙蕊雙紅影。雨勢斷來風色定，秋水靜，仙郎彩女臨鸞鏡。〈漁家傲〉

> 願妾身為紅菡萏。年年生在秋江上。重願郎為花底浪。無

隔障。隨風逐 雨 長來往。〈漁家傲〉

雨 後斜陽，細細風來細細香。風定波平花映水，休藏。照
出輕盈半面妝。〈南鄉子〉

肉紅圓樣淺心黃。枝上巧如裝。雨 輕煙重，無憀天氣，啼
破曉來妝。〈少年遊〉

2、留戀追憶的意象

（1）前事、前歡

　　馮延巳詞中常出現「前事」、「前歡」此意象，主人公一提及「前
歡」、「舊歡」、「當年」就不禁悲從中來，痛苦萬分。舊歡與主人公是
何種關係，主人公何以如此悲哀，皆隱去不言，及大大增加了詞章的
模糊性。我們已難以辨析詞中的具體內容，獨見其迷離惝恍的意境、
淒愴悲涼的情懷。試看：

南　　回首西南看晚月。孤雁來時。塞管聲嗚咽。歷歷 前歡 無處
說。關山何日休離別。〈鵲踏枝〉

　　階下寒聲啼絡緯。庭樹金風，悄悄重門閉。可惜 舊歡 攜手
地。思量一夕成憔悴。〈鵲踏枝〉

這首詞借助「枕簟微涼」、「月華如練」，「天庭如水」、「絡緯悲吟」
等一系列秋夜特徵性的細節描寫、著意遣染蕭條淒涼的環境氣氛。
以景托情，次第展現獨守空閨的思婦借酒澆愁，徹夜無寐，惦念舊
歡，不堪回首，寂寞難耐而又無可告訴的傷痛。回環往復，情致纏
綿深致。往日相聚時的歡樂情景猶歷歷在目，而今關山遠隔。韶光
易逝，不堪回首之慨油然而生。哀傷無告之餘，只能以「休離別」
三字作結，回應上片「愁腸學盡丁香結」，賦予「愁腸」固結以可感
可觸的餘味，耐人尋繹。

　　以下尚有多首利用此一意象表達的情感：

　　霜落小園瑤草短，瘦葉和風，惆悵芳時換。舊恨 年年秋不
管，朦朧如夢空腸斷。〈鵲踏枝〉

　　獨立荒池斜日岸，牆外遙山，隱隱連天漢。忽憶 當年 歌舞

伴，晚來雙臉啼痕滿。〈鵲踏枝〉

屏上羅衣閑繡縷，一晌關情，憶遍江南路，夜夜夢魂休謾語，已知 前事 無尋處。〈採桑子〉

昭陽 舊恨 依前在，休說 當時。玉笛才吹，滿袖猩猩血又垂。〈採桑子〉

當時 心事偷相許，宴罷蘭堂腸斷處。挑銀燈，扃珠戶，被微寒值秋雨。馮延巳〈應天長〉

高樓何處連宵宴，塞管吹幽怨。一聲已斷別離心， 舊歡 拋棄杳難尋，恨沈沈。馮延巳〈虞美人〉

歡娛地，思 前事，歌罷不勝沈醉。消息遠，夢魂狂，酒醒空斷腸馮延巳〈更漏子〉

紅蠟燭，半棋局，床上畫屏山綠。搴繡幌，倚瑤琴， 前歡 淚滿襟。馮延巳〈更漏子〉

在不斷追憶前事、前歡中，馮延巳還是那個春風得意的少年郎，是個黠智、以文稱雅、名動烈祖的才士，是那侍讀元宗，君臣相和的元帥府書記，歷歷前事中充滿單純的快樂和滿足。相較於現處政治鬥爭勾心鬥角、排除異己的計謀和手段之下，身處高位的他，深陷於高處不勝寒的膽顫心驚。越是游離於自我的迷失與往事的追憶中，馮延巳越發感覺到現實的逼迫。時間的向前性及思維的停滯性、回溯性，使其焦慮和無奈更加突兀地呈現出來。寄身於觥籌交錯、笙歌歡舞中，享受到的是暫時迷醉和狂歡，隨之而來的便是寒徹入骨的寂寞和無可名狀的空虛。

　　元宗對馮延巳的偏寵是明顯，他任相期間，先後失福州及湘湖地，元中僅象徵性地暫爲罷相。伐閩一役，馮延巳關係甚大，朝論嘩然，他極力求去，元宗亦待之如初。馮延巳在不幸和挫折中所能仰望和依靠的只能是元宗的恩寵，這種恩寵是建立在昔日的遊處之上。依此馮詞中常常出現的「前事」、「前歡」、「舊歡」，或許也可視作：深深恐懼元宗對他的失望以致遺棄，而以一種較爲弱勢地姿態表達出對

元宗舊恩患得患失的心情。

3、人生選擇的意象

（1）酒

詞之初起在賓主酬唱的席筵間，因此它本與酒有不解之緣，時代風氣影響，文士宴飲之風極盛，酒常出現在文人筆下也就不足為奇，然而相同的事物在不同的觀照下會呈現出不同的風格意味。

飲酒、求醉是馮詞中常見的行為表現，然而多是帶著借酒澆愁愁更愁的抑鬱心情，如：

> 玉枕擁孤衾，把恨還同歲月深。簾捲曲房誰共醉，憔悴，惆悵秦樓彈粉淚。〈南鄉子〉

> 盡日登高興未殘，紅樓人散獨盤桓。一鉤冷霧懸珠箔，滿面西風憑玉闌。歸去須沉醉，小院新池月乍寒。〈拋球樂〉

在面對殘酷現實時，既然無力改變，只好借著酒精暫時逃遁。明知酒醉無法解去心中千千結，但起碼仍多少能暫時麻痺人心。然而當酒醒時分，意識再度清醒，面對的仍舊是毫無改變的現實，那麼再次襲上心頭的酸楚悲涼，則是更令人無法承受。如：

> 蕭索清秋珠淚墜。枕簟微涼，展轉渾無寐。殘酒欲醒中夜起，月明如練天如水。〈鵲踏枝〉

> 歡娛地，思前事，歌罷不勝沈醉。消息遠，夢魂狂，酒醒空斷腸。〈更漏子〉

在兩性互滲中，作者往往是借酒抒懷、強化自己的個性特徵。以便抒洩心頭悲怨惆悵的情感。強作自我寬慰之際，以酒化怨，以歡樂作結，無限悲酸即溢於言外，可使詞情怨而不怒，哀而不傷，更顯纏綿情深。飲酒進而勸酒，往往起到催化和宣洩情緒的作用。然而其中僅有少數作品是以酒帶出瀟灑的心境，即使這種灑脫必須靠酒來支持。再看：

> 年少王孫有俊才，登高歡醉夜忘回。歌闌賞盡珊瑚樹，情厚重斟琥珀杯。但願千千歲，金菊年年秋解開。〈拋球樂〉

莫怨登高 白玉杯 ，茉萸微綻菊花開。池塘水冷鴛鴦起，簾
幕煙寒翡翠來。重待燒紅蠋，留取笙歌莫放回。〈拋球樂〉

重陽為傳統的佳節。登高游宴，蔚然成風。達官貴人開懷暢飲，盡情
享樂，此為適應歌者倚絲竹而歌的需要而寫。

　　而在晏殊秋詞中的酒意象，雖也有如同馮詞單藉酒傳達哀怨情續
者，然而對晏殊而言，「酒」與「醉」並非總是讓人墜入更頹喪的情
緒深淵。試看晏殊一生，官場得意，位居宰輔，人臣之貴已極，古代
讀書人所追求東西，他都得到了。但得意之餘，也有遺憾和不滿足，
是：時光之流逝、人生之有限和親朋之別離。這對任何人，不管他是
官僚還是平民、富人還是窮人都是一樣的，即使作為高官顯貴的他也
必須面對這些逃遁不了的殘酷現實，做出自己人生的選擇。於是他選
擇了「及時一杯酒」選擇了「得意時須盡歡」。「酒」是晏殊人生選擇
的形象化表現。晏殊詞作裡，直接寫到酒，包括明顯地以酒杯代酒，
或言醉酒的作品，有七十九首之多，而詠秋詞中比例則為，四十九首
中有三十三首提到酒。因為數量之多，以下則試將這三十三首提到酒
的詠秋詞作作四類析之。首先為，賓客宴飲之作：

座有嘉賓尊有桂。莫辭終夕醉。〈謁金門〉

美 酒 一杯新熟，高歌數闋堪聽。不向尊前同一 醉 。〈破陣子〉

須盡 醉 ，莫推辭。人生多別離。〈更漏子〉

新 酒 熟，綺筵開。不辭紅玉杯。〈更漏子〉

蕭娘勸我金卮。殷勤更唱新詞。暮去朝來即老，人生不飲
何為。〈清平樂〉

勸君莫作獨醒人，爛 醉 花間應有數。〈木蘭花〉

四坐清歡，莫放金杯淺。〈蝶戀花〉

惜清歡。又何妨、沈 醉 玉樽前。〈拂霓裳〉

仙 酒 斟雲液，仙歌轉繞樑虹。此時佳會慶相逢。慶相逢，
歡 醉 且從容。〈望仙門〉

為別莫辭金盞 酒 ，入朝須近玉爐煙。不知重會是何年？〈浣

溪紗〉

面對時光流逝，人生必須向前行進的趨勢是將老要朽，而人力能如
何？既然無可奈何，姑且「莫辭終夕醉」。然而，眾賓一堂賞花飲酒、
聽歌看舞。應該是一種歡樂、融洽的氣氛，而詞人卻未因此而忽略
西風微涼，秋寒時節裡，隱隱寄寓的複雜人生感觸。而究竟是什麼
往事牽動了他怎樣的情思？晏殊總是引起感歎，旋即又「不辭紅玉
杯」，逃遁到醉鄉。也許是歡聚的場合不適合論說那麼多、感慨那麼
多，但反過來說，即使在宴飲一片和氣、喜氣洋洋中，他也止不住
情思、忍不住感歎，可見其內心感觸之深沉。痛快飲宴能補足一切
難以言說的感覺，在這些詞作裡，「酒是他暫時忘記現實煩惱的麻醉
劑。是使他難得糊塗的靈丹妙藥」。〔註77〕庭台佳會之外，以酒餞行
的別宴之作也是詞唱中的重要內容。這是他以酒消融離愁別恨的一
種人生選擇。其次為，自斟自飲之思：

> 燕子欲歸時節，高樓昨夜西風。求得人間成小會，試把 金尊 傍菊叢。〈破陣子〉

> 憶得去年今日，黃花已滿東籬。曾與玉人臨小檻，共折香英泛 酒巵。〈破陣子〉

> 月好謾成孤枕夢，酒闌空得兩眉愁。此時情緒悔風流。〈浣溪紗〉

> 酒闌人散忡忡。閒階獨倚梧桐。記得去年今日，依前黃葉西風。〈清平樂〉

> 時光只解催人老，不信多情。長恨離亭，淚滴春衫 酒易醒。〈採桑子〉

> 金風細細，葉葉梧桐墜。綠 酒初嘗人易 醉，一枕小窗濃睡。〈清平樂〉

酒誠為今昔所共，然往往是人已去；顏已老；情已非。在醉酒的朦

〔註77〕參閱張春柳〈『一曲新詞酒一杯』隱忍之情誰人知——從『酒』的角
度解讀《珠玉詞》〉（職大學報第一期，2003 年）。

朧裡，詞人細膩地捕捉秋日寧靜的美麗，散發出一種雋永的意味。
在這類詞作反映的世界裡，酒伴隨者詞人的生活，年復一年的庭台
看花時；曾經的溫馨記憶中；或是如今的孤單寂寞。這類不是賓宴
的社交場合，而是晏殊一個人面對自我內心的某一刻感受，在這些
自吟、自唱，創作狀態最爲自我的作品裡，酒充溢了晏殊的日常起
居，他似乎手裡總是端著一杯酒，即使獨自一人的時候也如此。「酒
伴隨著晏殊理性的思致，是引發這種情緒的觸媒，也成了他體味世
情的催化劑。」〔註78〕再次爲，醉後酒醒之態：

> 宿酒醒來，不記歸時節。多少衷腸猶未說。朱簾一夜朦朧
> 月。〈蝶戀花〉

酒可以佐歌舞、娛賓客。但它卻不可能浸泡詞人的整個生活。酒終
究要醒，人還是得現實地生活，而醉中的幻境和生活裏無奈的現實
之間形成了太大的落差，使人再次面對現實時，似乎都有一種現狀
竟如此淒涼的驚駭，然而，就是這種驚駭感撞擊出詞人心靈的火花，
產生了最淒美的作品。酒醒後的孤寒之感和悲苦之思昭示了詞人無
力擺脫的現實，這時酒似乎是對詞人欲試圖忘卻現實煩惱之舉的嘲
諷。最後則爲，歌舞祝壽之飲。如：

> 家人拜上千春壽，深意滿瓊巵。綠鬢朱顏，道家衣束，長
> 似少年時。〈少年遊〉
>
> 杏梁歸燕雙回首。黃蜀葵花開應候。畫堂元是降生辰，玉
> 盞更斟長命酒。〈木蘭花〉
>
> 紅衫侍女頻傾酒，龜鶴仙人來獻壽。歡聲喜氣逐時新，青
> 鬢玉顏長似舊。〈木蘭花〉
>
> 斟美酒，祝芳筵，奉觥船。宜春耐夏，多福莊嚴，寶貴長
> 年。〈訴衷情〉長生此日，見人中嘉瑞。斟壽酒、重唱妙聲
> 珠綴。〈殢人嬌〉
>
> 玉壺清漏起微涼。好秋光。金杯重疊滿瓊漿。〈望仙門〉

〔註78〕參閱張春柳〈『一曲新詞酒一杯』隱忍之情誰人知——從『酒』的角
　　　　度解讀《珠玉詞》〉（職大學報第一期，2003 年）。

> 人盡壽、富貴又長年。莫教紅日西晚，留著醉神仙。〈長生
> 樂〉
>
> 滿酌玉杯縈舞袂。南春祝壽千千歲。〈蝶戀花〉
>
> 光陰無暫住，歡醉有閑情。祝辰星。願百千爲壽、獻瑤觥。
> 〈拂霓裳〉
>
> 金鴨香爐起瑞煙。呈妙舞開筵。陽春一曲動朱弦。斟美酒、
> 泛觥船。〈燕歸梁〉
>
> 玉酒頻傾，朱弦翠管，移宮易調。獻金杯重疊祝長生，永
> 逍遙奉道。〈連理枝〉

酒出現在這類作品中是自然而然的，它符合當時社會生活中禮儀、應
酬的需要，也是詞體初興的本來面目。酒在席筵中，是祝頌，是幸福，
是共歡的催化動力。然而，這類作品的創作多由應酬之需，較難探察
晏殊深層的內蘊情感。於此，僅羅列而不深論。

　　總而言之，晏殊藉酒表現自我的層次：一爲，眾賓歡飲之時抒發
的感情最爲疏闊，春秋流變、人生苦短，離情別緒等，藉酒傳達或藉
酒解憂、慰愁。二爲，獨自一人時所感，也大致是那些情懷，但加入
更多個人生活的意趣，感懷的觸發點，出現了個人經歷的追憶，對具
體某時某地的情境敘寫也更細致，而酒醒之作最細膩、深情，很像一
個人感慨中的獨語，是心聲的告白。概而言之，晏殊心中所思、所想、
所感，總是伴著酒，飲而不說、吞吐中邊飲邊說、或是醉後隱約說之，
總之都極有保留。他的抒情姿態就是一種醉的朦朧，似醉非醉。有意
無意。感情也就若隱若現。

　　然而，將晏殊詞中的「酒」與歐陽脩詞中的「酒」相比：晏殊的
宴飲之作裡，感慨往往用飲酒打住，用酒消融言外之意，而歐詞卻大
有以酒助興，豪情高漲的氣勢，如：

> 酒美賓嘉眞勝賞。紅粉唱，山深分外歌聲響。〈漁家傲〉
>
> 對酒當歌勞客勸。惜花只惜年華晚。寒艷冷香秋不管。〈漁
> 家傲〉

去年秋晚此園中。攜手玩芳叢。拈花嗅蕊，惱煙撩霧，拚
醉倚西風。〈少年遊〉

筵上佳人牽翠袂，纖纖玉手接新蕊。美酒一杯花影膩。邀
客醉，紅瓊共作熏熏媚。〈漁家傲〉

「酒美賓嘉眞勝賞。紅粉唱，山深分外歌聲響」，酒是歌筵中「娛賓
遣興」的催化劑。他飲酒的氣度是：「醉翁之意不在酒，在乎山水之
間。山水之樂，得知心而寓之酒也。」酒與山水花鳥，成了歐陽脩用
以排遣貶謫中抑鬱寂寥的工具，酒是他與大自然融合的媒介。「拚醉
倚西風」這醉意中略帶豪氣的呼喊作結尾，使全作洋溢著一種高昂俊
爽、豪宕不羈的氣勢。

歐陽脩飲酒，是他歷經人事風波、親朋聚散，珍重友誼的表現。
在韶華盡、無可奈何之時，惟有藉酒來塡補內心空虛、擺脫人生
痛苦，讓「衰顏得酒尤彊發」（〈新霜〉），重振他的豪情逸興。所表
現的生命情調是熱烈、傷感、而又蒼涼的。然而，他一方面，沉醉
於尊前花下，灑脫地認定酒是解決所有問題最好的方法；另一方面，
卻也明白酒不過能暫時麻醉自己，獲取一時的歡樂罷了，酒醒之時，
其痛苦更是有過之無不及。故歐詞中所傳達的飲酒心境，雖在歡樂
中得見一絲傷感，然而，卻因爲飲酒，才能流露出他在飽嘗世味後
不改初衷的眞性情。〔註79〕

總括而言，在以酒爲意象的秋詞中，馮延巳喝的斷腸；晏殊喝
得沉靜；而歐陽脩飲得激昂。

4、寄託盛衰的意象——花

花之所以能夠成爲重要的感人之物，第一個極淺明的原因，當
然是因爲花的顏色、香氣、姿態，都具有引人之力，《陳輔之詩話》
曾指出花爲詩人抒發或體現情感的最佳物色：「詩家之工，全在體物
賦情，情之所屬惟色，色之所比惟花。」〔註80〕，此外還有一個重

〔註79〕參閱簡淑娟《歐陽文忠公詞研究》（國立高雄師範大學國文研究所碩
　　　　士論文，1996年）頁47。
〔註80〕〔宋〕陳輔《陳輔之詩話》收於郭紹虞《宋詩話輯佚》卷上（台北：

要的原因：因為花所予人的生命感最深切也最完整。它短暫地開放，而且雖然年年開放，卻花容依舊，在大我生命宏觀的角度下，顯示出一種循環不息的生生之意；但就一個獨有的個別生命而言，花的盛開到萎落代表的是，此時此刻時間的流逝，是一往不復、逝而不返的。這不只是花的命運，更是一切美好事物的盛衰法則，從花開的短暫中看到生命趨向於衰老滅亡的規律，這個規律帶給人無比的威脅，而這規律又是必然而不能超越的，於是只有努力把握花朵短暫的開放，才能抵住光陰的催迫，以留住花開的光景，來減緩自己生命時間流逝的速度感，這種心理表現於外，就是愛花惜花之舉。因而，出現在文學作品中的花，往往寄寓了文人深刻而豐富的生命體會。馮秋詞中的花，多藉由殘敗的「疏荷」、「花謝」、「殘花」、「花殘」、「菊花殘」等意象，加強渲染主人公的情緒。如：

> 秋入蠻蕉風半裂。狼藉池塘、雨打疏荷折。繞砌蟲聲芳草歇。愁腸學盡丁香結。〈鵲踏枝〉

> 花外寒雞天欲曙，香印成灰，起坐渾無緒，檐際高桐凝宿霧，卷簾雙鵲驚飛去，〈鵲踏枝〉

> 西風半夜簾櫳冷，遠夢初歸。夢過金扉，花謝窗前夜合枝。〈採桑子〉

> 洞房深夜笙歌散，簾幕重重。斜月朦朧，雨過殘花落地紅。〈採桑子〉

> 蘆花千里霜月白。傷行色，來朝便是關山隔。〈歸自謠〉

> 細雨泣秋風，金鳳花殘滿地紅。閒憑黛眉慵不語，情緒，寂寞相思知幾許。〈南鄉子〉

> 梧桐落，蓼花秋。煙初冷，雨才收，蕭條風物正堪愁。人去後，多少恨，在心頭。〈芳草渡〉。

> 雁孤飛，人獨坐，看卻一秋空過。瑤草短，菊花殘，蕭條漸向寒。〈更漏子〉

華正書局，1981 年）。

莫怨登高白玉杯，茱萸微綻 $\boxed{菊花開}$。池塘水冷鴛鴦起，簾
幕煙寒翡翠來。重待燒紅蠟，留取笙歌莫放回。〈拋球樂〉
西風嫋嫋凌歌扇。秋期正與行人遠。$\boxed{花}$葉脫霜紅。流螢殘
月中。〈菩薩蠻〉

　　而在一年四季之中，晏殊總是偏愛木芙蓉、蜀葵、黃菊、清荷
等秋花，並用大量的篇幅來讚詠他們的清雅和獨立寒秋的精神。這
些淡雅的花兒，在詞人眼裡，卻是那樣地「妖艷」、「明媚」，個中當
有夫子自道之意。史載，晏殊秉性「剛峻簡率」〔註81〕，又《四庫
全書總目》評其《珠玉詞》：「殊賦性剛峻，而詞語特婉麗。」〔註82〕
大概是這些花的「花品」與詞人的「人品」相類吧。這類分析已見
之於論文第四章，因此這部份便不再細項分析，而按照花之開落為
依據以體現詞人欲表達的盛衰之旨。茲舉晏殊〈破陣子〉說明花開
如何烘托戀情：

憶得去年今日，黃花已滿東籬。曾與玉人臨小檻，共折香
英泛酒巵，長條插鬢垂。　　人貌不應遷換，珍叢又覩芳
菲。重把一尊尋舊徑，所惜光陰去似飛，風飄露冷時。

去年今日，黃菊盛開，詞人與那位「玉人」同臨小檻，賞花飲酒，溫
情無限。人花相映，戀情無限甜蜜。而今年今日，黃菊依然盛綻，然
而卻早已人去園空。再舉二首中句子為例：

菊花殘，梨葉墮，可惜良辰虛過。〈更漏子〉

湖上西風斜日，荷花落盡紅英。〈破陣子〉

以菊殘梨墮，表示美景不再，良辰易逝，進而引出惜時之感。而落
花已經不是具體的事物，而是象徵著某種美好熟悉的事物感情，往
事美好如花，但已凋謝零落成為過去。整體而言，晏殊以花開與花
落來喻盛衰，花開的背景下，或是離情依依，或是戀情憶舊；而花
落的背景下，除了少部分用以表現相思，大部分用以反映好景不再、
時光有限的主題。就在花開與花落、盛衰與聚散的襯托下，將無盡

〔註81〕〔元〕脫脫等編《宋史》（臺北：鼎文書局，1978年）。
〔註82〕見《四庫全書總目提要・珠玉詞》（臺北：臺灣商務，1965年）。

的離愁或相思、落寞之情表達出來。可以看出，晏殊因花而產生各種心理情境，花的意象成爲《珠玉詞》中感傷的源頭之一。

景物意象之所以能更好地實現情感體驗的抒發，關鍵在於其構成的意境具有更大的意蘊張力。從讀者的角度來說就是能引發更深遠的聯想。總之，綜上分析詞人慣用的意象，可以發現詞人選擇意象的趨同性，也發現使用意象的差異性可影響其個人風格與特色。〔清〕劉熙載《藝概》：「昔人詠古詠物，隱然只是詠懷，蓋其中有我在也。」〔註83〕可見物象在詞作中的使用，其本身的審美意義並不十分重要，重點是要能適應情感的抒發。作者之所以選取某景某物以寫入作品中，自有他獨特的觀照，因此也就具備有別於他人的表現特質。藉由這種不同於他人的特質之探討，不但有助於了解詞人之風格的獨特性，更重要的是可以藉之使詞人的內在意蘊獲得闡發，進而對其情感抒發的一貫性得到整體的掌握。

（二）逢秋心緒的藝術技巧

好的文學作品，是眞摯的情意與精美形式的結合，藝術技巧的講究，與內涵的充實同等重要，情辭相稱，融合無間，更能深化作品的感染力。本段擬就所見，歸納爲三項特點，分別從：觸物興感；比興寄託；情境對比等方面試探三人之逢秋心緒的藝術技巧表現。

1、觸物興感、情景交融

文人創作時既「隨物以婉轉」，亦「與心而徘徊」，不但「情以物興」，又「物以情觀」〔註84〕，因景物而觸發內在的感情，而景物亦沾上了自我情感色彩。〔清〕王夫之《薑齋詩話》所說：「夫景以情合，情以景生，初不相離，唯意所適」〔註85〕。情景雖名爲二，

〔註83〕〔清〕劉熙載《藝概‧詞曲》（臺北：華正書局，1988 年）。
〔註84〕〔南朝梁〕劉勰《文心雕龍‧詮賦》（北京：中華書局，1985 年）：「原夫登高之旨，蓋睹物興情。情以物興，故義必明雅；物以情觀，故詞必巧麗。」又〈物色〉篇：「是以詩人感物，聯類不窮。流連萬象之際，沈吟視聽之區；寫氣圖貌，既隨物以宛轉；屬采附聲，亦與心而徘徊。」
〔註85〕〔清〕王夫之《薑齋詩話》（上海：上海古籍出版社，1995 年）。

實相互生發、依存、交融，景物需經情感染化才富有生命，情哀則景哀，情樂則景樂，一片自然風景就是一種心情，景是詩人的情感返照〔註86〕。然而，四時萬物在不同季節的變遷遞嬗，往往能能激發人們心中種種哀樂的情感。文人感物緣情之作，往往在平淡之中，蘊含著深情遠韻。而詞體要眇宜修、精美細緻的特質及長短錯落的形式，更宜於表達心靈深處幽微的情思。

　　春日所生之情，易從與外景對立而生，秋日之思則多緣順外景而滋衍。試看馮延巳〈更漏子〉：

> 秋水平，黃葉晚，落日渡頭雲散。抬朱箔，掛金鉤，暮潮
> 人倚樓。　　歡娛地，思前事，歌罷不勝沈醉。消息遠，
> 夢魂狂，酒醒空斷腸。

秋風輕拂，一池秋水平漾，枯乾的黃葉不待秋風搖落，開頭前二句描繪出秋天最典型的色彩。一年之秋，一日之暮，時間點出，而空間點竟是離別送往的渡頭，暮雲一散有著流離飄零的象徵，面對此景怎叫傷心人不心生悲涼。景語和情語在巧妙的呼應下，融會出令人動容的抒情境界。再如馮延巳〈更漏子〉：

> 雁孤飛，人獨坐，看卻一秋空過。瑤草短，菊花殘，蕭條
> 漸向寒。　　簾幕裡，青苔地，誰信閒愁如醉。星移後，
> 月圓時，風搖夜合枝。

鴻雁，秋天南去，春天北歸，多是成群結隊地遷徙，奈何獨坐之人眼前所見偏是雁鳥孤飛，其寂寞之情可想。「星移後，月圓時，風搖葉合枝」最後仍以一輕淡之景作結。一人獨坐星移後，仰望陰晴圓缺循環不已之月正圓，風搖葉尚有合枝之時，而人呢？形體的孤單尚能忍受，內心這種恍然若失，恍然又有所追尋與企慕的迷惘更顯寂寥與無奈。馮延巳將無奈之閒愁融入淒冷之景，更添感傷氣息。再看馮延巳〈採桑子〉一首：

> 西風半夜簾櫳冷，遠夢初歸。夢過金扉，花謝窗前夜合枝。

〔註86〕童慶炳著《中國古代心理詩學與美學》（台北：萬卷樓，1994 年）頁
　　63。

　　　　昭陽殿裏新翻曲，未有人知。偷取笙吹，驚覺寒蛩到
　　曉啼。

其結尾方式很特別：從殿中的「笙吹」引向殿外的「寒蛩」，其趨向
是由「狹」到「闊」，由「深」到「遠」。不僅引領對女主人公的處
境深感同情，同時也會隨之沉浸在深遠的境界之中。馮詞中的闊遠
之景，並非為寫景而寫景，而是其深廣的憂患意識的再次體現。馮
所處的環境極為複雜且艱難，反映在其詞上之景物忽遠乎近、忽暗
忽明，極盡收縮開張之能事，這實乃齊思緒紛雜，茫茫緲緲，百感
交集的一種外在表現方式。藉由數量、範圍、距離感以示一切無可
遁逃之愁情。

　　而細查晏詞中有許多純粹描繪景物者，然而依然能流露動人情
意，這便在於詞中之景，皆含有情。王國維所謂「一切景語皆情語
也」〔註 87〕意即在此。因此，詞人在詞中觸物興感的所有自然與人
工之景物，都是經過詞人淘選後的呈現，楊海明便說：

　　此類看似觸景生情的寫法仍然包藏著詞人的一番匠心在
　　內。也就是說，這些寫景看似信眼觀去或信耳聽去和信手
　　寫來，但其實還是有所選擇和經過「加工」的。〔註 88〕

試看晏殊〈清平樂〉

　　金風細細，葉葉梧桐墜。綠酒初嘗人易醉，一枕小窗濃睡。
　　　　紫薇朱槿花殘，斜陽卻照闌干。雙燕欲歸時節，銀屏
　　昨夜微寒。

　　不似一般颯颯、蕭蕭之秋風，反以細細狀之，即流露出一股冷
靜又安定的閑情。疊字「葉葉」梧桐，彷彿梧桐葉一片片示現飄落
在眼前，秋天的景物彷彿是有節奏、有次序般的在展示。詞人藉由
耳中所聽，下片藉由眼中所見，皆為利用周遭景物之細膩且不著痕
跡地表現主人公細微的情懷。緊接所見是斜陽，憑欄見殘花又見夕

─────────────

〔註 87〕王國維著，徐調孚校注《校注人間詞話》（臺北：鼎淵文化，2001 年）
　　　　頁 42。
〔註 88〕楊海明著《唐宋詞美學》（南京：江蘇教育出版社，1998 年）頁 274。

陽，至此主人公無奈的心情較為明顯流露。此時一望，雙雙對對而
飛的家燕，即將歸巢，日暮歸巢本是平常，但形單影隻之人的心緒
總是特別纖細敏感，易於與外界做一對比：主人公自道，屏風昨夜
微寒，點出他的獨居寂寥，昨夜微醺後竟是一人獨眠。藉屏風之寒
道出他內心孤單之寒，寓情於景，含蓄蘊藉，情感令人低迴不已。
這首詞的觸目之景與所傷之情在高妙的配合下，展現出絕妙的動人
韻致。

　　陳滿銘也說：「『物』本來是沒有情感的，而詞章家卻偏偏賦予
它們情感，使『物』產生了意象，和自己內在的情感結合在一起，
達於情景交融的境界」〔註89〕而在歐詞中觸物傷懷，情景交融，更
是歐公以委婉筆調描寫相思情愛詞中常見的藝術手法，如：

　　　梨葉初紅蟬韻歇。銀漢風高，玉管聲凄切。枕簟乍涼銅漏
　　　徹。誰教社燕輕離別。　　草際蟲吟秋露結。宿酒醒來，
　　　不記歸時節。多少衷腸猶未說。珠簾夜夜朦朧月。

從視覺（梨葉初紅）、聽覺（蟬韻歇、風高、玉管聲凄切、涼銅漏徹）
與觸覺（枕簟乍涼）等，鋪寫初秋凄清景象，觸動了詞人心中千絲
萬縷，「誰教社燕輕離別」景中含情，情緒性地責怪燕子之輕易離別，
實則將深情注入，用自然之物為己言情，在閨人眼中觸目盡為心境
之投射。全詞或以情注景，或景中含情，一片凄苦的美感漫延。而
王國維《人間詞話》曾云：歐公〈蝶戀花〉：「淚眼問花花不語，亂
紅飛過秋千去。」為「有我之境」。乃「以我觀物，物皆著我色彩」
〔註90〕主人公帶著強烈的感情色彩去接觸外物，將感情投注其中，
藉著對外物的描述，而表露主人公本身強烈而主觀的情感，歐公有
部份作品是以此法表現，如：〈玉樓春〉

　　　別後不知君遠近，觸目凄涼多少悶。漸行漸遠漸無書，水

〔註89〕陳滿銘著《章法學新裁・談詞章的義蘊與運材之關係》（臺北：萬卷
　　　樓圖書，2001 年）頁 230。
〔註90〕見王國維著，徐調孚校注《校注人間詞話》（臺北：鼎淵文化，
　　　2001 年）頁 1。

閬魚沉何處問。夜深風竹敲秋韻，萬葉千聲皆是恨。故敧
單枕夢中尋，夢又不成登又燼。

閨中思婦的離恨，藉著日間的「縱目」卻是失望。因此夜裡秋風吹
竹的瑟瑟秋聲，本爲大自然無情聲響，但思婦已含藏長久以來等待
落空所積壓的怨氣，她怎能不帶著主觀強烈的情緒感受。惱人的「秋
韻」，聲聲打在心頭。萬葉千聲聽來都是怨恨的傾訴，可見情感之濃
重和強烈率直。

　　馮、晏、歐三人情景渾融的詞，無論是以景爲主，而情含其中；
或以情注物，使物皆著我之色彩；或情景相生相合，莫可分賓主；或
以樂景反襯哀情，或以哀景寫樂，皆能符合王國維《人間詞話》所標
舉的：「一切景語皆情語也」〔註91〕、「其寫情也必豁人心脾，其寫景
也必豁人耳目」〔註92〕。能寫「眞景物、眞感情」〔註93〕，在主客交
融中，富有無限暗示性的氣氛、情調。包含著溧情遠意、令人玩味不
盡。

2、比興寄託、曲折盡情

　　王國維曾說「境非獨謂景物也，喜怒哀樂，亦人心中之一境界。
故能寫眞景物、眞感情者，謂之有境界，否則謂之無境界。」〔註94〕
寫眞景物、眞情感並不難。但僅僅是客觀眞實的寫景，或僅僅是主
觀眞實的抒情者，都不能形成眞正意義上的意境或境界。所謂意境，
必須是情和景、主觀與客觀渾然一體的結合。而比興就是兩者的中
介。而主觀發洩感情並不難，難就難在使它具有能感染別人的客觀
有效性。必須把主觀感情予以客觀化、對象化。所以，要表達感情，

〔註91〕見王國維著，徐調孚校注《校注人間詞話》（臺北：鼎淵文化，2001
　　　　年）頁46。

〔註92〕見王國維著，徐調孚校注《校注人間詞話》（臺北：鼎淵文化，2001
　　　　年）頁34。

〔註93〕見王國維著，徐調孚校注《校注人間詞話》（臺北：鼎淵文化，2001
　　　　年）頁3。

〔註94〕見王國維著，徐調孚校注《校注人間詞話》（臺北：鼎淵出版社，2001
　　　　年）頁3。

反而要把情感停頓一下，醞釀一下，來尋找客觀形象把它傳達出來。這就是「托物興詞」，也就是「比興」。《陽春集》裡無論是因襲花間，少女思婦傷春惜別題材，還是逕由自我發端，直接抒寫主體心緒情態，都大量地採用比興手法，使之形成了帶有詞人自身特質的意象群。〔註95〕馮詞比興寄託詞的特點是兩性互滲性。多以代言體的形式寫出，作者「將身世之感，並打入艷情」通過閨思、宮怨來加以表現。具體說來，就是作者從人物設計、穿著裝飾、情態表現以及環境佈置等方面盡量合乎該女性的特點。如人物不再是《花間詞》出現較多的紅粉佳人、青樓歌女、小家碧玉，而是大家閨秀、貴族婦女。如穿著裝飾，多是「羅衣翠袖」、「翠鳳寶釵」。在情態方面往往是「鮫綃掩淚」、「玉筋雙垂」。在環境上是「南國池館」、「昭陽殿裡」是「羅幕遮香」、「珠簾錦帳」。而在抒發情感方面，馮延巳善將「君臣之道造端於夫婦」的微妙關係錯置，透過閨思、宮怨將所要寄寓的情思抒洩出來。

　　在寄託寓意的女性詞中，多有「酒」此一意象。馮詞比興寄託的女性詞大量出現「酒」這一意象，無非是借此來突顯作者的個性特徵，以便抒洩心頭悲怨惆悵的情感。如〈鵲踏枝〉：

　　　　蕭索清秋珠淚墜。枕簟微涼，展轉渾無寐。殘酒欲醒中夜
　　　　起，月明如練天如水。　　　　階下寒聲啼絡緯。庭樹金風，
　　　　悄悄重門閉。可惜舊歡攜手地。思量一夕成憔悴。

讀者可以通過無比豐富的聯想、想象、個人經驗和個性心理給這種景和情，填充無限豐富、真實和個性化的內容。想象的真實，代替了景物的真實與情感的具體，它使客觀景物不再對應某一種單一的情思和內容，而呈現出一種多元化、朦朧化、不確定性的指向。這就是詞的妙處、詞境的妙處。由於詞比詩更多更大量地應用這種托物起興的手法。所以詞較詩更能表達出一種隱微幽邃的內心世界和

〔註95〕參閱陳明〈馮延巳對詞的抒情模式的建構及其影響〉（西南師範大學學報人文社會科學版第 26 卷第 3 期，2000 年 5 月）。

難以言說的情緒變化，因而，詞境也就比詩境更爲狹狹。〔註96〕

　　而晏殊在比興的藝術表現手法和馮延巳則稍有不同：馮詞善用寄託而晏詞多含蓄。錢鍾書：「說詩之常，然有含蓄與寄託之辨。詩中言之未盡，欲吐復吞，有待引申，俾能圓足，所謂含不盡之意，見於言外，此一事也，詩中所未嘗言，別取事物，湊泊以合，所謂言在於此，意在於彼，又一事也。前者順詩利導，意即蘊於言中，後者輔詩齊行，總需求之文外，含蓄之比於形與神，寄託則類之形於影。」〔註97〕此說非常精闢第分析了兩者在藝術表現上的細微區別。而晏殊的詞中具有明顯的含蓄特徵。我們依據詞人所建立的喚情結構而引申出的合理聯想，詞人在詞作中並沒有直接的表述。試看晏殊詞作中含蓄的藝術技巧。〈清平樂〉：

　　　　金風細細，葉葉梧桐墜。綠酒初嘗人易醉，一枕小窗濃睡。

　　　　　　紫薇朱槿花殘，斜陽卻照闌干。燕欲歸時節，銀屏昨
　　夜微寒。

晏殊用金風、綠酒、小窗、紫薇、斜陽、銀屏造成秋天凄美蕭瑟的氛圍，雙燕欲歸，花事凋零，銀屏微寒則巧妙地暗示出悽涼的離別和相思之情，抒發出主人公空虛寂寞和美人遲暮的情懷。作者在這首詞中沒有明顯的表明相思懷人的詞語，但就是那種氛圍、那種情感性的語言的組合方式喚起了讀者對詞人凝聚在表像符號下面的含義的思考，就是含蓄的妙用。

　　而歐公以〈減字木蘭花〉一首特別具有感發的力量：

　　　　傷懷離抱。天若有情天亦老，此意如何。細似輕絲渺似波。

　　　　　　扁舟岸側。楓葉荻花秋索索。細想前歡。須著人間比
　　夢間。

這是歐公一生屢經悲歡離合而沉澱於心底的憂愁暗恨，因面對蕭索的秋日景象而有所感發，它是無端興起，若有似無的心緒，故曰「此

────────────

〔註96〕參閱陳明：〈馮延巳對詞的抒情模式的建構及其影響〉（西南師範大學學報人文社會科學版第26卷第3期，2000年5月）。

〔註97〕錢鍾書《管錐篇》第一冊，（北京：中華書局，1994年）頁109。

意如何，細似輕絲渺似波」並由前塵舊事的不可把握而覺人生如夢，這是對天地與人生之存在若有所悟的抒發，與他宦海浮沉生涯中的慨歎和領悟是相通的。〔清〕況周頤《蕙風詞話》卷五曾云：「詞貴有寄託，所貴者，流露於不自知，觸發於弗克自己，身世之感，通於性靈；即性靈，即寄託，非二物相比附也。」〔註98〕而葉嘉瑩更曾讚歐詞「特別具有一種足以引起讀者之深遠而豐美的啟發與聯想的力量。」〔註99〕

　　總而言之，晏、歐直接繼承了馮延巳以「美人香草」式寄託入詞，以閨中愁情表現身世之感、家國之憂以及人生體會的創作手法，寫出大量憂患之作，同樣都是蘊藉含蓄，只是側重點各有不同。晏歐的憂患之詞與馮詞的不同在於：馮延巳生活在朝不保夕的動盪南唐，故其詞多家國之思、悲涼之感，抑鬱低回；晏歐生活在宋初政局相對穩定時期，氣象較為昇平，故多有人生感觸，多為士大夫閒愁，其感傷成分不及馮詞濃烈，而顯得幽遠清淡，回味綿長。他們相同的是都傳達出一種心靈感情最幽微深隱的感情意境，而不是一個外表感情的事件。葉嘉瑩：「南唐詞特別富於一種感動興發的意味。他由自身的感情的本質的感發的生命，引起讀者的感情、品格、心靈、情操的一種聯想。」〔註100〕這也是所以王國維往往能在雖馮、晏、歐的詞裡引起很多聯想的緣故。

3、情境對比、哀樂交感

　　對比的作用，是將兩種截然不同的事物、現象或概念等安排在相對的位置以比照、顯露或強調它們彼此之間的差異，而達到相反相成的效果。〔註101〕因此詩詞中，常利用相反的情境互為對照，造成鮮明的比較效果，更加突顯情感上的差異。詞人往往利用時間上

〔註98〕〔清〕況周頤《蕙風詞話》（臺北市：世界書局，1966年）。
〔註99〕見葉嘉瑩著《中國詞學的現代觀》（臺北：大安出版社，1999年）頁29。
〔註100〕見葉嘉瑩著《唐宋詞十七講》（臺北：桂冠出版，2000年）頁165。
〔註101〕參閱王熙元著《古典文學‧詞的對比技巧初探》（臺北：臺灣學生，1979～1995年）頁242。

的對比，先說出去年、今年、昔時、今日等時間定點，提出在同一
地點，從前與現在不同的情與景，說明從前是多麼美好，而今卻又
是如何慘澹。這樣明白的對比，予人以強烈的映照，更容易使人體
會出世事變化的無常與無奈，尤其是一些抒發昔樂今悲的作品。如，
馮延巳〈拋球樂〉：

> 坐對高樓千萬山，雁飛秋色滿欄杆。燒殘紅燭暮雲合，飄
> 盡碧梧金井寒。咫尺人千里，猶憶笙歌昨夜歡。

其中「高樓」、「千山」、「大雁」、「殘燭」、「暮雲」、「碧梧」、「金井」
一連串意象的延展，眼前便浮現人去樓空的暮秋憑闌圖，這情景的
清冷由詞組蘊發的聯想而來，「紅燭」、「碧梧」、「金井」，「高樓」與
「千山」的相對，色彩的跳躍性與景物的遠近安排更襯托出逝去的
好時光令人留戀及獨立之人的寒寂與凄然。而笙歌散盡，朋侶紛去，
好景不常，繁華頓逝，彷彿歷歷在目的宴樂更對照出此刻獨自憑闌
難以承受的反差。事實上，馮延巳現實中漸為困頓的自我和理想中
躊躇滿志、無往不利的自我，早已存在著巨大的反差，迫使，馮延
巳漸漸成為一位「活在過去式」的人，逃避的心理促使他本能地過
濾掉今日的各種難堪，使過去的人事物變得美好，甚至使之代表著
一種不可企及、不可逾越的理想模式，對過去的肯定和重視，正反
映了對當下的懷疑、畏懼和不確定。在詞中，這樣的情感時時流露。

　　生命意識與時間意識強烈的晏殊，對於人事無常，時光有限這
類的主題，最常以對比的藝術技巧，突顯悲歡離合的情緒。不僅力
道強烈，更造成鮮明的對比效果，而自然情感的力度便得以突顯無
遺。試看晏殊〈破陣子〉：

> 憶得去年今日，黃花已滿東籬。曾與玉人臨小檻，共折香
> 英泛酒卮。長條插鬢垂。　　人貌不應遷換，珍叢又睹芳
> 菲。重把一尊尋舊徑，所惜光陰去似飛。風飄露冷時。

大晏此詞，運用「上昔下今」之法，寫胸中一段纏綿的相思之情。利
用回憶之筆，勾勒出曾有的溫情，讓讀者也隨之跌入過往甜蜜的時

光，目的在鋪墊出今日的孤寂落寞、傷心悵惘。以甜蜜溫馨、無限旖旎的情懷形成強烈反差，產生搖盪人心的效果。使全詞情調雋永、眞摯動人。而在表達相思情愛的作品中，歐公也常常巧妙地使用對比手法，如〈少年遊〉：

> 去年秋晚此園中。攜手芳菲叢。拈花嗅蕊，惱煙撩霧，拼醉倚西風。　今年重對芳叢處，追往事、又成空。敲遍闌干，向人無語，惆悵滿枝紅。

此首以上下闋分寫過去與今日，慨歎物是人非之感。開頭與之攜手者，可指舊時朋友或情人，接著「拈」花「嗅」蕊，「惱」煙「撩」霧，「拼」醉倚西風皆從「菲」字來，而巧妙地富以強烈感性的字眼，形容對美景的貪戀及極欲把握、不使流逝的心態，將遊賞芳叢的歡樂氣氛寫至最高點。過片言舊地重遊，然「又成空」，「又」字反映可知其對往事的追想非此刻才有，乃時時縈念於心者，然皆失望、落空，更將情緒降至最低點。「敲遍闌干，向人無語」，乃將落寞無奈順勢推展，「惆悵」則爲下闋之總體情緒，接「滿枝紅」，是對上闋芳叢的呼應，亦是以樂景寫哀情，此與唐崔護「人面桃花」之美景依舊、人事全非之歎有相通之妙，也蘊含歐陽脩在宦海生涯中知交零落的悲感。〔註 102〕

三、藝術風格類型特徵之不同

（一）風格類型

藝術風格是作品內容和形式相統一的總體表現，它是一個綜合性的美學範疇，既表明了內容方面的美學特徵，也呈現了形式方面的美學特徵。藝術風格是創作過程中諸項因素有機結合而呈現出來的一種美的風貌〔註 103〕。茲將三人詠秋詞之風格粗分爲疏雋明快與

〔註 102〕參閱簡淑娟《歐陽文忠公詞研究》（高雄師範大學國文研究所碩士論文，1996 年）頁 162。

〔註 103〕參見張少康著《中國古代文學創作論》（臺北：文史哲出版社，1990 年）頁 345。

委婉蘊藉，然而在總體風格下，又因個人特色而呈現出細微的差別：

1、疏雋明快

馮詞的主要風格多爲委婉蘊藉類，但有時也在濃麗哀傷的詞作中出現一兩句格調俊朗高遠的詞句，如〈更漏子〉：

> 秋水平，黃葉晚，落日渡頭云散。抬朱箔，掛金鈎，暮潮人倚樓。　　歡娛地，思前事，歌罷不勝沈醉。消息遠，夢魂狂，酒醒空斷腸。

詞人感受敏銳，內心充滿抑鬱悲傷的人，每一個天光雲影、草色煙光的變換，都對他有一種觸引。寫的是外在的聲音、形象，是輕柔、閑情的抒情描寫，表現一種觸發、興發、感動。所說的那種內心中不經意、不注意、看不見的種種景色中引發的興發。這是馮詞中俊的一面。

晏殊寫景抒情，自然流麗，少見堆砌雕琢，艱深晦澀之語，尤見平易、親切、自然之藝術魅力。如：

> 湖上西風斜日，荷花落盡紅英。金菊滿叢珠顆細，海燕辭巢翅羽輕。年年歲歲情。〈破陣子〉
>
> 秋光向晚。小閣初開讌。林葉殷紅猶未徧。雨後青苔滿院。〈清平樂〉

下列晏殊之詠荷聯章詞，則除了自然流麗之風格特色，亦帶有江南民歌之風味，或寫風光景致或敘生活側面，極爲自然生動：

> 荷葉初開猶半卷。荷花欲拆猶微綻。此葉此花眞可羨。秋水畔。青涼綠映紅妝面。〈漁家傲〉
>
> 嫩綠堪裁紅欲綻。蜻蜓點水魚遊畔。一霎雨聲香四散。風颭亂。高低掩映千千萬。〈漁家傲〉

晏殊拋開酒宴歌席，寫民間風情，別具清新之調。

「喜情」作品可說是《六一詞》中情感色彩最明朗的作品，多見於遊宴及詠物之作。歐詞中秋天景物有清新優美，情調和悅灑脫者，該詞便具清雋疏朗的風格，如：

> 月波清霽，煙容明淡，靈漢舊期還至。鵲迎橋路接天津，

> 映夾岸、星榆點綴。〈鵲橋仙〉

初秋七夕夜晚清爽明淨、雲彩稀少，頗有涼徹透心之感。而中秋賞月、重陽登高宴飲景況更流露著歡欣愉悅、激昂的意興，如：

> 一派潺湲流碧漲，新亭四面山相向。翠竹嶺頭明月上。迷俯仰，月輪正在泉中漾。　　更待高秋天氣爽，菊花香里開新釀。酒美賓嘉真勝賞。紅粉唱，山深分外歌聲響。〈漁家傲〉

> 九日歡遊何處好。黃花萬蕊雕闌繞。通體清香無俗調。天氣好。煙滋露結功多少。　　日腳清寒高下照。寶釘密綴圓斜小。落葉西園風嫋嫋。催秋老。叢邊莫厭金尊倒。〈漁家傲〉

在秋日飲酒遣懷中，全詞幾乎是情緒高昂，而詞末竟流露出淡淡的感傷，有著對菊花的抱歉與叮嚀。這是歐公「與物有情」心靈的自然流露。而詠物之作因強調隱然蘊於其內，寄托遙深，故在主旨的安置上多隱於篇外，而因歐陽脩多依物之特性歌詠其特出迷人之處（如蓮之嬌美，菊之清雅脫俗），語言清麗歡快，呈現了疏朗清新的風格。

2、委婉蘊藉

　　大體而言，馮、晏、歐三人所寫的，蓋不脫軟性的主題、陰柔的意象、細緻的語彙及女性化的情調，所體現的，自然不是開闊磅礡的氣勢，而是婉轉柔細的美感。，此種在生活與心境的柔性面中索得的題材內容，便已從根本上離不開纏綿纖美的樣貌。

　　王國維在《人間詞話》中用「和淚試嚴妝」來形容馮詞風格，可謂一矢中的。嚴妝者，濃烈執著，雖九死而猶未悔的癡情。和淚者，總是由失望帶來的悲哀愁苦、孤獨淒清的境遇。馮延巳〈鵲踏枝〉：

> 秋入蠻蕉風半裂。狼藉池塘、雨打疏荷折。繞砌蟲聲芳草歇。愁腸學盡丁香結。　　回首西南看晚月。孤雁來時。塞管聲鳴咽。歷歷前歡無處說。關山何日休離別。

借秋風蕭瑟、雨打荷折、晚月孤雁、塞管鳴咽等悲涼意象層層渲染，

哀傷是淒愴不堪，一種思深意苦、悲咽惝恍的情感內蘊瀰漫，使作品溢出一股濃郁的悲劇美感。

　　然晏殊詞篇亦有不少涉及離情別緒、情愛相思等內容，含蓄婉約而富有詩意，極細膩的描寫內心感受與情緒，而非大膽露骨的恣意描寫。有段記載可證：

　　　柳三變既以詞忤仁宗，吏部不放改官。三變不能堪，詣政府。晏公曰：「賢俊作曲子麼？」三變曰：「只如相公亦作曲子。」公曰：「殊雖作曲子，不曾道：「彩線慵拈伴伊坐。」柳遂退。〔註104〕

從下列詞句可體現《珠玉詞》含蓄婉約之風格：

　　　秋露墜。滴盡楚蘭紅淚。往事舊歡何限意。思量如夢寐。〈謁金門〉

　　　多少襟懷言不盡，寫向蠻牋曲調中。此情千萬重。〈破陣子〉

　　　獨上高樓，望盡天涯路。欲寄彩箋兼尺素，山長水闊知何處。〈鵲踏枝〉

　　　多少衷腸猶未說。朱簾一夜朦朧月。〈蝶戀花〉

從上述例子，可知晏殊喜歡將思想感情表現得十分含蓄委婉，細膩纏綿，措辭閒雅，情緒溫厚，具弦外之音；而少用直陳鋪敘的手法將情感顯露無遺。〔註105〕

　　正如葉嘉瑩所說：

　　　晏同叔的妙即在於它雖然也有悲慨，而表面上卻好像是在表現一個客觀現實的景象，沒有深悲極恨的口吻，也沒有寫得血肉淋漓，這已足可見出其珠圓玉潤之風格了〔註106〕

除此之外，晏殊之詠物詞，亦經常將鎖吟詠的植物與女性形象產生連結，從而營造女性化的柔性美感，如寫黃葵「染得道家衣，淡粧梳洗

〔註104〕見〔宋〕張舜民《畫墁錄》卷一，收於《景印文淵閣四庫全書》冊一○三七（臺北：臺灣商務印書館，1986年）

〔註105〕江姿慧《晏殊珠玉詞研究》（臺灣師範大學國文研究所碩士論文，2002年）頁161。

〔註106〕葉嘉瑩著《唐宋詞名家賞析》（臺北：大安出版社，1992年）頁5。

時」（〈菩薩蠻〉），寫芙蓉「似佳人，獨立傾城」（〈睿恩新〉），寫荷花「臉傅朝霞衣剪翠。重重占斷秋江水」（〈漁家傲〉），將黃葵、芙蓉、荷花等自然植物，一一想像擬化成女性形象，有著女子嬌媚的容貌與姿態，使單純的詠物詞因而表露出婀娜多姿的女性之美，產生柔美婉約的風格〔註107〕。

歐陽脩以七夕為描寫題材的詞，在初秋涼爽的氣氛中，別具一番輕柔婉約的雅致，如：

> 喜鵲填河仙浪淺。雲軿早在星橋畔。街鼓黃昏霞尾暗。炎光斂。金鉤側到天西面。　　一別經年今始見。新歡往恨知何限。天上佳期貪眷戀。良宵短。人間不合催銀箭。〈漁家傲〉

> 別恨長長歡計短。疏鍾促漏真堪怨。些會此情都未半。星初轉。鸞琴鳳樂匆匆卷。　　河鼓無言西北盼。香蛾有恨東南遠。脈脈橫波珠淚滿。歸心亂。離腸便逐星橋斷。〈漁家傲〉

再如歌詠採蓮女的諸詞，所描寫的青春少女情竇初開的情懷，在感情起伏轉折之中，展示出少女豐富的內心世界。使讀者有如見其人的真實感受。

總而言之，馮延巳、晏殊、歐陽脩三人在小令上的表現並稱，不僅僅是因為他們的作品多為抒寫男女戀情，更重要的原因是他們主要以委婉曲折的手法來表現戀情，符合宋詞幽隱深約的傳統審美風格。然而審美風格的相近僅是一個面向，三人不同且鮮明的個性突顯在相近主題的戀情詞，卻又有所區別而各具特色：馮延巳寫戀情相思之痛苦，更多的是流露自己身處日益沒落的小朝廷之中焦慮惶恐的心情。馮煦言其：「俯仰身世，所懷萬端，繆悠其詞，若顯若晦。」〈陽春集序〉可說精要地概括其人與作品的關係。含蓄地寄寓極其容易引起人們身世之感，而呈現出一種纏綿沉鬱、幽咽惝恍的

〔註107〕參閱姚友惠《馮延巳與晏殊詞比較研究》（彰化師範大學國文研究所碩士論文，2001年）頁151～152。

淒迷。而晏殊寫戀情相思之痛苦，吞吐含糊，將所抒發的激情經過理性的過濾，情緒的流露點到爲止，在自我掩飾中同獲得隱約含蓄的美感。歐陽脩的戀情詞則擅長描寫人物的「心事」。通過人物的動作或外部表情進一步接觸到心靈世界、揭示複雜的心理狀態，這是歐詞的一大特色。對女性情感體驗更爲深入，表現的情感自然更爲深刻

（二）風格特徵

以上將風格概分爲兩類，實則只是蓋說，而詞人作品之藝術風格往往有兼收並蓄的情況，即是多種風格的融合，因此以下又歸納出幾點詞人特有之兼容並蓄的藝術風格：

1、惝恍迷離以深遠

馮延巳詞具有兩個特點：一爲深，這表現在他寫的內心深處的矛盾和掙扎，悲哀的深層心緒同執著追求之間形成較爲強烈的張力。馮延巳常藉詞中主人公愛與恨的矛盾刻畫描摹的深細感人，使人從這種深刻的矛盾中感受到作者心中難以直言的憂傷和無奈，也能感覺到他所表現的無可奈何之情和竭力抵抗的意念。二爲惝恍，即詞的意義給人以無從確指的感覺。通過詞中女主人公神思恍惚、心事重重、百轉千折而能體察到一種戀情以外抑鬱擔憂之情。在迷離朦朧的氣氛中，極易使人聯想到作者當時困苦的心境，馮延巳就是通過把心靈深處淒迷、悵惘等難以言說的細膩感受，同社會現實生活中的悲劇意識，溝通起來而表現出這一種迷離深切的風格。唯其如此，才進一步擴大了詞的意境張力，更適合表現詞家隱微幽邃、繁雜深沉的內心世界與難以言辨的情緒變化，留下不盡的回味餘地。〔註108〕因此，筆者在尋繹馮延巳的詞心時，往往有一種恍兮惚兮、把握不定之感。如〈鵲踏枝〉：

〔註108〕參閱胡淑慧〈馮延巳、晏殊詞異同辨〉（北京理工大學學報社會科學版第7卷第3期，2005年6月）。

秋入鳴蕉風半裂，狼藉池塘，雨打疏荷折。繞砌蛩聲芳草
歇，愁腸學盡丁香結。　　回首西南看晚月，孤雁來時，
塞管聲嗚咽。歷歷前歡無處說，關山何日休離別。

惝恍者，不可確指之詞也。惟其不可確指，故其所寫者，乃但為一種
感情之境界，而非一種感情之事件。惟透過透過詞中的這些意象，我
們可以把握到的是馮延巳焦慮、恐懼、猜疑、期待、悲怨等複雜的情
感內容。

2、感傷中見文雅思致

晏殊詞雖寫感傷、離別、相思，但葉嘉瑩說：「晏殊卻獨能將理
性之思致，融入抒情之敘寫中，在傷春怨別之情緒內，表現出一種
理性之反省與操持，在柔情銳感之中，透露出一種圓融曠達之理性
的觀照」〔註109〕。孫維城則說晏殊「直接以士大夫的面目出現，在
詞中抒發其傷春傷逝、傷離傷別的滄桑之感」〔註110〕。總之，晏殊
在風花雪月、酒宴歌席中能以其士大夫身分抒發他對宇宙、人生、
生活的感觸與體悟，故能散發文雅有思之韻味。晏殊閒雅富貴之餘，
始終帶有理性〔註111〕思維與生命探索，蓋「優裕的的物質生活並不
能滿足他渴求著探索人生奧秘的心靈，他心靈的觸角常常是其來無
端地伸向人心的深處，於是一縷輕煙薄霧似的哀愁，就上升到了他
的筆頭」〔註112〕。他以冷靜、理性之眼洞察世界，所以比較能夠掙
脫情感牢籠，其表達的是深思後的惆悵與感喟，而非怨天恨地的強
烈情緒。

〔註109〕見葉嘉瑩《唐宋詞名家論集・論晏殊詞》（河北：河北教育出版社，
　　　　1997 年）頁 56。
〔註110〕見孫維城《宋韻——宋詞人文精神與審美形態探論》（合肥：安徽
　　　　大學出版社，2002 年）頁 71。
〔註111〕葉嘉瑩《迦陵論詞叢稿・大晏詞的欣賞》（石家莊：河北人民出版社，
　　　　1998 年）頁 41。葉嘉瑩詮釋詩人之「理性」，不同於一般人出於一己
　　　　頭腦之思索，詩人之理性只是對情感加以節制，和使情感淨化昇華的
　　　　一種操持的力量，此種理性乃得之於對人生之體驗與修養。
〔註112〕見程千帆、吳新雷《兩宋文學史》（高雄：麗文文化，1993 年）頁 111。

　　晏殊詞作風格於閑雅中將些許寂寥無奈的心緒婉轉釋出，沒有激烈澎湃的情調，是一種和婉之音。值得注意的是，晏殊喜用「莫」字抒發其理性思維與感受，表達其語重心長的心底呼聲或真切期望，抒感勸說成分濃重。如在宴會中勸人盡興飲酒，切莫猶豫推辭：

　　　　座有嘉賓尊有桂。⬚莫辭終夕醉。〈謁金門〉

　　　　為別⬚莫辭金盞酒，入朝須近玉爐煙。〈浣溪沙〉

　　　　良會永、⬚莫惜流霞同醉。〈殢人嬌〉

　　　　當歌對酒⬚莫沈吟，人生有限情無限。〈踏莎行〉

　　　　四坐清歡，⬚莫放金盃淺。〈蝶戀花〉

　　　　君⬚莫笑，醉鄉人。熙熙長似春。〈更漏子〉

把握時光，及時行樂，莫讓光陰虛度，如：

　　　　勸君⬚莫作獨醒人，爛醉花間應有數。〈木蘭花〉

　　　　⬚莫教紅日西晚，留著醉神仙。〈長生樂〉

藉由「莫」字，強烈吐露詞人之告誡與願望，如：

　　　　⬚莫將瓊萼等閒分。留贈意中人。〈少年遊〉

　　　　⬚莫學蜜蜂兒。等閒悠揚飛。〈菩薩蠻〉

　　　　向蘭堂、莫厭重深，免清夜、微寒漸逼。〈睿恩新〉

晏殊善用「莫」字，恰如其分的表達其勸飲、抒感、告誡或希望的情感，此在晚唐五代以來的柔膩綺靡詞篇中，誠屬少見。〔註113〕

　　綜上所述，晏殊詞中的「反省與思考並不具有『形而上』的哲學特點，而是表現為時光體驗中的『憂生之嗟』，愛情心理中的『殘缺意識』和仕途奔競的『宦遊之思』等日常感性型的生命體悟」〔註114〕。他堅定舒徐、理性平靜的吐露其生活感受與思致，令人不禁再三咀嚼當中深意，體會其感傷中文雅有思之韻味風格。

〔註113〕參閱江姿慧《晏殊珠玉詞研究》（國立台灣師範大學國文研究所碩士論文，2004年）頁163～164。

〔註114〕見薛玉坤〈生命體悟與詩情消解〉（《宋代文學研究叢刊》第2期，1996年9月）。

3、雍容富貴中見閑雅

晏殊身居高位作小詞，享譽詞壇非緣於「窮而後工」，乃其善以「從容淡雅之筆，寫昇平富貴之態，神清而氣遠」〔註115〕，故其詞所散發出的富貴氣象、閑雅情調，深爲人們欣賞著迷。馮延巳與晏殊都曾仕至宰相，但兩人最大的不同點在於：馮延巳是強敵壓境下偏安小國的憂患宰相；晏殊則是全國統一、昇平盛世下的太平宰相。兩者之差異形成兩人內蘊氣質上的極大不同。晏殊之社會地位影響了他富貴閑雅、雍容大方的審美情趣，與當代的太平國勢、時代色彩走向一致，具有濃厚的貴族氣息。〔註116〕然而，晏詞雖富貴贍麗，卻擺脫了花間詞人的雕飾與穠豔，而顯得雍容灑脫，蓋緣其風範氣度不俗，又能清新造景、工麗詞語之故。宋人吳處厚《青箱雜記》卷五記載：晏元獻公雖起田里，而文章富貴，出於天然。嘗覽李慶孫〈富貴曲〉云：

> 「軸裝曲譜金書字，樹記花名玉篆牌。」公曰：「此乃乞兒相，未嘗諳富貴者。故余每吟富貴，不言金玉錦繡，而唯說其氣象，若『樓臺側畔楊花過，簾幕中間燕子飛』、『梨花院落溶溶月，柳絮池塘淡淡風』之類是也。故公自以此句語人曰：『窮兒家有此景致也無？』」〔註117〕

歐陽脩《歸田錄》卷二亦有類似的記載：

> 晏元獻公善評詩。嘗曰：「『老覺腰金重，慵便枕玉涼』，未是富貴語，不如『笙歌歸院落，燈火下樓臺』，此善言富貴者也。」〔註118〕

由上述記載，可知晏殊崇尚雍容高雅的審美趣味，亦沾沾自喜其富貴大度的風格。就如《文心雕龍・情采》云：「鉛黛所以飾容，而盼倩

〔註115〕見鄒自振〈北宋詞壇的報春花——兼評林抒校箋本《珠玉詞》〉（《二晏研究輯刊》第 3 期，1986 年 12 月）。

〔註116〕參閱張麗珠著《袖珍詞學》（臺北：里仁書局，2001 年）頁 69。

〔註117〕見〔宋〕吳處厚《青箱雜記》卷五（北京：中華書局，1985 年）。

〔註118〕見〔宋〕歐陽脩《歸田錄》（北京：中華書局，1992 年）。

生於淑姿」〔註119〕，胭脂粉黛固然可以增麗容顏，但是眞正的顧盼之美，必定出於內在的淑姿。所以「善言富貴者，必要能夠提煉出富貴生活中所蘊含的雍容器度、文雅氣息」〔註120〕，才不致於雕績俗麗。試由晏殊秋詞中揀選最能代表其富貴閒情與富貴雅興的作品，〈清平樂〉：

> 金風細細。葉葉梧桐墜。綠酒初嘗人易醉，一枕小窗濃睡
> 　　紫薇朱槿花殘。斜陽卻照闌干。雙燕欲歸時節，銀屏
> 昨夜微寒。

富貴與閒愁兩者，其實是互相依存的，非富貴，無以發閒愁；抒閒愁，須處富貴。而長期落拓坎坷或懷才不遇之文人，其作品多抑鬱、憤恨之辭，絕無此舒徐雍容、典雅閒逸之情調。張仲謀說：「一般人所謂愁苦，往往因境因事而生，而『閒愁』卻是一種不可得而名的『無名哀樂』。只有那些既有優越的生活條件，又不乏傷生憂世之心的詞人，才可能撇開現實的紛華喧囂，把感情的觸角伸到心靈意識的深處，使人類心靈中常存永在的一份悲哀得以表現出來」〔註121〕。晏殊即善於從歲時節物之推移、變化，敏銳捕捉刹那間之心靈感受，再用意象和節奏把那無端湧出的閒愁意緒固定下來。

　　晏殊所選擇與偏愛之色調，亦與作品之內容與特性密切相關。晏殊特別喜愛用暖系色調來點綴自然、人文景致，如紅、黃色，是最常出現的顏色，在頌禱詞中尤可表現溫馨情意及富貴氣息；此外，亦常出現的「青」、「綠」色，除了呈顯大自然之色彩，有時也可藉以「表達內心傷感淒惘的意緒」〔註122〕。所謂「溫雅的心情容易爲優美的色調所吸引，憂鬱的情緒自願爲暗澹的色調所包圍，一切都是根據心

〔註119〕〔南北朝〕劉勰《文心雕龍》（北京：中華書局，1985 年）。
〔註120〕見張麗珠《袖珍詞學》（臺北：里仁書局，2001 年）頁 70。
〔註121〕見張仲謀〈論唐宋詞的「閒愁」主題〉（《文學遺產》第 6 期，1996年）。
〔註122〕見王碧蘭〈用文字作畫──中國詩詞中的顏色應用〉（《國文天地》第 6 卷 2 期，1990 年 7 月）

理的活動來決定」〔註123〕；而「太平盛世的時代，人的身心較和平，相對喜歡較淡雅和諧的色彩」〔註124〕，晏殊詞中常出現的柔和優美色調，便極易予人平和、寧靜的情緒感受。如晏詞中同時出現「紅、黃、綠」三類色彩意象的〈清平樂〉：

> 秋光向晚。小閣初開讌。**林葉殷紅**猶未徧。雨後**青苔**滿院。
>
> 蕭娘勸我**金卮**，殷懃更唱新詞。暮去朝來即老，人生
> 不飲何爲。

詞中描述秋光向晚時分，一片昏紅的夕陽景致，亭閣初啓宴席，林葉殷紅與雨後青苔的對比色調令人心神眩目，金黃色的酒杯更添紙醉金迷的富貴氣息。〔註125〕

4、典雅與通俗兼具

歐公的小詞創作深受民間詞影響，如其〈漁家傲〉，原屬於講唱文學的鼓子詞調，是北宋民間流行的歌曲，歐公用之填了四十餘首歌詞作品，其中兩組「十二月詞」，一方面描寫各個節令的民情風物，一方面也融入離情相思或人生的羈旅感，使得詞風間具民間的平實性與文人的清雅性。尙有多首以採蓮女爲題材的作品，除能充分掌握南風水鄉女子活潑率眞的情態之外，也流露了此前少有文人的清雅婉約風調。〔註126〕這些作品深受民間風格的影響，主要體現在以對話構成作品主體、自由大膽地運用口語、採用雙關諧音、比喻新穎巧妙、聯章體的方式等，因此清新樸實、活潑生動。而歐詞中特殊的諧音雙關往往用在對「採蓮女」的描繪之時，因爲這類作品本來就是民歌中常見的，所以學習起來風格也容易相近。〈蝶戀花〉：「折得蓮莖絲未放，蓮斷絲牽，特地成惆悵。」「蓮」諧「憐」言愛憐之

〔註123〕見林書堯《彩色學概論》（臺南：力文出版社，1963年），頁102。
〔註124〕見鄒悅富著《色彩的研究》（臺北：華聯出版社，1982年），頁43。
〔註125〕參閱江姿慧《晏殊珠玉詞研究》（臺灣師範大學國文研究所碩士論文，2002年）頁112。
〔註126〕參閱歐淑娟《歐陽文忠公詞研究》（國立高雄師範大學國文研究所碩士論文，1996年）頁198～199。

心已斷;「絲」諧「思」,言內心的思緒卻無法真正割斷。這兩類字的諧音方式也都是南朝民歌中運用得最為普遍的。有時因此生發出巧妙新穎的比喻,〈漁家傲〉:「蓮子與人長廝類,無好意,年年苦在中心裡。」以「蓮子」的苦心喻離人內心的苦痛,則意味深長。因此歐公在接受民間詞表現手法的同時,能輔以其人格特質與藝術素養,是作品兼具雅俗風格的最大因素。

5、疏放與委婉交融

歐陽脩的詞,在藝術上,像晏詞一樣,受馮延巳的影響較大,有馮詞的某些風致和神韻,但與晏詞又有所不同。首先,歐詞的語言清勁、明快、剴切、朗爽,較之晏詞更流利暢達。如……等,詞多不用典故,不取寄托,不假雕琢,不事藻繪,甚至不用景物烘托,直截了當,明白如話,將一腔心事全盤托出,使讀者不必仔細體味、揣摩,即能領會詞中的意蘊,因而更容易打動人心,產生強烈的藝術效果。其次,歐詞所抒發的情,往往更濃摯、更深沉,不像晏詞那樣細微、柔和,表達的方式也更坦率、更直接,不像晏詞那樣宛轉、含蓄,因而力透紙背,顯示出一種熱烈、爆發性的風格。如〈木蘭花〉:

> 別後不知君遠近,觸目淒涼多少悶。漸行漸遠漸無書,水闊魚沉何處問? 夜深風竹敲秋韻,萬葉千聲都是恨。
> 故欹單枕夢中尋,夢又不成燈又燼。

本詞緊扣主題,直抒胸臆,一唱三歎,恣意揮灑,所蘊涵的情感張力,遠較晏詞濃重而強烈。雖少了一些晏詞的吞吐盤旋、欲語還休,卻多了些淋漓盡致、入木三分。

這也可回歸到歐公的性格,歐陽脩是至情至性之人,情之所至,往往用疏快、疏爽之語出之。這一類的作品,在抒情上,多以直抒胸臆的寫作手法來表露真情實感,然而,一味的疏放,容易走上粗豪,這並不符合詞的風格,而歐詞高明之處便在於疏快中自有品格,平和中透露著沉著,使豪放的風格中卻有雋永的效果,這即是歐詞疏雋的藝術風格。王國維:「永叔『人間自是有情癡,此恨不關風與

月，直須看盡洛城花，始與春風容易別』，於豪放之中有沉著之致，所以尤高」〔註127〕，而此「沉著之致」即是歐詞中「雋」的一種外現。歐陽脩能做疏放語，與他的坎坷政治經歷有密切關係，多舛的磨難仕途，大起大落後，歐陽脩曾對生命做過痛苦而深刻的思考，衝破得失榮辱後找到心靈歸宿。然而，歐公抒情雖逕直真率，而感情卻十分沉鬱。大抵表達普遍人生感慨者風格較為疏放，描述情愛相思者風格較為委婉，然此兩者又並非是絕對的判然異趣，也能見其相互交融的情形。

第三節　晏歐對馮之承繼與開新

今日所見馮詞與晏詞、歐詞互見者甚多，且在判斷詞之作者究竟為誰實有困難，這是緣於他們的時代相近，且作品題材、用語接相近，更重要的是藝術風格之相近。詞自晚唐以來，便以娛賓遣興為其功用，故多寫男女豔情。而相思離別之怨、紅香翠軟之態觸目皆是，世人常以綺靡目之。直至韋莊出現，才開始有意在詞中披露個人的情感，而不再躲在女子身後作他人的代言者。這個改變在馮延巳手中得到了進一步的擴大，他的某些詞作已不再拘限於兒女閨情的範圍，而是著意抒發一己的人生感慨與惆悵憂思。而至北宋初年，這類小令不只繼承了「花間」遺風，更繼承了南唐馮延巳的傳統，但它又不是簡單的延續，而是有了新的時代特點和作者的藝術個性。

一、馮詞之拓展與鋪墊

馮延巳在中國詞史的發展上，是個承先啟後的人物。馮延巳詞揉合著時代、地域的因素，又有個人對於詞風的創造，從而造就一種新風貌。它是對「花間」詞風的繼承，又是對「花間」詞風的「提

〔註127〕王國維著，徐調孚校注《校注人間詞話》（臺北：鼎淵文化，2001年）頁16。

高」。實際上馮詞最大的成就在於：意象的轉型與意境的拓展。由於花間詞中的意象大都集中於對女性之容止，服飾，及宴樂場面和閨房陳設的描繪，然而，馮延巳的作品也並未完全脫去這種傳統，但馮詞中一些優秀之作卻能超出花間，將目光投向外面的世界，儘管仍不免局限於庭院、樓閣、園林之中。花間詞中那些「駢金儷玉」的意象，之所以不具備更深的抒情功能，就在於其偏重於感官的印象，而無法蘊蓄更多超越感官因素之上的情感內涵。馮延巳詞，之所以選擇外部景物意象，正是爲了通過這些意象構製成的意境，表達自己深沉的生命情感體驗。可以說，詞作爲一種文學體裁，到馮延巳手中，已經由單純的宴飲娛樂之鋪寫，上升爲知識份子對個人情懷的書寫與詠唱。詞人那種無處不在的生命悲情投射於所製造之境界中，構成深美的意境，使其超越了景物自然狀態的描摹。這種意境具有較大的意蘊張力，讀者能夠在其中體悟到詞人某種情感體驗，尤其是那種基於生命的悲劇性體驗的痛苦。

總而言之，馮詞內容選取和藝術手法，將溫庭筠以來的婉約詞風更加深化，一定程度擺脫了「花間」詞風的薰染，拓展了詞的藝術境界，深化了詞的抒情品味，使之更深婉含蓄、精致細膩，並帶有濃厚的文人典雅氣質。這一點也更加能夠被後代士大夫文人所接受和倡導。影響了北宋晏殊、歐陽脩等一批詞人的創作，爲開啓北宋初期詞風作出了重要的鋪墊和貢獻。王國維《人間詞話》：「正中詞，雖不失五代風格，而堂廡特大，開北宋一代風氣」〔註128〕這一評論是最好的注解。

二、晏詞之承繼與新變

晏殊詞受花間詞的影響較多表現於形式、內容方面，卻「能脫棄那種鏤金錯采的堆砌雕琢之病，獨辟新徑。他的語言，疏淡閒雅，含

〔註128〕王國維著，徐調孚校注《校注人間詞話》（臺北：鼎淵文化，2001年）頁10。

蓄深沉，情意纏綿而不陷於輕薄，措辭華麗而不流於穠豔；詞風開闊曠遠，意境情景交融」〔註129〕。因此，晏殊主要承其婉約基調，而有所發展新變。晏殊尤特別喜愛馮詞惆悵淒苦的意境和俊美清柔的風調。〔宋〕劉邠《中山詩話》云：

晏殊尤喜馮延巳歌詞，其所自作，亦不減延巳樂府。〔註130〕

晏殊之所以「尤喜」馮詞，既與二人皆爲宰相的身份、地位有關，也與二人對生活的體驗具有某些相似之處有關：晏殊常處富貴思危、當歡筵而生愁的詞心與詞情，便與馮延巳頗爲相似。晏殊處於北宋承平年代，其詞篇雖亦不自主流露其個人愁緒與悲懷，然其所吐露的哀愁悲怨絕不似南唐二主般憂傷恐懼，亦沒有馮延巳之深刻凝重，是有所承亦有所變。葉嘉瑩在《迦陵論詞叢稿》中也說：「想要在大晏的詞中尋找孤臣孽子、落魄江湖的深杯幽怨的人，當然不免感到失望」。〔註131〕在他的詞中不再見到唐末與五代天下岌岌，文人們於危苦繁亂之中流露出背傷淒惶的情緒和縱情聲色的頹廢心理。因此，在情感上承繼的意義，乃指晏詞承繼了馮詞特有之纖細幽微的生命感觸，故甚具感發人心的力量，不論是感慨人生的無常，或是哀嘆光陰的流逝，這些感傷，不是專從一時一事一景一物所興起，而是與生命始終相生相繫的人生感觸，也因爲馮、晏二人寫的盡是感情的境界，並不固著於某件事物，因此極易讓人能夠在自由的聯想中獲得啓發。

謝桃坊在〈北宋倚聲家之初祖晏殊〉一文中指出：「他在繼承唐、五代詞藝術經驗的基礎上，以明淨雅致的語言，深刻而纖細的內心體驗、曲折精巧的構思，利用了令詞收斂濃縮的抒情藝術形式的優長，間接地反映和歌頌了北宋的太平盛世、表現了優美高尚的情操和對現

〔註129〕　見李華〈簡論二晏詞的積極因素〉(《二晏研究輯刊》第三期，1986年12月)。

〔註130〕　〔宋〕劉邠《中山詩話》，收於唐圭璋《詞話叢編》(北京：中華書局，1986年)。

〔註131〕　葉嘉瑩著《迦陵論詞叢稿‧大晏詞的欣賞》(石家莊：河北人民出版社，1998年)頁45。

實人生的眷戀」。〔註132〕〔清〕劉熙載《藝概》便言：「馮正中詞，晏同叔得其俊，歐陽永叔得其深。」〔註133〕「俊」是一種才氣，秀逸之氣。是一種精神的美，是一種才情韻致的，帶有飛揚給人啟發的一種美，是一種悠遠的綿長的感發的意味。葉嘉瑩曾解釋為：「『俊』者是不僅是外貌形體的美，而是一種精神姿態活潑伶俐的另外一種美。」〔註134〕然而，晏殊在詞體內容開拓則是有所創新：詞體之興起源於侑酒、應歌的需求，晏殊除了承繼此一實用功能，其頌禱詞則進一步開拓了詞的實用功能，兩宋詞人遂熱衷於填詞祝壽〔註135〕。「詞之初起，事不出於閨帷、時序。其後有贈送、有寫懷、有詠物，其途遂寬」〔註136〕，晏殊之詠物詞可說有助開啟宋代詠物詞風。

三、歐詞之兼融與開新

　　詞的本性中，原有一定的娛樂性和民間性，雖歷經唐五代至宋初文人的參與，已與日俱減，但尚有跡可尋，故在《六一詞》中仍不乏享樂飲宴之內容及民間歌曲之口吻，而又因「詞之初起，事不出閨帷」〔註137〕，故詠男女情愛的內容在《六一詞》中亦所在多有，此亦是歐詞「婉約」風格的主體。故游宴、民間性及閨情此三大部分可說是《六一詞》在內容上及風格上對傳統詞作的繼承。

　　歐詞中有許多描寫兒女柔情與感時傷懷的小令，感情深摯纏綿，風格幽微婉曲，的確承繼了五代餘風。王國維云《人間詞話》：

〔註132〕見謝桃坊〈北宋倚聲家初祖晏殊〉（《中國古代、近代文學研究》第2期，1986年）。
〔註133〕〔清〕劉熙載《藝概》（臺北：華正書局，1988年）。
〔註134〕葉嘉瑩著《唐宋名家詞賞析（一）溫庭筠、韋莊、馮延巳、李煜》（台北：大安出版社，1992年）頁128。
〔註135〕參閱江姿慧《晏殊《珠玉詞》研究》（國立臺灣師範大學國文研究所碩士論文，2004年）頁171～172。
〔註136〕見〔清〕先著、程洪撰，胡念貽輯《詞潔輯評》卷二，收於唐圭璋《詞話叢編》冊二（北京：中華書局，1986年）。
〔註137〕見〔清〕先著、程洪撰，胡念貽輯《詞潔輯評》卷二，收於唐圭璋《詞話叢編》冊二（北京：中華書局，1986年）。

「馮正中玉樓春詞『芳菲次第長相續，自是情多無處是，尊前百計
得春歸，莫爲傷春眉黛促』，永叔一生似專學此種。」〔註138〕即具
體點出了歐詞對馮詞的承襲之處。因歐詞和馮詞在風格上有如此多
的相似之處，故《六一詞》與《陽春集》中互見之作甚多，由此更
可見歐詞之深受馮詞之影響。

　　然而，歐之承襲絕非單純因襲，正如劉熙載在《藝概》中云：
「馮延巳詞，晏同叔得其俊，歐陽永叔得其深」〔註139〕。「深」，
是深沉、深細。歐陽脩這類詞，通過離情別恨來寫戀情相思者，就
內容上而言，雖未突破「花間」藩籬，但歐公之構思卻比較別緻，
描寫情感也向深沉、深細方面開掘發展，在抒情性與內心刻畫上，
可以看出明顯的演進。

　　此外，《六一詞》的風格亦有少部分受了晏殊之影響，〔清〕馮
煦《蒿庵論詞》云：「晏同叔去五代未遠，馨烈所扇，得之最先，故
在宮右徵，和婉而明麗，爲北宋倚聲家之祖。」〔註140〕晏殊是北宋
最早投注較多心力在詞的創作上的文士，歐爲晏之門生，而晏、歐
二氏又同是江西人（晏爲臨川，歐爲廬陵），詞風同受南唐二主與馮
延巳影響，故歐詞在創作上亦不免受了晏詞的影響，如二人的閨思
之作皆有以平淡字句寄深遠意境之相似處，又二人亦皆喜在詞中言
春景及酒等事物，故在風格上亦有相近的詞風產生。唯他有過四歲
喪父，家境清寒的生活環境，對民眾疾苦有較多的體會和同情，從
政後又飽受官場傾軋，宦海浮沉之苦，因此在他餘興遣賓的小詞裡，
多了份深致沉郁的含蘊。清人馮煦評歐陽脩詞云：「其詞與元獻同出
南唐，而深致則過之」〔註141〕最後，馮煦《宋六十家詞選》例言云：

〔註138〕王國維著，徐調孚校注《校注人間詞話》（臺北：鼎淵出版社，2001
　　　　年）頁 12。
〔註139〕〔清〕劉熙載《藝概》（臺北：華正書局，1988 年）。
〔註140〕見〔清〕馮煦《蒿庵論詞》，收於唐圭璋《詞話叢編》冊四（北京：
　　　　中華書局，1986 年）。
〔註141〕〔宋〕毛晉輯：《宋六十名家詞‧宋六十家詞選例言》（臺北：臺灣

宋至文忠，文始復古，天下翕然師尊之，風尚爲之一變。即以詞言，亦疏雋開子瞻，深婉開少游。〔註142〕歐公疏放明快的的詞風、直抒胸臆的表現手法，也啓發了蘇軾，間接影響了南宋大詞家辛棄疾；其委婉蘊藉的風格、含蓄隱約的手法則影響了秦觀與李清照。由此可見他在宋詞中的成就地位。

　　晏殊、歐陽脩爲北宋初詞壇領袖，他們以其情致深委、清朗高逸的詞風影響著其他詞人的創作，其秉承馮延巳寄托之詞的憂患，一抒人生之感慨，並使宋初詞向健康、眞摯的方向發展，爲宋詞創作高峰開闢道路。關於馮、晏、歐三人在詞風上的繼承之處，葉嘉瑩說：「馮延巳與晏殊、歐陽脩三家詞的相同之處在於他們都能掌握運用詞體要眇宜修特質，並都在無意中結合了自己的學養與襟抱，爲詞體創造出一種深隱幽微而含蘊豐美之意境。」〔註143〕此段話可作爲馮、晏、歐三人在詞作上的繼承與發揚的最佳說明。

　　　　商務印書館，1965 年）。

〔註142〕〔宋〕毛晉輯：《宋六十名家詞・宋六十家詞選例言》（臺北：臺灣
　　　　商務印書館，1965 年）。

〔註143〕見葉嘉瑩、繆鉞合撰《靈谿詞說》（臺北：國文天地出版社，1989
　　　　年）頁 111。

第六章　結　論

　　在中國古典文學的研究中，可以發現中國古代文士的感傷經驗，通常來自兩種原因：一種是人事遇合的挫敗，一種是生命自身的焦慮。也許人的際遇窮達會有不同，不過在生命本質上是永遠被公平對待著，不論富貴貧賤、賢明愚昧，在強大的自然規律前，人相對顯得一律是如此藐小與無能為力。因此「人事遇合的挫敗」可能致使大多數的文人滯礙在仕宦路上，外在價值無從實踐完成。但「生命自身的焦慮」才是中國士人在不論窮通的際遇中內在情感的主調，或隱或顯罷了。

　　傳統天人合一的文化內涵，習於將人與自然間作內在深層的對應，人們感傷的情緒與大自然景象相互觸發。而秋天由盛極而衰的徵候特質，特別容易引起人們的諸多體驗聯想。此一文化心理，葉嘉瑩曾指出：「是黃落的草木驀然顯示了自然的變化與天地的廣遠，是似水的新寒驀然喚起了人們自我的反省與內心的寂寞」〔註 1〕而中國文化的悲秋主題肇始於《詩經》，以秋景來起興，直到宋玉〈九辯〉成為中國文學中感秋意識的原型，悲秋主題及與「感士不遇」密切結合，這種由時間意識和追求意識相織而成的時遇感，成為士

――――――――――――――

〔註 1〕葉嘉瑩著《迦陵論詞叢稿》（石家庄：河北人民出版社，1998 年）頁263。

人表達「人事遇合的挫敗」常見之方式。那麼仕宦之路上，終究存
在著少數的幸運兒。

　　本文討論的主題詞人，官至宰輔，仕宦之路可謂顯達。人生中
的第一個外在價值的關卡，他們似乎闖過了，然而，這樣的人生就
可謂美妙而無缺憾嗎？事實上，再順利的旅途亦存在坎坷。他們同
樣也需面對生命中的種種困境，更何況人之生命終將無可避免的走
向死亡。那種越是富貴越是珍惜、越是憂懼好景不常心理，喚醒他
們內心人生無常的憂患感以及危機感。富裕的物質生活，使宰相詞
人們有閒情來洞悉精神層面上的問題，他們從季節歲月的不停流逝
中，看到了自我生命的消耗；從草木的繁茂凋謝中，看到了自我生
命的盛衰變化。他們所珍惜的和悲傷的實際是人的存在價值。但也
由於個人生命情調的不同，他們在大自然的啓示下所獲得的感悟也
各異其趣。

　　總而言之，本文──宰相詠秋詞之研究，重點在於藉著「大自
然之秋」以聯繫宰相詞人對「人生之秋」的感嘆、深省以及珍惜之
情。因爲在春去秋來的永恆面前，人對生命短暫的體驗已成爲共識。
小至個人一己之悲，大致全人類之悲。秋天已然成爲表達生命情感
的母題。在秋天普遍的感傷基調下，特殊身分地位的宰輔詞人，面
對中國文學傳統積澱下有特殊文化意涵的季節，是用怎樣的一副心
眼觀之？和普通一般人有何同有何異？隱藏在其身分地位下，他們
脆弱柔軟的感情世界與心理性格是值得深究的。本文「唐五代北宋
宰相詠秋詞研究」綜合以上各章的討論，歸結出三點研究心得，以
下即分節扼要敘之：

第一節　生命價值之積極探索

　　從情感內蘊上看，唐五代至北宋的詞，基本上畫分爲兩大類型：
一類爲單純表達愛情的歡愉與愁苦，並將感情移入自然之景；另一

類卻是在表達愛戀與情感之不完滿時，多了一份悵惘之感，進一步呈現出對人生短暫、生命有限的憂思。第二類的描寫或抒發尤見於南唐君臣所作。北宋初，晏、歐等人主要承繼著馮延巳的藝術風格，同為身處宰輔的位置，他們在必須符合其身分地位的時間與場合裡，兢兢業業地對朝廷、對皇帝盡忠，一本正經的以「正人君子」面目處事應對。但私下的生活情感，是奉行著自己的人生理念過著及時享樂的生活，這種享樂不僅表現在對物質生活的盡情追求，更重要的是對精神生活的細致品味。因此，他們在表現現實人生的歡愉與自身生命的圓滿時，同時也較多地呈現出對生命本體的某些沉思，對於生命難久、時光易逝、聚少離多等心緒底層的展示與挖掘更現深度。

馮延巳以一有才之身，侍立一隨時可亡之國，特殊的境遇使得他對於人生有較深刻的思索。由於性格使然，馮延巳總是採取一種執著熱烈、強烈而無悔的情感態度。如馮延巳〈拋球樂〉：

> 盡日登高興未殘，紅樓人散獨盤桓。一鉤冷霧懸珠箔，滿面西風憑玉闌。歸去須沉醉，小院新池月乍寒。

詞人在聽歌飲酒的意興中，原本就有一種潛在的寂寞凄涼的心緒。明知如此，「紅樓人散」後，仍執意孤零零的一個人，在這不著天、不著地的小樓上獨自徘徊，似乎是有意識地「享受」這份孤寂凄涼。詞中「歸去須沉醉」一語，強作自我寬慰之際，以酒化怨，以歡樂作結，無限悲酸即溢於言外，詞情顯得怨而不怒，哀而不傷，更顯纏綿情深。飲酒進而勸酒，往往起到催化和宣洩情緒的作用。可以這麼說：馮延巳詞中的酒是用以沉溺、麻痺、療傷的。

馮詞更為突出的是，追憶的抒情氛圍。現實中漸為失敗者的自我和理想中躊躇滿志、無往不利的自我間存在著巨大的反差，馮延巳漸漸成為一位「活在過去式」的人，逃避的心理促使他本能地過濾掉各種現實的難堪，使過去的人事物變得美好，馮詞中追憶的往事既有歡樂，也有離別和傷心，但無論是「前歡」還是「舊恨」，所

觸發的都是「新愁」。他在回憶中體驗的不是具體的人、事、情,而是一種流逝,是「過去」這一過程本身。似乎只有通過回憶才能證明其生命存在的價值。馮延巳〈拋球樂〉:

> 坐對高樓千萬山,雁飛秋色滿欄杆。燒殘紅燭暮雲合,飄盡碧梧金井寒。咫尺人千里,猶憶笙歌昨夜歡。

儘管他在一夜笙歌中曾經狂歡極樂,但當他從喧鬧中沉靜,從酣醉中驚醒,留給自己品味的卻只是回憶過去所帶來的一絲悲意。時間的向前性及思維的停滯性、回溯性,使其焦慮和無奈更加突兀地呈現出來。他寄身於觥籌交錯、笙歌歡舞中,享受到的只是暫時迷醉和狂歡,隨之而來的便是寒徹入骨的的寂寞和無可名狀的空虛。總結來說,馮延巳對是一個極敏感、極固執、極文人化的政客。他對自己的艱難處境、對自身的悲劇始終以正眼視之,甚至是積極相向,清醒地甚至有幾分品嚐意味地看著自己如何在苦海裡掙扎。這樣的生命的悲劇性體驗使馮延巳的詞中處處浸透著悲情。

然而,到了號稱太平盛世之宋初,在珍視個人生命價值的時代氛圍下,晏、歐更明顯的表達出對時序流轉的敏銳感知以及對宇宙和人生無法抗拒的榮衰生殺之無奈。他們徹悟到「生」的短暫,又憂懼「老」或「死」之到來,處在進退兩難的境況中,必定要尋找出讓身、心解放進而得到快樂的方法。晏殊〈清平樂〉:

> 秋光向晚,小閣初開宴。林葉殷紅猶未遍。雨後青苔滿院。
>
> 蕭娘勸我金卮。殷勤更唱新詞。暮去朝來即老,人生不飲何為。

〈少年遊〉:

> 芙蓉花發去年枝。雙燕欲歸飛。蘭堂風軟,金爐香暖,新曲動簾帷。 家人拜上千春壽,深意滿瓊卮。綠鬢朱顏,道家衣束,長似少年時。

「酒」是晏殊人生選擇的形象化表現。面對不可抗力的生命規律。晏殊他選擇的是「及時一杯酒」、以及「得意時須盡歡」。因此,在酒宴歌席中,他飲酒盡歡解憂;在壽宴嘉會裡,他傾酒祝壽祈願。人生有

限是令人憾恨的，但能對此憾恨有深刻的體認是可貴的，多少忙茫盲的人們比起這既定的事實更爲可悲。在面對不可挽回的時事物時，晏殊並不陷溺於悲情，反能以理性的態度面對，立足於現實，把握當下每一刻。再次，晏殊詠秋詞作中，所寫之花，種類繁多，總體可見，在一年四季之中，晏殊偏愛木芙蓉、蜀葵、黃菊、清荷等秋花，並用大量的篇幅來讚詠他們的清雅和獨立寒秋的精神。〈更漏子〉爲例：

> 菊花殘，梨葉墮，可惜良辰虛過。新酒熟，綺筵開，不辭
> 紅玉盃。　　蜀絃高，羌管脆，慢颭舞娥香袂。君莫笑，
> 醉鄉人，熙熙長似春。

晏殊從花開的短暫中看到生命趨向於衰老滅亡的規律，這個規律帶給人無比的威脅，而這規律又是必然而不能超越的，於是只有努力把握春花短暫的開放，才能抵住光陰的催迫，以留住花開的光景，來減緩自己生命時間流逝的速度，晏殊這種惜時心理表現於外的是愛花惜花之舉。

　　然而，人生自其可悲之處觀之，很多事情都是可悲的，若自其可樂之處觀之，世間卻也存在著不少可樂的之事。如果說，晏殊是用他的反省、他的節制，用他理性的思索從憂患苦難中掙扎出來，那麼歐陽脩是通過一種排遣與觀賞的態度使自己從人生的憂患苦難中超拔出來。歐陽脩〈漁家傲〉：

> 一派潺湲流碧漲，新亭四面山相向。翠竹嶺頭明月上。迷
> 俯仰，月輪正在泉中漾。　　更待高秋天氣爽，菊花香裏
> 開新釀。酒美賓嘉眞勝賞。紅粉唱，山深分外歌聲響。

人生難免苦悶，但歐陽脩的主導思想是達觀，「以遊賞自娛樂」，他的心境是眞樂，不是假樂。其中免不了新釀美酒。然歐公之酒絕非借酒澆愁，而是用以陶醉，用以助長其超拔人生之氣勢。葉嘉瑩曾說過：「他在享受和欣賞的背後隱藏著悲哀，但始終不肯向悲哀屈服」〔註2〕總而言之，歐陽脩超越人生困境的方法，是寄情於山水、寄

〔註2〕參閱葉嘉瑩：《古典詩詞講演集‧從『三種境界』與接受美學談晏歐

情於飲酒。既不墮落也不灰心，因為他總是知道如何欣賞、享受大自然和人生。

　　總之，時間對於任何人來說，再公平不過，即使高高在上的宰輔詞人，站在造化之前，他們脆弱的心理無異於一般人。追究本質，是因為人感知到了生命的可貴和短暫。認清生命有限此一事實，人們總是希望在有限生命中，多一些人事上的圓滿，少一些情感上的缺憾。生命短暫已讓人苦悶傷感了，那麼在短暫的生命中還要經受人事無常的痛苦，這對於生命意識極度敏感的詞人來說，是多麼的使之黯然神傷。然而，當人生的秋意襲上心頭，流洩於筆頭後，又可見這群宰輔詞人異於一般人之處。這是因為所立足的位置不同，讓詞人自然而然就把自身的學問、懷抱跟國家的關係結合起來，其學問、修養、經歷和特殊的身世遭遇使得這種短小的愛情詞的內容、境界更為開闊。

第二節　富貴閒愁之跌宕情感

　　陳世修為馮延巳《陽春集》所做序文：「公以金陵盛時，內外無事，朋僚親屬，或當燕集……。」〔註3〕沈括《夢溪筆談》卷九晏元獻條記述晏殊歌詞創作背景：「時天下無事，許臣僚擇盛宴飲……。」〔註4〕兩則記載之或為「那外無事」、或為「天下無事」，實則南唐金陵「內外無事」是假，宋初汴京「天下無事」是真。事實上，南唐國勢危墜飄搖，馮延巳只是苦中作樂。偏安危墜的南唐與太平盛世之宋初，正是時代情感這一點，決定了晏殊、歐陽脩等北宋文人士大夫詞，在承繼南唐藝術傳統上，而情感色彩以及藝術格調呈現出基本上的差異性質。

　　　詞欣賞》（河北：河北教育出版社，1997年）頁200。
〔註3〕曾昭岷校訂：《溫韋馮詞新校》（上海：上海古籍社出版，新華發行，
　　　　1988年）頁1
〔註4〕〔宋〕沈括：《夢溪筆談》（北京：中華書局，1985年）。

　　馮延巳在烈祖李昇時即以秘書郎的身份與中主李璟游處，李璟即位後，他先後幾度拜相，深得寵信，晚以太子太傅卒。從表面上看來，一生可謂位極人臣，富貴顯達，既非懷才不遇，亦非沉淪下僚，然而，他詞中卻總是充溢著抑鬱愴怳之情。馮延巳〈更漏子〉：

　　　　雁孤飛，人獨坐，看卻一秋空過。瑤草短，菊花殘，蕭條
　　　　漸向寒。　　簾幕裡，青苔地，誰信閒愁如醉。星移後，
　　　　月圓時，風搖夜合枝。

這類主題的詞作，可以感受到他那種深沉又難以明確指實的抑鬱，較之唐五代，其作逐漸擺脫既定的人、事、物、時、地，直探情感潛在的核心，具有較為深厚的情感力量。事實上，馮延巳那種「不思自來，揮之不去」的閒愁既有屬於本然個性上的多愁善感，同時也是對南唐風雨飄搖國勢的一種隱約的憂戚之感。馮延巳〈鵲踏枝〉：

　　　　秋入蠻蕉風半裂。狼藉池塘、雨打疏荷折。繞砌蟲聲芳草
　　　　歇。愁腸學盡丁香結。　　回首西南看晚月。孤雁來時。
　　　　塞管聲嗚咽。歷歷前歡無處說。關山何日休離別。

詞人的筆下。風裡落花、雨中丁香，以至包圍著重樓的氣氛，全都染上一層鬱悶的愁緒和化不開無名的惆悵。主人公無限感傷的反覆深訴，可說是與國運興衰休戚相共，是那種內心充滿矛盾痛苦，不斷掙扎的悲苦辛酸。

　　而北宋前期，詞裡的閒情屬於心靈感悟的那一部分，被表現得更為深細，它已除去了時代所帶來的危墜感，多了份盛世所帶來的富貴氣息和豪情。晏殊〈清平樂〉：

　　　　金風細細，葉葉梧桐墜。綠酒初嘗人易醉，一枕小窗濃睡。
　　　　　紫薇朱槿花殘，斜陽卻照闌干。燕欲歸時節，銀屏昨
　　　　夜微寒。

主人公是在安雅閒適的相府庭園中從容不迫地咀嚼品嘗著暑去秋來那一時刻，自然界變化予人身心的牽動之感。這當中，含有因節序更替、歲月流逝而引發的一絲閒愁，但這閒愁淡淡的、細柔的，甚至是飄忽幽微若有若無的。晏殊生於太平盛世，長於太平盛世，而且可謂

善處太平盛世。他在詞中努力追求現實恬靜中的現實人生歡樂，在他的詞中處處可見繁華熱鬧的氣氛和景象，只有在曲終人散、酒闌宴罷、物是人非之後，惆悵憂傷才現。晏殊〈清平樂〉：

> 春來秋去。往事知何處。燕子歸飛蘭泣露。光景千留不住。
>
> 　酒闌人散忡忡。閒階獨倚梧桐。記得去年今日，依前黃葉西風。

在酒闌人散後表現的感慨，所傳達出來的是富貴者內心的淡淡閑愁。是處於繁華盛世而又敏感睿智的詞人的富貴閑愁。畢竟是時代氛圍不同，太平時期的宰相晏殊，聰穎早慧、少年得志，仕途雖有跌宕，但起伏不大。總能在人生萬物無常的變遷中，尋找自處之道，樂而不淫、哀而不傷的冷靜思致，顯示了優雅、溫厚、高尚的個人氣息。而歐陽脩由於性格上的剛勁耿直，致使仕宦之路屢經浮沉，富貴榮達與困厄艱苦，皆曾領受。歐陽脩總是具有衝破困阨的勇氣，因此個人情感較爲熱烈奔放，流露出較爲深刻鮮明、豪情意興的生命情調。

在參與歡樂的飲宴，歐公常自熱鬧中抽身而出，以超然姿態，觀照紅塵滾滾的人世。每每遊賞西湖，重點皆不在向外徵逐，所感所得乃是澄淨心靈品味靜觀的恬然之趣。歐陽脩〈採桑子〉：

> 殘霞夕照西湖好，花塢蘋汀。十頃波平。野岸無人舟自橫。
>
> 　西南月上浮雲散，軒檻涼生。蓮芰香清，水面風來酒面醒。

這是一種繁華落盡之美。在一片蒼茫的暮色中，流露出沉靜安祥之美，是隨順天地自然之一種無所勉強、無所牽絆的淡泊心態，在幽寂中靜觀萬物變化的佇待心情。全詞流露出解除羈縛後灑脫與淡淡的蒼涼。

喜聚不喜散爲固然爲人之常情，而三位宰輔詞人每每在酒闌歌罷人散後，才正式點亮內心的世界。只因，眾人簇擁的宰相身份地位太過吵雜與渾沌，無法讓詞人的心緒沉靜下來，好好審視、關照生命中最真實的追求，唯有抽身獨立出來，才能澄靜以現真情。然而，其中

也不乏更為敏感地在繁華喧鬧中的歌筵酒席中即有感發。總而言之，宰輔詞人因地位所賦予的物質生活是富貴而優遊的，因此能在閒適圓融的生活情調中，將對生活抑或人生的靈心銳感發而為詞，體現了色彩豐贍、景物優美的高華風格，這也算是是一種富貴氣象的體現。

第三節　各顯俊深之藝術風格

就每個人而言，外在的環境和遭遇，並非樣樣可以選擇和掌握，但是由於不同的性格，對環境、遭遇的反應便會有著絕大的差異，也因為存在著不同的審美觀和藝術表現而使得藝術風格各具個人風格特色。

檢視馮、晏、歐三人的詠秋詞作，三人各有側重的內容類別。馮延巳的詠秋詞作中，側重的內容，雖為充滿女性情調的閨情詞，但在境界上已較花間詞更形拓展。馮詞中的秋日背景是廣泛的，有蕭索的秋風秋月，有富麗堂皇的殿台樓閣，有孤寂的秋雁蟬鳴，有倚紅偎翠的弦歌宴樂，不管用什種景，他都能寄之以情，透出情景的交融。而馮詞筆下秋天的冷暖常常不是溫度意義上外在的感覺，而是內在情感的抑鬱與悲涼、矛盾與痛苦。尤其景物愈是淒涼，心緒愈是悲涼，背景愈是蕭索，反映主人公的悵網之情就愈深刻、愈細緻，從而形成其動人心弦的藝術張力。馮延巳〈鵲踏枝〉

蕭索清秋珠淚墜。枕簟微涼，展轉渾無寐。殘酒欲醒中夜起，月明如練天如水。　　階下寒聲啼絡緯。庭樹金風，悄悄重門閉。可惜舊歡攜手地。思量一夕成憔悴。

以枕簟微涼、月明如練、天靜如水、絡緯啼寒、金風拂樹，重門深閉的淒清孤寂、寒氣逼人渲染了這種悲涼的氣氛。最後以「思量」、「憔悴」照應「淚珠」，點醒全篇。近代著名詞評家俞陛雲評這首詞：「寫景句含婉轉之情，言情句帶淒清之景，可謂情景兩得。」非常精到地指出了本詞創造感情境界的藝術方法。

由於時代客觀條件的局限和政治人事的缺憾，馮延巳的生命中彌

漫著志意未成的挫傷。終其一生，他糾纏在迷失自我的痛苦與尋找自我的迷惘中，這種感情滲透在詞中，便營造出一種纏綿的深致。如〈芳草渡〉：

> 梧桐落，蓼花秋。煙初冷，雨才收，蕭條風物正堪愁。人去後，多少恨，在心頭。　　燕鴻遠，羌笛怨，渺渺澄江一片。山如黛，月如鉤。笙歌散，魂夢斷，倚高樓。

面對不可避免的人生悲劇，馮詞中表露了無可奈何之情與竭力抗爭的意念，是由靈魂深處產生的衝突矛盾而迸發出的藝術火花。其詞雖然不無富貴享樂生活內容的表現，但寫得更多的是人生不如意、生活不美滿式的憂患意緒和感傷情調。悲哀的心緒與執著的情緒彼此撞擊、矛盾形成了王國維指出過的「和淚試嚴妝」藝術風格，既雍容雅麗卻又幽冷哀惋。

今日所見馮詞與晏詞、歐詞互見者甚多，且在判斷詞之作者究竟為誰，實有困難，這是緣於他們的時代相近，且作品題材、用語接相近，更重要的是藝術風格之相近。然而，晏、歐之承襲絕非單純因襲，正如劉熙載在《藝概》中云：「馮延巳詞，晏同叔得其俊，歐陽永叔得其深」。嘆老傷逝則是《珠玉詞》中抒發秋懷的主調，多以及時行樂表現其惜時的心情。晏殊的閑愁特色也表現在他善用思致淡化愁情。感懷物是人非、人生短暫、宇宙永恆時，沒有那種讓人摧肝裂肺的痛楚，只為那種哲理性的感嘆而觸動，和馮延巳淒清之景的那種句子大有不同。

晏殊〈清平樂〉：

> 秋光向晚，小閣初開讌。林葉殷紅猶未徧，雨後青苔滿院。　　蕭娘勸我金卮，殷勤更唱新詞。暮去朝來即老，人生不飲何為。

詞中所抒多為擺脫沉溺於感傷和回憶，理性地超拔出感情的糾纏，從而充分享受眼前的歡樂。除此之外，晏殊詠秋詞作中較為特別的是頌禱詞與詠物詞，前者藉由自然風物的烘托，增添清雅氣息；後者將所詠的秋日景物結合現實人世，從中寄託自我情懷。總而言之，無論時

序感懷或寫景、詠物詞中，晏殊總以安閒自如的角度審視著季節變化，故秋天在其筆下顯得清麗可親，而較少蕭殺愁絕之氣象。

　　而歐公詠秋詞中，除了以秋日寄寓人生感慨和情愛相思兩大內容之外，較爲突出的是其爲數甚多的節序詞。以〈漁家傲〉調詠寫一年十二個月節物風俗之詞，共兩組二十四首，其中秋季的部份爲詠七八九三個月份，共六首。這種題材的詠秋詞作，可說相當新鮮，他吸收的民間詞的表現方式，生動的表現了秋季的景物風俗，技巧性地融入人物的情懷。更爲成功的是其歌詠蓮花及採蓮女的作品，對蓮與採蓮女子外在形象的描寫，以及內在少女情懷的刻畫，皆能曲盡形容。如〈漁家傲〉：

> 一夜越溪秋水滿。荷花開過溪南岸。貪采嫩香星眼慢。疏
> 回眄。郎船不覺來自畔。　　罷采金英收玉腕。回身急打
> 船頭轉。荷葉又濃波又淺。無方便。教人只得抬嬌面。

〈漁家傲〉：

> 近日門前溪水漲，郎船幾度偷相訪。船小難開紅斗帳，無
> 計向。合歡影裏空惆悵。　　願妾身爲紅菡萏。年年生在
> 秋江上。重願郎爲花低浪。無隔障。隨風逐雨長來往。

歐詞中對不同類型的女子在對愛情的追求與悵惘，往往能深入其生活週遭以及內心世界，恰如其分的表達，使讀者藉由情景之描述漸入主人公之情感內核。可說歐陽脩除了承襲馮延巳含蘊深厚的特點，更將詞的意境成功地帶入更爲深婉沉摯的境界。歐陽脩〈玉樓春〉：

> 別後不知君遠近，觸目凄涼多少悶。漸行漸遠漸無書，水
> 闊魚沉何處問。　　夜深風竹敲秋韻，萬葉千聲皆是恨。
> 故欹單枕夢中尋，夢又不成燈又燼。

歐陽脩這類詞，通過離情別恨來寫戀情相思者，就內容上而言，雖未突破「花間」藩籬，但歐公之構思卻比較別緻，描寫情感也向深沉、深細方面開掘發展，在抒情性與內心刻畫上，可以看出明顯的演進。

　　綜上，晏殊總是用精細的筆觸，含蓄的意象，將自己的心理感

觸通過對外物的描寫舒徐平緩地宣泄出來，整個意境十分柔婉動人。閒雅而溫潤的詞風，所呈現的就是那樣細微、柔和、婉轉。而晏殊這份閒適的清靜和對於遲暮人生的理智思考，更予人帶點感傷、幾許惆悵，幾多無奈。而歐詞所抒發的情，往往更濃摯、更深沉，表達的方式也更坦率、更直接，因而力透紙背，顯示出一種熱烈、深厚的風格。可見晏、歐在承襲馮延巳詞風之中，因為性格特質以及生命情調，而各顯其「俊」、「深」之個人藝術風采。

綜括而言，詠秋詞在宰輔詞人身上，與感慨「文章憎命達」〔註 5〕的傳統，形成對照。宰輔的位置，讓詞人自然而然就把自身的學問、懷抱跟國家的關係結合起來，其學問、修養、經歷和身世遭遇使得這種短小的愛情詞的內容、境界更為開闊。如此的生活、地位和環境，不知不覺中就把他們心靈中一種幽隱的情思流露在詞中。詞並不是一定要言志的，但有了修養、品格、感情後，在詞中不知不覺就流露出這樣的一種境界，流露了作者的品格。在養成權衡與操持能力的同時，三人仍保持著一顆真情敏感的詩心。這可以他們的詞作為證。

反觀現代人，對傷春悲秋和傷離恨別的表現較為薄弱，原因也許是生活節奏的加快，使人的情感心靈粗糙了變得不再深細；生存的壓力把人變得麻木冷漠，已無暇顧及也無力領略生命的美麗與哀愁。藉著本篇論文，重新再次檢視我們的心對情感生命的體驗，提醒自己必須常保原初那份對生命的新鮮敏銳。現代有一廣告詞為「科技始終來自人性」，使我聯想以為「文學始終來自生命」。文學的研究能夠和生命緊密結合的，能夠幫助人們走出生命的困境，進而享受自己的生命，才是我以為文學研究者的最終極目標。科學能讓人擁有物質上的富足，但是唯有文學才能讓人擁有真正心靈上的富足，物質與永恆多為無緣，精神才是永恆的最佳載體。懷抱這樣美麗的

〔註 5〕杜甫〈天末懷李白〉：涼風起天末，君子意如何。鴻雁幾時到，江湖秋水多。文章憎命達，魑魅喜人過。應共冤魂語，投詩贈汨羅。

願景，本文研究面向總是圍繞著文學作品中文人最深層的心理內
涵，希望能藉由這樣的研究改善、提升自我生命的亮度。因為在生
命的歷程裡，事與願違的情形，不可避免。唯有細水長流的生命教
育與心靈探索，才是我們面對急功近利的社會，一輩子必須努力之
課題。

參考書目舉要

（各部分民國以前作者之書籍，依朝代排序；民國以後出版書籍，則按出版年代排序；學位論文與期刊論文同以出版年月為序）

一、專　著

（一）詞　集

1. 《花間集》〔後蜀〕趙崇祚編，臺北：中華書局，1966 年。
2. 《陽春集》〔南唐〕馮延巳撰，臺北：世界書局，1965 年。
3. 《二晏詞》〔宋〕晏殊、晏幾道撰，臺北：世界書局，1970 年。
4. 《珠玉詞》〔宋〕晏殊撰，臺北：臺灣商務，1983 年。
5. 《六一詞》〔宋〕歐陽修撰，臺北：華正書局，1987 年。
6. 《宋六十名家詞》〔明〕毛晉輯，上海：上海古籍出版社，1989 年。
7. 《詞選》〔清〕張惠言編，台北：世界書局，1956 年。
8. 《全宋詞》唐圭璋編，北京：中華書局，1965 年。
9. 《全唐五代詞彙編》楊家駱編，臺北：世界書局，1967 年。
10. 《唐五代兩宋詞選釋》俞陛雲編著，上海：上海古籍出版社，1985 年。
11. 《全唐五代詞》張璋、黃畬合編，臺北：文史哲出版社，1986 年。

（二）詩文集、總集

1. 《詩經》〔漢〕毛亨撰，鄭玄箋，臺北：中華書局，1966 年。

2. 《淮南子》〔漢〕劉安撰，高誘注，臺北：中華書局，1966 年。

3. 《莊子》〔晉〕郭象注，臺北：藝文書局，1968 年。

4. 《文心雕龍》〔南北朝梁〕劉勰撰，北京：中華書局，1985 年。

5. 《毛詩正義》〔唐〕孔穎達疏，臺北：臺灣中華，1966 年。

6. 《歐陽脩全集》〔宋〕歐陽脩撰，臺北：河洛出版社，1975 年。

7. 《楚辭補注》〔宋〕洪興祖，北京：中華書局，1985 年。

8. 《楚辭集注》〔宋〕朱熹，臺北：文津，1987 年。

9. 《楚辭通釋》〔清〕王夫之，臺北：廣文書局，1966 年。

10. 《十三經注疏》〔清〕阮元校勘，臺北：藝文印書館，1955 年。

11. 《全唐詩》清聖祖敕編，上海：上海古籍出版社，1986 年。

12. 《景印文淵閣四庫全書》〔清〕紀昀等總纂，台北：臺灣商務，1983 年。

13. 《漢魏六朝辭賦》瞿蛻園選注，臺北：西南出版社，1978 年。

14. 《文賦集釋》張少康集釋，臺北：漢京，1987 年。

15. 《六朝詩集》續修四庫全書編纂委員會編，上海：上海古籍，1995 年。

（三）詩話、詞話

1. 《詩藪》〔明〕胡應麟撰，北京：中華書局，1958 年。

2. 《藝概》〔清〕劉熙載撰，臺北：華正書局，1988 年。

3. 《薑齋詩話》〔清〕王夫之撰，上海：上海古籍出版社，1995 年。

4. 《蕙風詞話》〔清〕況周頤撰，臺北市：世界書局，1966 年。

5. 《宋詩話輯佚》郭紹虞編，臺北：華正書局，1981 年。

6. 《詞話叢編》唐圭璋編，北京：中華書局，1986 年。

7. 《校注人間詞話》王國維著，徐調孚校注，臺北：鼎淵文化，2001 年。

（四）筆記雜錄及其他

1. 《歸田錄》〔宋〕歐陽脩，北京：中華書局，1992 年。

2. 《東京夢華錄》〔宋〕孟元老撰，臺北：臺灣商務印書館印行，1971 年。

3. 《冷齋夜話》〔宋〕釋惠弘，北京：中華書局，1985 年。

4. 《青箱雜記》〔宋〕吳處厚，北京：中華書局，1985 年。

5. 《宋人軼事彙編》〔清〕丁傳靖，臺北市：台灣商務印書館，1982年。

6. 《馮正中年譜》夏瞿禪撰，臺北：世界書局，1970年。

7. 《二晏年譜》夏瞿禪撰，臺北：世界書局，1970年。

8. 《宋詞互見考》唐圭璋等撰，臺北：臺灣學生書局，1971年。

（五）史學相關著述

1. 《釣磯立談》〔唐〕史虛白撰，北京：中華書局，1985年。

2. 《南唐書》〔宋〕馬令撰，北京：中華書局，1985年。

3. 《南唐書》〔宋〕陸游撰，北京：中華書局，1985年。

4. 《宋史》元‧脫脫等編，臺北：鼎文書局，1978年。

5. 《中國詩史》陸侃如、馮沅君合著，北京：作家出版社，1956年。

6. 《先秦大文學史》趙明主編，長春：吉林大學出版社，1993年。

7. 《兩宋文學史》程千帆、吳新雷合著，高雄：麗文文化，1993年。

（六）詞學相關著述

1. 《宋詞通論》薛礪若著，臺北：開明書局，1958年。

2. 《詞學今論》陳弘治著，臺北：文津出版社，1991年。

3. 《唐宋詞史》楊海明著，高雄：麗文文化事業，1996年。

4. 《唐宋詞流派史》劉揚忠著，福建：福建人民出版社，1999年。

5. 《中國詞學的現代觀》葉嘉瑩著，臺北：大安出版社，1999年。

6. 《讀詞常》夏承燾、吳熊和著，北京：中華書局，2000年。

7. 《詞學專題研究》王偉勇著，臺北：文史哲出版社，2003年。

8. 《詞學史科學》王兆鵬著，北京：中華書局，2004年。

9. 《詞學廿論》鄧喬彬著，上海：上海古籍出版社，2005年。

（七）美學相關著述

1. 《文藝心理學》朱光潛，臺北：金楓，1987年。

2. 《美的歷程》李澤厚著，臺北：谷風出版社，1987年。

3. 《唐宋詞的風格學》楊海明著，臺北：木鐸出版社，1987年。

4. 《唐宋詞美學》鄧喬彬著，濟南：齊魯書社，1993年。

5. 《唐宋詞縱橫談》楊海明著，江蘇：蘇州大學出版發行，1994年。

6. 《中國心理詩學與美學》童慶炳著，臺北：萬卷樓圖書，1994年。

7. 《唐宋詞主題探索》楊海明著，高雄：麗文文化事業，1995 年。

8. 《詞的審美特性》孫立著，臺北：文津，1995 年。

9. 《中國美學史》葉朗著，臺北：文津出版社，1996 年。

10. 《唐宋詞美學》楊海明著，南京：江蘇教育出版社，1998 年。

11. 《唐宋詞與人生》楊海明，石家莊：河北人民出版社，2002 年。

12. 《宋韻——宋詞人文精神與審美形態探論》孫維城著，合肥：安徽大學出版社，2002 年。

（八）相關詩詞著述

1. 《珠玉詞研究》蔡茂雄著，臺北：文津出版社，1975 年。

2. 《中國八大詞人》蔡義忠著，臺北：南京出版社，1981 年。

3. 《歐陽脩詞研究及其校注》李栖著，臺北：文史哲出版社，1982 年。

4. 《唐五代兩宋詞簡析》劉永濟著，臺北：龍田，1982 年。

5. 《宋詞蒙太奇》丹青編輯部編，台北：丹青圖書，1982 年。

6. 《屈賦音註詳解》劉永濟，臺北：崧高書社，1985 年。

7. 《北宋六大詞家》劉若愚著，王貴苓譯，臺北：幼獅文化，1986 年。

8. 《靈谿詞說》繆鉞、葉嘉瑩合著，國文天地雜誌社，1989 年。

9. 《唐宋詞名家論集》葉嘉瑩著，臺北：正中書局，1990 年。

10. 《唐宋詞鑑賞集成》唐圭璋等編著，臺北：五南圖書公司，1991 年。

11. 《唐宋名家詞賞析》葉嘉瑩著，台北：大安出版社，1992 年。

12. 《北宋十大詞家研究》黃文吉著，臺北：文史哲出版社，1996 年。

13. 《初唐詩歌中季節之研究》凌欣欣著，臺北：文津出版社，1997 年。

14. 《古典詩詞講演集》葉嘉瑩著，河北：河北教育出版社，1998 年。

15. 《唐宋詞審美觀照》吳惠娟著，上海：學林出版社，1998 年。

16. 《迦陵論詞叢稿》葉嘉瑩著，石家莊：河北人民出版社，1998 年。

17. 《宋詞藝術技巧辭典》宋緒連、鍾振振主編，長春：吉林文史出版社，1998 年。

18. 《唐宋詞鑑賞辭典・唐五代北宋卷》唐圭璋等編著，上海：上海辭書出版社，1988 年。

19. 《唐宋詞十七講》葉嘉瑩著，臺北：桂冠出版，2000 年。

20. 《歐陽修詞新釋輯評》邱少華編著，北京：中國書店，2001 年。

21. 《唐五代詞詳析》汪志勇著，臺北：華正書局，2002 年。

22. 《晏殊詞新釋輯評》劉揚忠編著，北京：中國書店，2003 年。

23. 《馮延巳詞新釋輯評》黃進德編著，北京：中國書店，2006 年。

24. 《唐五代北宋前期詞之研究——以詩詞互動爲中心》董希平著，北京：崑崙出版社，2006 年。

（九）文學研究著述

1. 《彩色學概論》林書堯著，臺南：力文出版社，1963 年。

2. 《詩學箋註》亞里士多德撰，姚一葦譯，臺北：中華書局，1966 年。

3. 《春夏秋冬——中國古典詩歌中的季節》龔鵬程著，臺北：故鄉出版社，1979 年。

4. 《中國文學理論》劉若愚著、杜國清譯，臺北：聯經，1981 年。

5. 《中國文化新論——文學篇：抒情的境界》蔡英俊著，臺北：聯經，1982 年。

6. 《色彩的研究》鄒悅富著，臺北：華聯出版社，1982 年。

7. 《詩與美》黃永武著，臺北：洪範書店，1987 年。

8. 《士與中國文化》余英時著，上海：上海人民出版，1987 年。

9. 《管錐篇》錢鍾書著，台北：書林，1988 年。

10. 《中國古代文學創作論》張少康著，臺北：文史哲出版社，1990 年。

11. 《中國古代文學十大主題——原型與流變》王立著，臺北：文史哲出版社，1994 年。

12. 《多情自古傷離別——古典文學別離主題》蕭瑞峰著，臺北：文史哲出版社，1996 年。

13. 《中國詩歌藝術研究》袁行霈著，臺北：五南圖書，1999 年。

14. 《唐宋詞社會文化學研究》沈松勤著，杭州：浙江大學出版社，2000 年。

15. 《王國維及其文學批評》葉嘉瑩著，臺北：桂冠圖書，2000 年。

16. 《中國文化史導論》錢穆著，臺北：蘭臺出版社，2001 年。

17. 《章法學新裁》陳滿銘著，臺北：萬卷樓圖書，2001 年。

18. 《楚辭文心論》魯瑞菁著，臺北：里仁書局，2002 年。

19. 《中國文學精神·宋元卷》王小舒著，濟南：山東教育出版社，2003 年。

20. 《宋玉研究》吳廣平著，湖南：岳麓書社，2004 年。

21. 《悲秋：古詩論情》法鬱白著，葉蕭、全志剛譯，桂林：廣西師範

大學出版社，2004 年。

二、期刊論文

（一）臺灣地區

1. 〈用文字作畫——中國詩詞中的顏色應用〉王碧蘭，《國文天地》第 6 卷 2 期，1990 年 7 月。

2. 〈從詞的實用功能看宋代文人的生活〉黃文吉，《國立編譯館館刊》第 20 卷第 2 期，1991 年。

3. 〈盛唐「傷春」與「悲秋」詩的主題探討〉陳清俊，《國文學報》第 23 期，1994 年 6 月。

4. 〈悲秋——中國文學傳統中時空意識的一種典型〉何寄澎，臺大中文學報第 7 期 1995 年 4 月。

5. 〈生命體悟與詩情消解〉薛玉坤，《宋代文學研究叢刊》第 2 期，1996 年 9 月。

6. 〈壽詞與宋人的生命理想〉黃文吉，《宋代文學研究叢刊》第 2 期，1996 年 9 月。

7. 〈春恨文學表現的本質原因及其與悲秋的比較〉，王立《古今藝文》第 26 卷第 3 期，2000 年 5 月。

8. 〈李白詩中的秋——「悲秋」傳統的繼承與拓展〉徐麗霞，華岡文科學報第 25 期，2002 年 3 月。

9. 〈古典詞的主題與技巧——以唐宋詞為論述核心〉王偉勇，《國文天地》第 18 卷第 9 期，2003 年 2 月。

10. 〈從宋玉〈九辯〉看「悲秋意識」在辭賦作品中的承繼和拓展〉吳蕙君，《世新中文研究集刊》，第 1 期，2005 年 6 月。

11. 〈哀怨起騷人——騷體悲秋文學探析〉蘇慧霜，興大人文學報第 36 期，2006 年 3 月。

（二）大陸地區

1. 〈北宋倚聲家初祖晏殊〉謝桃坊，《中國古代、近代文學研究》第 2 期，1986 年。

2. 〈悲秋意識初探〉尚永亮，陝西師大學報哲學社會科學版第 4 期，1988 年。

3. 〈楚辭與悲秋文學〉楊興華，衡陽師專學報社會科學第 1 期，1994 年。

4. 〈傷春悲秋差異論〉梁德林，廣西師院學報哲學社會科學版第 2 期，1994 年。

5. 〈「妙在得於婦人」──論歌妓對唐宋詞的作用〉楊海明，《中國典籍與文化》第 2 期，1995 年。

6. 〈論中國古典文學的「悲秋」意識〉熊開發，新東方期刊第 2 期，1995 年。

7. 〈論唐宋詞的「閒愁」主題〉張仲謀，《文學遺產》第 6 期，1996 年。

8. 〈論歐陽脩在詞史上的承前啟後作用〉黃信德，青海民族學院學報社會科學版第 2 期，1996 年。

9. 〈《詩經》試探三題〉王立，陰山學刊社會科學版第 3 期，1997 年。

10. 〈中國文學悲秋主題成因論〉鄧福舜，大慶高等專科學校學報，第 18 卷第 2 期，1998 年 6 月。

11. 〈生命的感悟　執著的追求──淺談中國古典詩詞中的悲秋現象〉王世福、王曉玲，青海師專學報社會科學第 1 期，1998 年。

12. 〈中國文學「悲秋」主題探源〉寇鵬程，商丘師專學報，第 15 卷第 11 期，1999 年 2 月。

13. 〈縱有笙歌亦斷腸──讀馮延巳詞的斷想〉成松柳，長沙電力學院學報社會科學版第 2 期，1999 年。

14. 〈古典詩詞悲秋三境界〉花志紅，西昌師範高等專科學校學報第 3 期，2000 年 9 月。

15. 〈「悲秋」的解讀──古典詩詞悲秋現象的一種透視〉周吉本，貴州民族學院學報哲學社會科學版，2000 年。

16. 〈中國古代悲秋文學中的生命意識〉陳雪萍，湘潭大學社會科學學報第 25 卷第 3 期，2001 年 6 月。

17. 〈論馮延巳詞的感情境界及其建構方式〉曹章慶，廣西大學學報哲學社會科學版第 24 卷第 2 期，2002 年 4 月。

18. 〈唐宋閑情詞淺探〉黃紅日，麗水師範專科學校學報第 24 卷第 3 期，2002 年 6 月。

19. 〈源於「花間」超越「花間」──論馮延巳詞的悲劇美感〉鄔華，雲南民族學院學報哲學社會科學版第 19 卷第 4 期，2002 年 7 月。

20. 〈我正悲秋，汝又傷春矣！──宋詞主題研究之一〉張玉璞，《齊魯學刊》第 5 期，2002 年。

21. 〈珍惜生命：唐宋詞人生意蘊之本源〉楊海明，南陽師範學院學報社會科學版第 2 卷第 1 期，2003 年 1 月。

22. 〈晏殊：富貴氣象和清婉心態〉吳功正，南京社會科學文學研究第六期，2003 年 6 月。

23. 〈北宋詞的悲劇精神及其消解〉蔚伯象，四川師範學院學報哲學社會科學版，2003 年 7 月。

24. 〈『一曲新詞酒一杯』隱忍之情誰人知──從『酒』的角度解讀《珠玉詞》〉張春柳，職大學報第 1 期，2003 年。

25. 〈試論晏殊詞的空幻情結〉王麗潔，江西社會科學學報，2004 年 3 月。

26. 〈縱有笙歌亦斷腸──論正中詞的寄託〉趙雪沛，遼寧師範大學學報社會科學版第 27 卷第 3 期，2004 年 5 月。

27. 〈略論歐陽修詞的樂觀精神〉曹豔春，瀋陽農業大學學報社會科學版，2004 年 6 月。

28. 〈論情感體驗與情感表現〉譚容培，湖南師範大學社會科學學報第 33 卷第 5 期，2004 年 9 月。

29. 〈馮延巳詞「深美閎約」藝術風格的構成〉李建國，三峽大學學報人文社會科學版第 2 期第 27 卷，2005 年 3 月。

30. 〈馮延巳對詞的抒情模式的建構及其影響〉陳明，西南師範大學學報人文社會科學版第 26 卷第 3 期，2005 年 5 月。

31. 〈審悲中的甘美──淺談唐宋詞中的悲感產生的理論基礎〉呂君麗，連雲港師範高等專科學校學報第 2 期，2005 年 6 月。

32. 〈論唐宋婉約詞真摯深細的抒情形態〉周健自，黔南民族師範學院學報第 1 期，2005 年。

33. 〈論中國文學的「悲秋」主題〉劉培玉、劉俊超，鄭州輕工業學院學報社會科學版，第 7 卷第 2 期，2006 年 4 月。

三、學位論文

1. 《中英古典詩裡的秋天》陳鵬翔，國立台灣大學外文研究所博士論文，1978 年。

2. 《歐陽文忠公詞研究》簡淑娟，國立高雄師範大學國文研究所碩士論文，1996 年。

3. 《魏晉士人之悲情意識研究》黃雅淳，國立高雄師範大學國文研究所博士論文，2001 年。

4. 《馮延巳與晏殊詞比較研究》姚友惠，國立彰化師範大學國文系碩士論文，2001 年。

5. 《《六一詞》篇章結構探析》顏瓊雯，國立臺灣師範大學國文系在

職進修碩士論文，2002 年。

6. 《香草美人傳統研究——從創作手法到閱讀模式的建立》吳旻旻，
國立台灣大學中文系博士論文，2002 年。

7. 《晏殊《珠玉詞》研究》江姿慧，國立台灣師範大學國文系碩士論
文，2004 年。

8. 《珠玉詞的感傷與消解》張秋芬，國立彰化師範大學國文系碩士論
文，2004 年。

9. 《南唐詞的審美觀照》楊蕊菁，國立臺灣師範大學國文在職進修碩
士論文，2005 年。

10. 《兩宋詠春詞研究》許采甄，國立成功大學中國文學系碩士論文，
2006 年。

四、網路電子資料庫

1. 中華民國期刊論文索引系統
http://cdnet.lib.ncku.edu.tw/ncl-cgi/hypage51.exe?HYPAGE=Home.txt

2. 全國博碩士論文資訊網 http://etds.ncl.edu.tw/theabs/index.jsp

3. 中國期刊網全文資料庫 http://cnki.csis.com.tw/

附　錄

一、索引：馮延巳詠秋詞 22 首

1〈鵲踏枝〉（p63、132、135、143、157、160、178）

秋入蠻蕉風半裂，狼藉池塘，雨打疏荷折。繞砌蟲聲芳草歇，愁腸學盡丁香結。　　回首西南看晚月。孤雁來時，塞管聲嗚咽。歷歷前歡無處説，關山何日休離別。

2〈鵲踏枝〉（p70、135、137、150、180）

蕭索清秋珠淚墜，枕簟微涼，展轉渾無寐。殘酒欲醒中夜起，月明如練天如水。　　階下寒聲啼絡緯，庭樹金風，悄悄重門閉。可惜舊歡攜手地，思量一夕成憔悴。

3〈鵲踏枝〉（p63、135、136、128）

霜落小園瑤草短，瘦葉和風，惆悵芳時換。舊恨年年秋不管，朦朧如夢空腸斷。　　獨立荒池斜日岸，牆外遙山，隱隱連天漢。忽憶當年歌舞伴，晚來雙臉啼痕滿。

4〈採桑子〉（p70、127、128、129、130、143、146）

西風半夜簾櫳冷，遠夢初歸。夢過金扉，花謝窗前夜合枝。　　昭陽殿裡新翻曲，未有人知。偷取笙吹，驚覺寒蟲到曉啼。

5〈採桑子〉（p63、127、128、129、135）

　　寒蟬欲報三秋候，寂靜幽齋。葉落閒階，月透簾櫳遠夢回。

　　　　昭陽舊恨依前在，休說當時。玉笛才吹，滿袖猩猩血
又垂。

6〈酒泉子〉（p71、128）

　　庭樹霜凋，一夜愁人窗下睡。繡幃風，蘭燭焰，夢遙遙。

　　　　金籠鸚鵡怨長宵。籠畔玉箏弦斷，隴頭雲，桃源路，
兩魂銷。

7〈應天長〉（p71、129、132、135）

　　當時心事偷相許，宴罷蘭堂腸斷處。挑銀燈，扃珠戶。被
微寒值秋雨。　　枕前和淚語，驚覺玉籠鸚鵡。一夜萬般
情緒，朦朧天欲曙。

8〈歸自謠〉（p50、129、143）

　　寒山碧。江上何人吹玉笛。扁舟遠送瀟湘客。　　蘆花千
里霜月白。傷行色，來朝便是關山隔。

　　與歐詞互見，歸於馮

9〈南鄉子〉（p63、127、132、137、143）

　　細雨泣秋風，金鳳花殘滿地紅。閒蹙黛眉慵不語，情緒，
寂寞相思知幾許。　　玉枕擁孤衾，挹恨還同歲月深。簾
捲曲房誰共醉，憔悴，惆悵秦樓彈粉淚。

10〈芳草渡〉（p71、128、130、132、143、181）

　　梧桐落，蓼花秋。煙初冷，雨才收，蕭條風物正堪愁。人
去後，多少恨，在心頭。燕鴻遠，羌笛怨，渺渺澄江一片。
山如黛，月如鉤。笙歌散，魂夢斷，倚高樓。

　　與歐詞互見，歸於馮

11〈更漏子〉（p72、128、136、137、146、154）

　　秋水平，黃葉晚，落日渡頭雲散。抬朱箔，掛金鉤，暮潮

人倚樓。　　歡娛地，思前事，歌罷不勝沈醉。消息遠，夢魂狂，酒醒空斷腸。

12〈更漏子〉（p72、127、129）

風帶寒，秋正好，蕙蘭無端先老。雲杳杳，樹依依，離人殊未歸。　　搴羅幕，憑朱閣，不獨堪悲寥落。月東出，雁南飛，誰家夜擣衣。

與歐詞互見，歸於馮

13〈更漏子〉（p73、127、129、143、146、177）

雁孤飛，人獨坐，看卻一秋空過。瑤草短，菊花殘，蕭條漸向寒。　　簾幕裡，青苔地，誰信閑愁如醉。星移後，月圓時，風搖夜合枝。

14〈更漏子〉（p73、128、129、136）

夜初長，人近別，夢斷一窗殘月。鸚鵡睡，蟋蟀鳴，西風寒未成。　　紅蠟燭，半棋局，床上畫屏山綠。搴繡幌，倚瑤琴，前歡淚滿襟。

15〈拋球樂〉（p53、137）

年少王孫有俊才，登高歡醉夜忘回。歌闌賞盡珊瑚樹，情厚重斟琥珀杯。但願千千歲，金菊年年秋解開。

16〈拋球樂〉（p127、128）

霜積秋山萬樹紅，倚岩樓上掛朱櫳。白雲天遠重重恨，黃葉煙深浙浙風。仿佛梁州曲，吹在誰家玉笛中。

17〈拋球樂〉（p94、128、129、137、143）

莫怨登高白玉杯，茱萸微綻菊花開。池塘水冷鴛鴦起，簾幕煙寒翡翠來。重待燒紅蠟，留取笙歌莫放回。

18〈拋球樂〉（p53、128、129、137、174）

盡日登高興未殘，紅樓人散獨盤桓。一鉤冷霧懸珠箔，滿面西風憑玉闌。歸去須沉醉，小院新池月乍寒。

19〈拋球樂〉（p50、130、152、174）

坐對高樓千萬山。雁飛秋色滿欄杆。燒殘紅燭暮雲合，飄盡碧梧金井寒。咫尺人千里，猶憶笙歌昨夜歡。

20〈菩薩蠻〉（p63、127、128）

畫堂昨夜西風過，繡簾時拂朱門鎖。驚夢不成雲，雙蛾枕上顰。 金爐煙裊裊，燭暗紗窗曉。殘月尚彎環，玉箏和淚彈。

21〈菩薩蠻〉（p73、127、128）

回廊遠砌生秋草，夢魂千里青門道。鸚鵡怨長更，碧籠金鎖橫。 羅幃中夜起，霜月清如水。玉露不成圓，寶箏悲斷弦。

22〈菩薩蠻〉（p70、128、143）

西風嫋嫋凌歌扇。秋期正與行人遠。花葉脫霜紅。流螢殘月中。 蘭閨人在否。千里重樓暮。翠被已消香，夢隨塞漏長。

二、索引：晏殊詠秋詞 50 首

1〈謁金門〉（p57、138、157、161）

秋露墜，滴盡楚蘭紅淚。往事舊歡何限意，思量如夢寐。 人貌老於前歲。風月宛然無異。座有嘉賓尊有桂。莫辭終夕醉。

2〈破陣子〉（p55、139、157）

燕子欲歸時節，高樓昨夜西風。求得人間成小會，試把金尊傍菊叢。歌長粉面紅。 斜日更穿簾幕，微涼漸入梧桐。多少襟懷言不盡，寫向蠻箋曲調中。此情千萬重。

3〈破陣子〉（p65、139、144、153）

憶得去年今日，黃花已滿東籬。曾與玉人臨小檻，共折香英泛酒卮。長條插鬢垂。 人貌不應遷換，珍叢又睹芳菲。重把一尊尋舊徑，所惜光陰去似飛。風飄露冷時。

4〈破陣子〉（p57、138、144、155）

　　湖上西風斜日，荷花落盡殘英。金菊滿叢珠顆細，海燕辭巢翅羽輕。年年歲歲情。　　美酒一杯新熟，高歌數闋堪聽。不向尊前同一醉。可奈光陰似水聲。迢迢去未停。

5〈浣溪紗〉（p66、139）

　　閬苑瑤臺風露秋，整鬟凝思捧觥籌。欲歸臨別強遲留。　　月好謾成孤枕夢，酒闌空得兩眉愁。此時情緒悔風流。

6〈浣溪紗〉（p51、138、161）

　　湖上西風急暮蟬，夜來清露濕紅蓮。少留歸騎促歌筵。　　爲別莫辭金盞酒，入朝須近玉爐煙。不知重會是何年？

7〈更漏子〉（p58、138）

　　寒鴻高，仙露滿。秋入銀河清淺。逢好客，且開眉。盛年能幾時。　　寶箏調，羅袖軟。拍碎畫堂檀板。須盡醉，莫推辭。人生多別離。

8〈更漏子〉（p58、138、144、161、175）

　　菊花殘，梨葉墮。可惜良辰虛過。新酒熟，綺筵開。不辭紅玉杯。　　蜀弦高，羌管脆。慢颭舞娥香袂。君莫笑，醉鄉人。熙熙長似春。

9〈鵲踏枝〉（p65、130、157）

　　檻菊愁煙蘭泣露。羅幕輕寒，燕子雙飛去。明月不諳離恨苦，斜光到曉穿朱戶。昨夜西風凋碧樹。獨上高樓，望盡天涯路。欲寄彩箋兼尺素，山長水闊知何處。

10〈點絳唇〉（p82）

　　露下風高，井梧宮簟生秋意。畫堂筵啓，一曲呈珠綴。　　天外行雲，欲去凝香袂。爐煙起，斷腸聲裡，斂盡雙蛾翠。

11〈鳳銜盃〉（p68）

　　青蘋昨夜秋風起。無限個、露蓮相倚。獨憑朱闌、愁望晴天際。空目斷、遙山翠。彩箋長，錦書細。誰信道、兩情

難寄。可惜良辰好景、歡娛地。只憑空憔悴。

12〈清平樂〉（p58、133、138、155、164、175、181）

秋光向晚，小閣初開宴。林葉殷紅猶未遍。雨後青苔滿院。
蕭娘勸我金卮。殷勤更唱新詞。暮去朝來即老，人生
不飲何為。

13〈清平樂〉（p67、139、178）

春來秋去。往事知何處。燕子歸飛蘭泣露。光景千留不住。
酒闌人散忡忡。閑階獨倚梧桐。記得去年今日，依前
黃葉西風。

14〈清平樂〉（p52、130、139、147、151、163、178）

金風細細，葉葉梧桐墜。綠酒初嘗人易醉，一枕小窗濃睡。
紫薇朱槿花殘，斜陽卻照闌干。雙燕欲歸時節，銀屏
昨夜微寒。

15〈採桑子〉（p66、139）

時光只解催人老，不信多情。長恨離亭，淚滴春衫酒易醒。
梧桐昨夜西風急，淡月朧明。好夢頻驚，何處高樓雁
一聲。

16〈採桑子〉（p65、133）

林間摘遍雙雙葉，寄與相思。朱槿開時。尚有山榴一兩枝。
荷花欲綻金蓮子，半落紅衣。晚雨微微。待得空樑宿
燕歸。

17〈撼庭秋〉（p67、133）

別來音信千里，恨此情難寄。碧紗秋月，梧桐夜雨，幾回
無寐。　樓高目斷，天遙雲黯，只堪憔悴。念蘭堂紅燭，
心長焰短，向人垂淚。

18〈少年遊〉（p83、161）

重陽過後，西風漸緊，庭樹落紛紛。朱闌向曉，芙蓉嬌豔，
特地鬪芳新。　霜前月下，斜紅淡蕊，明媚欲回春。莫

將瓊萼等閒分，留贈意中人。

19〈少年遊〉（p83）

霜華滿樹，蘭凋蕙慘，秋艷入芙蓉。胭脂嫩臉，金黃輕蕊，
猶自怨西風。　　前歡往事，當歌對酒，無限到心中。更
憑朱檻憶芳容。腸斷一枝紅。

20〈少年遊〉（p100、140、175）

芙蓉花發去年枝。雙燕欲歸飛。蘭堂風軟，金爐香暖，新
曲動簾帷。　　家人拜上千春壽，深意滿瓊巵。綠鬢朱顏，
道家衣束，長似少年時。

21〈木蘭花〉（p138、161）

燕鴻過後鶯歸去，細算浮生千萬緒。長於春夢幾多時，散
似秋雲無覓處。　　聞琴解佩神仙侶，挽斷羅衣留不住。
勸君莫作獨醒人，爛醉花間應有數。

22〈木蘭花〉（p101、140）

杏梁歸燕雙回首。黃蜀葵花開應候。畫堂元是降生辰，玉
盞更斟長命酒。　　爐中百和添香獸。簾外青蛾回舞袖。
此時紅粉感恩人，拜向月宮千歲壽。

23〈木蘭花〉（p101、140）

紫薇朱槿繁開後，枕簟微涼生玉漏。玗筵初啓日穿簾，檀
板欲開香滿袖。　　紅衫侍女頻傾酒，龜鶴仙人來獻壽。
歡聲喜氣逐時新，青鬢玉顏長似舊。

24〈訴衷情〉（p60）

芙蓉金菊鬪馨香。天氣欲重陽。遠村秋色如畫，紅樹間疏
黃。　　流水淡，碧天長。路茫茫。憑高目斷，鴻雁來時，
無限思量。

25〈訴衷情〉（p74、130）

數枝金菊對芙蓉。搖落意重重。不知多少幽怨，和露泣西
風。　　人散後，月明中。夜寒濃。謝娘愁臥，潘令閒眠，

心事無窮。

26〈訴衷情〉（p99、140）

秋風吹綻北池蓮，曙雲樓閣鮮。畫堂今日嘉會，齊拜玉爐
煙。　　斟美酒，祝芳筵，奉觥船。宜春耐夏，多福莊嚴，
富貴長年。

27〈殢人嬌〉（p100、140、161）

一葉秋高，向夕紅蘭露墜。風月好、乍涼天氣。長生此日，
見人中嘉瑞。斟壽酒、重唱妙聲珠綴。　　鳳移宮，鈿衫
回袂。簾影動、鵲爐香細。南真寶籙，賜玉京千歲。良會
永、莫惜流霞同醉。

28〈漁家傲〉（p87、155）

荷葉初開猶半卷。荷花欲拆猶微綻。此葉此花真可羨。秋
水畔，青涼綠映紅妝面。　　美酒一杯留客宴。拈花摘葉
情無限。爭奈世人多聚散。頻祝願。如花似葉長相見。

29〈漁家傲〉

罨畫溪邊停彩舫，仙娥繡被呈新樣。颯颯風聲來一餉。愁
四望，殘紅片片隨波浪。　　瓊臉麗人青步障，風牽一袖
低相向。應有錦鱗開倚傍。秋水上，時時綠柄輕搖颺。

30〈漁家傲〉（p88）

宿蕊斗攢金粉鬧，青房暗結蜂兒小。斂面似啼開似笑，天
與貌，人間不是鉛華少。　　葉軟香清無限好，風頭日腳
乾催老。待得玉京仙子到，憑向道，紅顏只合長年少。

31〈漁家傲〉（p87、158）

臉傅朝霞衣剪翠。重重占斷秋江水。一曲采蓮風細細。人
未醉。鴛鴦不合驚飛起。　　欲摘嫩條嫌綠刺。閒敲畫扇
偷金蕊。半夜月明珠露墜。多少意，紅腮點點相思淚。

32〈漁家傲〉（p80）

越女採蓮江北岸。輕橈短棹隨風便。人貌與花相鬥豔。流

水慢。時時照影看妝面。　蓮葉層層張綠繖。蓮房個個垂金盞。一把藕絲牽不斷。紅日晚。回頭欲去心撩亂。

33〈漁家傲〉（p87、133）

粉面啼紅腰束素，當年拾翠曾相遇。密意深情誰與訴。空怨慕，西池夜夜風兼露。　池上夕陽籠碧樹，池中短棹驚微雨。水泛落英何處去。人不語，東流到了無停住。

34〈漁家傲〉

楚國細腰元自瘦，文君膩臉誰描就。日夜鼓聲催箭漏。昏復畫。紅顏豈得長如歸。　醉拆嫩房紅蕊嗅。天絲不斷清香透。卻傍小闌凝望久。風滿袖，西池月上人歸後。

與歐詞互見，歸於晏

35〈漁家傲〉（p88、133、155）

嫩綠堪裁紅欲綻。蜻蜓點水魚遊畔。一霎雨聲香四散。風颭亂。高低掩映千千萬。　總是凋零終有恨。能無眼下生留戀。何似折來妝粉面。勤看玩。勝如落盡秋江岸。

36〈望仙門〉（p55、138）

紫薇枝上露華濃。起秋風。管弦聲細出簾櫳。象筵中。　仙酒斟雲液，仙歌轉繞樑虹。此時佳會慶相逢。慶相逢，歡醉且從容。

37〈望仙門〉（p102、140）

玉壺清漏起微涼。好秋光。金杯重疊滿瓊漿。會仙鄉。　新曲調絲管，新聲更颭霓裳。博山爐暖泛濃香。泛濃香。為壽百千長。

38〈蝶戀花〉（p59、138、161）

一霎秋風驚畫扇。艷粉嬌紅，尚拆荷花面。草際露垂蟲響遍。珠簾不下留歸燕。　掃驚亭台開小院。四坐清歡，莫放金杯淺。龜鶴命長松壽遠。陽春一曲情千萬。

39〈蝶戀花〉（p99、141）

紫菊初生朱槿墜。月好風清，漸有中秋意。更漏乍長天似水。銀屏展盡遙山翠。　　繡幕卷波香引穗。急管繁弦，共慶人間瑞。滿酌玉杯縈舞袂。南春祝壽千千歲。

40〈拂霓裳〉（p102、141）

喜秋成。見千門萬戶樂昇平。金風細，玉池波浪縠文生。宿露沾羅幕，微涼入畫屏。張綺宴，傍熏爐蕙炷、和新聲。　　神仙雅會，會此日，象蓬瀛。管弦清，旋翻紅袖學飛瓊。光陰無暫住，歡醉有閑情。祝辰星。願百千爲壽、獻瑤觥。

41〈拂霓裳〉（p59、130、138）

樂秋天。晚荷花綴露珠圓。風日好，數行新雁貼寒煙。銀簧調脆管，瓊柱撥清弦。捧觥船。一聲聲、齊唱太平年。　　人生百歲，離別易，會逢難。無事日，剩呼賓友啓芳筵。星霜催綠鬢，風露損朱顏。惜清歡。又何妨、沈醉玉樽前。

42〈菩薩蠻〉（p85、158）

秋花最是黃葵好，天然嫩態迎秋早。染得道家衣，淡妝梳洗時。　　曉來清露滴，一一金杯側。插向綠雲鬢，便隨王母仙。

43〈菩薩蠻〉（p85）

人人盡道黃葵淡，儂家解說黃葵艷。可喜萬般宜。不勞朱粉施。　　摘承金盞酒。勸我千長壽。擘作女真冠。試伊嬌面看。

44〈菩薩蠻〉（p86、161）

高梧葉下秋光晚，珍叢化出黃金盞。還似去年時，傍闌三兩枝。　　人情須耐久，花面長依舊。莫學蜜蜂兒，等閑悠颺飛。

45 〈睿恩新〉（p84、130、158、161）

芙蓉一朵霜秋色。迎曉露、依依先拆。似佳人、獨立傾城，
傍朱檻、暗傳消息。　　靜對西風脈脈。金蕊綻、粉紅如
滴。向蘭堂、莫厭重深，免清夜、微寒漸逼。

46 〈睿恩新〉（p84）

紅絲一曲傍階砌。珠露下、獨呈纖麗。剪鮫綃、碎作香英，
分彩線、簇成嬌蕊。　　向晚群花欲悴，放朵朵、似延秋
意。待佳人、插向釵頭，更裊裊、低臨鳳髻。

47 〈燕歸梁〉（p102、141）

金鴨香爐起瑞煙。呈妙舞開筵。陽春一曲動朱弦，斟美酒、
泛觥船。　　中秋五日，風清露爽，猶是早涼天。蟠桃花
發一千年。祝長壽、比神仙。

48 〈連理枝〉（p99）

玉宇秋風至。簾幕生涼氣。朱槿猶開，紅蓮尚拆，芙蓉含
蕊。送舊巢歸燕拂高簷，見梧桐葉墜。　　嘉宴凌晨啟。
金鴨飄香細。鳳竹鸞絲，清歌妙舞，盡呈遊藝。願百千遐
壽比神仙，有年年歲歲。

49 〈連理枝〉（p99、130、141）

綠樹鶯聲老。金井生秋早。不寒不暖，裁衣按曲，天時正
好。況蘭堂逢著壽筵開，見爐香縹緲。　　組繡呈纖巧，
歌舞誇妍妙。玉酒頻傾，朱弦翠管，移宮易調。獻金杯重
疊祝長生，永逍遙奉道。

50 〈長生樂〉（p102、140、161）

玉露金風月正圓，台榭早涼天。畫堂嘉會，組繡列芳筵。
洞府星辰龜鶴，來添福壽。歡聲喜色，同入金爐泛濃煙。
　　清歌妙舞，急管繁弦，榴花滿酌觥船。人盡壽、富貴
又長年。莫教紅日西晚，留著醉神仙。

三、索引：歐陽脩詠秋詞 41 首

1〈採桑子〉（p55、179）

　　殘霞夕照西湖好，花塢蘋汀。十頃波平。野岸無人舟自橫。
　　　　西南月上浮雲散，軒檻涼生。蓮芰香清，水面風來酒
　　面醒。

2〈減字木蘭花〉（p51、151）

　　傷懷離抱。天若有情天亦老。此意如何。細似輕絲渺似波。
　　　　扁舟岸側，楓葉荻花秋索索。細想前歡。須著人間比
　　夢間。

3〈清商怨〉

　　關河愁思望處滿。漸素秋向晚。雁過南雲，行人回淚眼。
　　　　雙鸞衾裯悔展。夜又永、枕孤人遠。夢未成歸，梅花
　　聞塞管。

　　與晏詞互見，歸於歐

4〈蝶戀花〉（p80）

　　越女採蓮秋水畔。窄袖輕羅，暗露雙金釧。照影摘花花似
　　面。芳心只共絲爭亂。　　鸂鶒溪頭風浪晚。霧重煙輕，
　　不見來時伴。隱隱歌聲歸棹遠。離愁引著江南岸。

5〈蝶戀花〉（p77、165）

　　水浸秋天風皺浪。縹緲仙舟，只似秋天上。和露采蓮愁一
　　餉。看花卻是啼妝樣。　　折得蓮莖絲未放。蓮斷絲牽，
　　特地成惆悵。歸棹莫隨花蕩漾。江頭有箇人想望。

6〈蝶戀花〉（p75、148）

　　梨葉初紅蟬韻歇。銀漢風高，玉管聲淒切。枕簟乍涼銅漏
　　徹。誰教社燕輕離別。　　草際蟲吟秋露結。宿酒醒來，
　　不記歸時節。多少衷腸猶未說。珠簾夜夜朦朧月。

　　與晏詞互見，歸於歐

7〈漁家傲〉（p54、141、156、176）

一派潺湲流碧漲。新亭四面山相向。翠竹嶺頭明月上。迷俯仰。月輪正在泉中漾。　　更待高秋天氣爽。菊花香里開新釀。酒美賓嘉眞勝賞。紅粉唱。山深分外歌聲響。

8〈漁家傲〉（p61）

妾本錢塘蘇小妹。芙蓉花共門相對。昨日爲逢青傘蓋。慵不采。今朝斗覺凋零煞。　　愁倚畫樓無計奈。亂紅飄過秋塘外。料得明年秋色在。香可愛。其如鏡裡花顏改。

9〈漁家傲〉（p78、131）

葉有清風花有露。葉籠花罩鴛鴦侶。白錦頂絲紅錦羽。蓮女妒。驚飛不許長相聚。　　日腳沉紅天色暮。青凉傘上微微雨。早是水寒無宿處。須回步，枉教雨裡分飛去。

10〈漁家傲〉（p78、133、165）

荷葉田田青照水。孤舟挽在花陰底。昨夜蕭蕭疏雨墜。愁不寐。朝來又覺西風起。　　雨擺風搖金蕊碎。合歡枝上香房翠。蓮子與人長廝類。無好意，年年苦在中心裡。

11〈漁家傲〉

粉蕊丹青描不得，金針線線功難敵。誰傍暗香輕采摘。風淅淅。船頭觸散雙鸂鶒。　　夜雨染成天水碧。朝陽借出胭脂色。欲落又開人共惜。秋氣逼。盤中已見新荷的。

與晏詞互見，歸歐

12〈漁家傲〉（p78）

幽鷺謾來窺品格。雙魚豈解傳消息。綠柄嫩香頻采摘。心似織。條條不斷誰牽役。　　珠淚暗和清露滴。羅衣染盡秋江色。對面不言情脈脈。煙水隔。無人說似長相憶。

與晏詞互見，歸歐

13〈漁家傲〉（p93、158）

喜鵲塡河仙浪淺。雲軿早在星橋畔。街鼓黃昏霞尾暗。炎

光斂。金鉤側到天西面。　一別經年今始見。新歡往恨
知何限。天上佳期貪眷戀。良宵短。人間不合催銀箭。

14〈漁家傲〉（p93）

乞巧樓頭雲慢卷。浮花催洗嚴妝面。花上蛛絲尋得遍。顰
笑淺。雙眸望月牽紅線。　奕奕天河光不斷。有人正在
長生殿。暗付金釵清夜半。千秋願。年年此會長相見。

15〈漁家傲〉（p93、158）

別恨長長歡計短。疏鍾促漏眞堪怨。此會此情都未半。星
初轉。鸞琴鳳樂匆匆卷。　河鼓無言西北盼。香蛾有恨
東南遠。脈脈橫波珠淚滿。歸心亂。離腸便逐星橋斷。

16〈漁家傲〉（p95、131、156）

九日歡遊何處好。黃花萬蕊雕闌繞。通體清香無俗調。天
氣好。煙滋露結功多少。　日腳清寒高下照。寶釘密綴
圓斜小。落葉西園風嫋嫋。催秋老。叢邊莫厭金尊倒。

17〈漁家傲〉（p95）

青女霜前催得綻。金鈿亂散枝頭遍。落帽臺高開雅宴。芳
尊滿。接花吹在流霞面。　桃李三春雖可羨。鶯來蝶去
芳心亂。爭似仙潭秋水岸。香不斷。年年自作茱萸伴。

18〈漁家傲〉（p89、142）

露裛嬌黃風擺翠。人間晚秀非無意。仙格淡妝天與麗。誰
可比，女眞裝束眞相似。　筵上佳人牽翠袂，纖纖玉手
接新蕊。美酒一杯花影膩。邀客醉，紅瓊共作熏熏媚。

19〈漁家傲〉（p131、141）

對酒當歌勞客勸。惜花只惜年華晚。寒豔冷香秋不管。情
眷眷。憑欄盡日愁無限。　思抱芳期隨寒雁。悔無深意
傳雙燕。悵望一枝難寄遠。人不見。樓頭望斷相思眼。

20〈漁家傲〉（p90、134）

七月新秋風露早。渚蓮尚拆庭梧老。是處瓜華時節好。金

尊倒。人間採縷爭祈巧。　萬葉敲聲涼乍到。百蟲啼晚煙如掃。箭漏初長天杳杳。人語悄。那堪夜雨催清曉。

21〈漁家傲〉（p92）
八月秋高風歷亂。衰蘭敗芷紅蓮岸。皓月十分光正滿。清光畔。年年常願瓊筵看。　社近愁看歸去燕。江天空闊雲容漫。宋玉當時情不淺。成幽怨。鄉關千里危腸斷。

22〈漁家傲〉（p93、131）
九月霜秋秋已盡。烘林敗葉紅相映。惟有東籬黃菊盛。遺金粉。人家簾幕重陽近。　曉日陰陰晴未定。授衣時節輕寒嫩。新雁一聲風又勁。雲欲凝。雁來應有吾鄉信。

23〈漁家傲〉（p91、134）
七月芙蓉生翠水。明霞拂臉新妝媚。疑是楚宮歌舞妓。爭寵麗。臨風起舞誇腰細。　烏鵲橋邊新雨霽。長河清水冰無地。此夕有人千里外。經年歲。猶嗟不及牽牛會。

24〈漁家傲〉（p92）
八月微涼生枕簟。金盤露洗秋光淡。池上月華開寶鑒。波瀲灩。故人千里應憑檻。　蟬樹無情風苒苒。燕歸碧海珠簾掩。沈臂昌霜潘鬢減。愁黯黯。年年此夕多悲感。

25〈漁家傲〉（p93）
九月重陽還又到。東籬菊放金錢小。月下風前愁不少。誰語笑。吳娘搗練腰肢嬝。　槁葉半軒慵更掃。憑闌豈是閒臨眺。欲向南雲新雁道。休草草。來時覓取伊消耗。

26〈漁家傲〉（p78、134）
爲愛蓮房都一柄。雙苞雙蕊雙紅影。雨勢斷來風色定。秋水靜。仙郎彩女臨鸞鏡。　妾有容華君不省。花無恩愛猶相並。花卻有情人薄倖。心耿耿。因花又染相思病。

27〈漁家傲〉（p79）
昨日采花花欲盡。隔花聞道潮來近。風獵紫荷聲又緊。低

難奔。蓮莖刺惹香腮損。　　一縷豔痕紅隱隱。新霞點破秋蟾暈。羅袖挹殘心不穩。羞人問。歸來剩把胭脂襯。

28〈漁家傲〉（p79、182）

一夜越溪秋水滿。荷花開過溪南岸。貪采嫩香星眼慢。疏回眄。郎船不覺來身畔。　　罷采金英收玉腕。回身急打船頭轉。荷葉又濃波又淺。無方便。教人只得抬嬌面。

29〈漁家傲〉（p79、134、182）

近日門前溪水漲。郎船幾度偷相訪。船小難開紅斗帳。無計向。合歡影裏空惆悵。　　願妾身爲紅菡萏。年年生在秋江上。重願郎爲花底浪。無隔障。隨風逐雨長來往。

30〈玉樓春〉（P60）

蝶飛芳草花飛路。把酒已嗟春色暮。當時枝上落殘花，今日水流何處去。　　樓前獨繞鳴蟬樹。憶把芳條吹暖絮。紅蓮綠荽亦芳菲，不奈金風兼玉露。

31〈玉樓春〉（P75、148、165、182）

別後不知君遠近。觸目淒涼多少悶。漸行漸遠漸無書，水闊魚沉何處問。　　夜深風竹敲秋韻。萬葉千聲皆是恨。故敧單枕夢中尋，夢又不成燈又燼。

32〈南鄉子〉（p134）

雨後斜陽。細細風來細細香。風定波平花映水，休藏。照出輕盈半面妝。　　路隔秋江。蓮子深深隱翠房。意在蓮心無問處，難忘。淚裏紅腮不記行。

33〈鵲橋仙〉（p94、155）

月波清霽，煙容明淡，靈漢舊期還至。鵲迎橋路接天津，映夾岸、星榆點綴。　　雲屏未卷，仙雞催曉，腸斷去年情味。多應天意不教長，恁恐把，歡娛容易。

34〈聖無憂〉（p75、133）

珠簾卷，暮雲愁。垂楊暗鎖青樓。煙雨濛濛如畫，輕風吹

旋收。　　香斷錦屏新別，人閑玉簟初秋。多少舊歡新恨，
書杳杳、夢悠悠。

35〈少年遊〉（p76、141、153）

去年秋晚此園中。攜手玩芳叢。拈花嗅蕊，惱煙撩霧，拼
醉倚西風。　　今年重對芳叢處，追往事、又成空。敲遍
闌干，向人無語，惆悵滿枝紅。

36〈少年遊〉（p131、134）

肉紅圓樣淺心黃。枝上巧如裝。雨輕煙重，無愬天氣，啼
破曉來妝。　　寒輕貼體風頭冷，忍拋棄、向秋光。不會
深心，爲誰惆悵，回面恨斜陽。

37〈蝶戀花〉

一掬天和金粉膩。蓮子心中，自有深深意。意密蓮深秋正
媚。將花寄恨無人會。　　橋上少年橋下水。小棹歸時，
不語牽紅袂。浪濺荷心圓又碎。無端欲伴相思淚。

38〈品令〉（p76、131、133）

漸素景。金風勁。早是淒涼孤冷。那堪聞、蛩吟穿金井。
喚愁緒難整。　　懊惱人人薄倖。負雲期雨信。終日望伊
來，無憑准。悶損我、也不定。

39〈錦香囊〉（p68、131、133）

一寸相思無著處。甚夜長難度。燈花前、幾轉寒更，桐葉
上、數聲秋雨。　　真個此心終難負。況少年情緒。已交
共、春繭纏綿，終不學、鈿箏移柱。

40〈踏莎行〉（p68、131）

雲母屏低，流蘇帳小。矮床薄被秋將曉。乍涼天氣未寒時，
平明窗外聞啼鳥。　　困殢榴花，香添蕙草。佳期須及朱
顏好。莫言多病爲多情，此身甘向情中老。

41〈千秋歲〉（p69）

畫堂人靜，翡翠簾前月。鴛帷鳳枕虛鋪設，風流難管束，

一去音書歇。到而今，高梧冷落西風切。　　未語先垂淚，滴盡相思血。魂欲斷，情難絕。都來些子事，更與何人說，爲個甚，心頭見底多離別。